Arnaldur Indriðason

W bagnie

Arnaldur Indriðason

(ur. 1961) – pisarz islandzki, autor scenariuszy. Z wykształcenia historyk, pracował jako dziennikarz i krytyk filmowy. Mieszka w Reykjaviku z żoną i trojgiem dzieci. Jest autorem kryminałów: *Synir duftsins* (1997), *Dauðarósir* (1998), *W bagnie* (2000, W.A.B. 2009), *Grobowa cisza* (2001, W.A.B. 2010), *Röddin* (2003), *Kleifarvatn* (2004), *Vetrarborgin* (2005), *Harðskafi* (2007) i *Svörtuloft* (2009), oraz innych powieści: *Napóleonsskjölin* (1999), *Bettý* (2003) i *Konungsbók* (2006).

Indriðason otrzymał dwukrotnie nagrodę Szklanego Klucza, a także Złoty Sztylet, przyznawany przez Brytyjskie Stowarzyszenie Twórców Literatury Kryminalnej (2005), był też nominowany do Barry Award (2006).

Kryminały „islandzkiego Henninga Mankella" zostały znakomicie przyjęte w Europie, szczególnie w Skandynawii i Wielkiej Brytanii, a także w Ameryce. Książki Indriðasona są tłumaczone m.in. na angielski, francuski, niemiecki, włoski, czeski, duński, szwedzki, norweski i fiński, a prawa do przekładu *W bagnie* zakupili wydawcy z ponad pięćdziesięciu krajów. Na podstawie książki powstał głośny film w reżyserii Baltasara Kormákura (*Bagno*, 2006); scenariusz napisał sam autor.

Powieści z Erlendurem:
W bagnie 2000 (W.A.B. 2009)
Grobowa cisza 2001 (W.A.B. 2010)

Arnaldur Indriðason

W bagnie

przełożył Jacek Godek

wydawnictwo wab

Tytuł oryginału: *Mýrin*

Published by agreement with Forlagið, www.forlagid.is

Wydanie II
Warszawa 2010

Żyjemy w jednym wielkim bagnie.

Erlendur Sveinsson, komisarz policji

Reykjavik 2001

1

Słowa zostały napisane ołówkiem na kartce, którą następnie porzucono na zwłokach. Trzy słowa, niezrozumiałe dla Erlendura.

Denat był mężczyzną około siedemdziesiątki. Leżał na prawym boku na podłodze przy kanapie w niewielkim saloniku, ubrany w niebieską koszulę i jasnobrązowe wytarte sztruksowe spodnie. Na nogach miał kapcie. Włosy, niemal całkiem siwe i lekko przerzedzone, zlepione były krwią z dużej rany na głowie. Obok zwłok spoczywała sporych rozmiarów zakrwawiona szklana popielniczka o ostrych kantach. Stolik leżał do góry nogami.

Zdarzenie miało miejsce w suterenie piętrowego murowanego domu na podmokłych terenach dzielnicy Nordurmyri. Dom stał w ogrodzie otoczonym z trzech stron kamiennym murem. Liście z drzew opadły i gęstą warstwą pokrywały ziemię, a konary wyciągały się drapieżnie w kierunku czarnego nieba. Do garażu prowadził szutrowy podjazd. Funkcjonariusze policji śledczej w Reykjaviku wciąż podjeżdżali pod dom. Poruszali się bezszelestnie niczym duchy w starym zamczysku. Przybywszy na miejsce, czekali na lekarza okręgowego, który miał wystawić świadectwo zgonu. Znalezienie zwłok zgłoszono jakiś kwadrans wcześniej. Erlendur zjawił się tu jeden z pierwszych. Lada chwila spodziewał się przybycia Sigurdura Oliego.

Październikowy mrok rozciągał się nad miastem, zacinał deszcz, gnany jesienną wichurą. Ktoś włączył w salonie lampkę stołową, która rzucała mdłe światło na otoczenie. Poza tym nikt tutaj niczego nie dotykał. Ekipa techniczna montowała na statywie reflektory, mające oświetlić mieszkanie. Erlendur obejrzał półkę z książkami, wytarty komplet wypoczynkowy, stół, stare biurko w kącie, dywan na podłodze, plamy krwi na dywanie. W głębi salonu znajdowały się drzwi do kuchni i drugie, prowadzące do holu, a stamtąd do malutkiego korytarza, skąd wchodziło się do dwóch pokoi i toalety.

Policję zawiadomił sąsiad z parteru. Odebrał dwóch synów ze szkoły, wrócił do domu i zdziwił się bardzo na widok otwartych na oścież drzwi sutereny. Zajrzał do mieszkania sąsiada i zawołał go. Nie doczekał się odpowiedzi. Nieśmiało wszedł do środka, jeszcze raz zawołał i znów odpowiedziała mu cisza. Wprawdzie mieszkali nad sąsiadem już kilka lat, lecz nie znali dobrze staruszka z sutereny. Starszy syn, dziewięcioletni, nie był tak ostrożny jak ojciec, i zanim ten się zorientował, już zniknął w salonie. Po chwili wyszedł i oznajmił, że w środku jest trup. Niespecjalnie się tym przejął.

– Za dużo filmów oglądasz – rzekł ojciec. Wszedł do mieszkania i zobaczył sąsiada leżącego w kałuży krwi.

Nazwisko denata widniało na tabliczce przy dzwonku. Żeby nie wyjść przed ekipą na dyletanta, Erlendur włożył cienkie gumowe rękawiczki i dopiero wtedy wygrzebał jego portfel z marynarki wiszącej na wieszaku w holu. Znalazł jego zdjęcie na karcie płatniczej. Zabity miał na imię Holberg, liczył sobie sześćdziesiąt dziewięć lat. Zmarł na miejscu. Najprawdopodobniej został zamordowany.

Erlendur chodził po mieszkaniu, zadając sobie podstawowe pytania. W końcu na tym polegała jego praca. Badać to, co oczywiste. Tym, co niewidoczne, zajmował się pion techniczny. Erlendur nie zauważył żadnych śladów włamania ani na oknach, ani na drzwiach. Na pierwszy rzut oka wyglądało na to, że właściciel wpuścił napastnika. Sąsiedzi weszli zmoknięci i zostawili wiele śladów w przedpokoju i salonie. Napastnik musiał zrobić to samo. Chyba że w drzwiach zdjął buty. Erlendur sądził jednak, że w takiej chwili raczej o tym nie myślał. Technicy przywieźli sprzęt umożliwiający zebranie najmniejszych drobinek i pyłków, mogących dostarczyć jakichś poszlak. Szukali odcisków palców i drobinek z obuwia, czegokolwiek, co byłoby tu obce. Czegoś, co przyniosło śmierć.

Erlendur zauważył, że właściciel mieszkania nie przyjął gościa serdecznie – nie poczęstował go kawą. Ekspres w kuchni najwyraźniej nie był używany w ciągu ostatnich godzin. Nie było też śladów picia herbaty, a wszystkie filiżanki pozostawały w kredensie. Szklanek także nikt nie ruszał. Denat musiał być pedantem. Wszystko równo poustawiane. Może nie znał napastnika zbyt dobrze. Może ten zaatakował go, gdy tylko drzwi się otworzyły. Nie zdejmując butów.

Czy można zamordować w skarpetkach?

Erlendur rozejrzał się i postanowił uporządkować myśli.

Tak czy owak, gość się śpieszył. Nie zadał sobie trudu, by zamknąć za sobą drzwi. Zaatakował nagle, bez ostrzeżenia. W mieszkaniu nie było śladów walki. Wyglądało na to, że denat od razu runął na podłogę, wywracając stolik.

Na pierwszy rzut oka niczego tu nie ruszano. Erlendur nie zauważył żadnych śladów plądrowania. Wszystkie szafy były dokładnie pozamykane, podobnie szuflady, a stosunkowo nowy komputer i stary sprzęt hi-fi stały na swoich miejscach; portfel denata był w kieszeni marynarki wiszącej na wieszaku, a w nim banknot o nominale dwóch tysięcy koron oraz dwie karty, debetowa i kredytowa.

Nasuwało się przypuszczenie, że napastnik chwycił to, co miał pod ręką, i uderzył denata w głowę. Popielniczka z grubego zielonkawego szkła ważyła jakieś półtora kilograma. Idealne narzędzie zbrodni. Napastnik raczej nie przyniósł jej ze sobą, by potem pozostawić zakrwawioną na podłodze w salonie.

Fakty były następujące: gospodarz otworzył drzwi i zaprosił przybysza do środka lub w każdym razie wszedł razem z nim do salonu. Prawdopodobnie go znał, choć tu Erlendur nie miał pewności. Denat został uderzony popielniczką – jeden silny cios, po czym napastnik uciekł w pośpiechu, zostawiając otwarte drzwi wejściowe. Koniec kropka.

Tylko ta wiadomość.

Napisano ją na kartce A4 w linie, najpewniej wyrwanej z kołonotatnika, i był to jedyny dowód świadczący o tym, że została tu popełniona zbrodnia z premedytacją; gość przyszedł po to, by zabić. Nie działał w afekcie. Przyszedł z zamiarem popełnienia zbrodni. Zostawił wiadomość. Trzy słowa, których Erlendur nie mógł zrozumieć. A może napisał je na kartce, zanim tu przyszedł? Kolejne oczywiste pytanie wymagające odpowiedzi. Erlendur podszedł do biurka denata w kącie salonu. Walały się na nim stosy dokumentów, rachunków, kopert, kartek. Na wierzchu spoczywał kołonotatnik. Erlendur usiłował znaleźć ołówek, ale go nie zauważył. Rozejrzał się dokoła i trafił nań pod biurkiem. Niczego nie ruszał. Patrzył i myślał.

– Kolejna typowa islandzka zbrodnia? – zapytał Sigurdur Oli. Wszedł do sutereny niezauważony przez Erlendura i pochylił się nad zwłokami.

– Co? – zapytał Erlendur z roztargnieniem.

– Niechlujna, bezcelowa i popełniona bez próby ukrycia, zmylenia śladów czy zatarcia dowodów.

– Tak – powiedział Erlendur. – Prymitywna islandzka zbrodnia.

– Chyba że przewrócił się na stolik i trafił głową w popielniczkę – zasugerował Sigurdur Oli. Elinborg stała obok niego. Erlendur polecił policjantom, technikom i sanitariuszom przerwać rutynowe działania; chodził pochylony po mieszkaniu w kapeluszu na głowie.

– I upadając, napisał niezrozumiałą wiadomość? – spytał.

– Mógł ją trzymać w rękach.

– Rozumiesz coś z tych słów?

– Może chodzi o Boga? – zastanawiał się Sigurdur Oli. – Może o mordercę, nie wiem. Dość ciekawe jest to podkreślenie ostatniego słowa. Wielkie litery w słowie ON.

– Nie wygląda mi to na napisane w pośpiechu. Ostatnie słowo jest drukowanymi literami, podczas gdy dwa pozostałe normalnym pismem. Gość dał sobie dość czasu na działalność literacką. Ale nie zamknął za sobą drzwi. Co to znaczy? Napada na człowieka i ucieka z mieszkania, ale wypisuje na kartce jakieś niezrozumiałe bzdury, starannie akcentując ostatnie słowo.

– Na pewno miał na myśli jego – powiedział Sigurdur Oli. – To znaczy ofiarę. Nie może chodzić o nikogo innego.

– Bo ja wiem – odparł Erlendur. – Jaka myśl może przyświecać komuś, kto pozostawia taką notatkę na zwłokach? Jaki człowiek robi coś takiego? Co chce przez to powiedzieć? Chce nam coś przekazać? A może to ma być rozmowa z trupem?

– Jakiś pomyleniec – skwitowała Elinborg i nachyliła się, by podnieść kartkę. Erlendur ją powstrzymał.

– A może nie był sam? – odezwał się Sigurdur Oli. – Może było ich kilku?

– Elinborg, pamiętaj o rękawiczkach – przypomniał jej Erlendur, jakby była dzieckiem. – Nie niszcz dowodów. Kartkę napisano na biurku w kącie – dodał i wskazał palcem. – Wyrwano ją z kołonotatnika, który należał do ofiary.

Może było ich kilku – powtórzył Sigurdur Oli.

– Tak, tak – skwitował Erlendur. – Może.

– To dosyć nieludzkie – ciągnął Sigurdur Oli. – Najpierw mordujesz starca, a potem siadasz spokojnie do pisania. Na to potrzeba chyba stalowych nerwów? Ten, kto to zrobił, musi być jakąś dziką bestią.

– Albo zdeterminowaną – rzuciła Elinborg.

– Albo miał kompleks Mesjasza – zawyrokował Erlendur.

Nachylił się po kartkę i przeczytał ją w milczeniu.

Wielki kompleks zbawiciela, pomyślał.

2

Erlendur wrócił do swojego mieszkania w bloku około dwudziestej drugiej i wrzucił do mikrofalówki gotowe danie. Stał przed kuchenką i obserwował obracającą się za szybą kolację. Z pełnym przekonaniem, że o wiele gorsze rzeczy widział w telewizji. Na zewnątrz, w ciemności, wył jesienny wiatr, zacinając deszczem.

Erlendur myślał o ludziach, którzy zostawiali listy, a potem znikali. Co on sam napisałby na kartce? Komu zostawiłby wiadomość? Od razu w jego myślach pojawiła się córka, Eva Lind. Była uzależniona od narkotyków i chciałaby wiedzieć, czy zostawił jakąś forsę. Zresztą jeśli o to chodzi, robiła się coraz bardziej natarczywa. Jego syn, Sindri Snaer, był alkoholikiem i niedawno zakończył trzecią kurację odwykową. Wiadomość dla niego byłaby prostsza: Nigdy więcej Hiroszimy.

Erlendur uśmiechnął się słabo, a mikrofalówka trzykrotnie zadzwoniła.

Nie należy przez to rozumieć, że Erlendurowi kiedykolwiek przyszło do głowy, by zniknąć, czy coś podobnego.

Razem z Sigurdurem Olim przesłuchali sąsiada, który znalazł zwłoki. Jego żona wróciła już do domu i wspomniała, że chce zabrać chłopców do matki. Sąsiad miał na imię Olafur i poinformował ich, że zarówno on, jak i cała jego rodzina, czyli żona i dwaj synowie, wychodzą codziennie rano około ósmej i najwcześniej wracają po szesnastej; on odbiera chłopców ze szkoły. Wyjeżdżając rano z domu, nie zauważyli niczego niezwykłego. Drzwi do mieszkania staruszka były zamknięte. W nocy spali. Nic nie słyszeli. Z sąsiadem kontaktowali się sporadycznie. Właściwie go nie znali, choć minęło już kilka lat od czasu, gdy wprowadzili się do mieszkania na parterze.

Lekarz sądowy miał jeszcze określić dokładny czas zgonu, lecz Erlendur przypuszczał, że zbrodnia została popełniona w ciągu dnia. Jak to się mówi: w godzinach szczytu. Kto dzisiaj ma na to czas? – pomyślał. Do mediów wysłano komunikat, że w mieszkaniu przy ulicy Nordurmyri znaleziono zwłoki mężczyzny około siedemdziesiątki i że najprawdopodobniej został on zamordowany. Każdy, kto zauważył jakieś podejrzane osoby w mieszkaniu Holberga czy w jego pobliżu w ciągu ostatniej doby, proszony jest o kontakt z policją w Reykjaviku.

Erlendur miał koło pięćdziesiątki, rozwiódł się lata temu i był ojcem dwójki dzieci. Nigdy nie dał nikomu odczuć, że nie cierpi ich imion. Jego żonie, z którą nie rozmawiał od przeszło dwudziestu lat, swego czasu wydawały się słodkie. Rozwód był trudny i Erlendur właściwie utracił kontakt z nieletnimi dziećmi. Potem, kiedy dorosły, odnalazły go, a on przyjął je z otwartymi ramionami, ubolewając nad ich obecną sytuacją. Martwił się zwłaszcza losem Evy Lind. Sindri Snaer był w lepszej kondycji. Czy jednak rzeczywiście?

Wyjął jedzenie z mikrofalówki i usiadł przy stole w kuchni. W dwupokojowym mieszkaniu każdy zakamarek wypełniały książki. Na ścianach wisiały stare fotografie rodzinne, przedstawiające przodków ze wschodniego wybrzeża, skąd wywodziła się cała rodzina Erlendura. Nie miał natomiast żadnych zdjęć swoich ani swoich dzieci. Pod jedną ścianą stał stary telewizor marki Nordmende, a naprzeciw niego jeszcze starszy fotel. Mieszkanie było w miarę czyste. Erlendur dbał o nie nie bardziej, niż to było konieczne.

Nie wiedział dokładnie, co je. Napis na kolorowym opakowaniu zapowiadał, że jest to jakiś wschodni specjał, ale nadzienie wypełniające mączysty pieróg smakowało niczym skwaśniały żur. Erlendur odsunął talerz. Zastanawiał się, czy może zostało trochę razowca, który kupił kilka dni wcześniej. I pasztetu jagnięcego. I wtedy zadzwonił dzwonek. Eva Lind postanowiła „luknąć do niego", jak to określiła w swoim irytującym żargonie.

– Jak tam, ziom? – rzuciła, wparowując do środka, i klapnęła na kanapie w salonie.

– Hej – odparł Erlendur, zamykając drzwi. – Nie wysławiaj się jak kretynka.

– Myślałam, że zależy ci na tym, żebym dbała o słownictwo – powiedziała Eva Lind, której Erlendur nieraz udzielał lekcji poprawnego mówienia.

– To powiedz coś z sensem.

Trudno było odgadnąć, kim jest tym razem. Eva Lind była najlepszą aktorką, jaką kiedykolwiek poznał; co niekoniecznie było miarodajne, bo nigdy nie chodził do teatru ani do kina, a telewizję oglądał jedynie wtedy, kiedy nadawano jakiś interesujący dokument. Sztuki, w których grała Eva Lind, zazwyczaj były dramatami rodzinnymi, jedno- lub trzyaktowymi, i traktowały o tym, jak wyciągnąć forsę od ojca. Nie zdarzały się często, bo Eva Lind miała swoje sposoby na skombinowanie kasy, a Erlendur wolał o tym wiedzieć jak najmniej. Zdarzało się jednak, że córeczka nie miała *goddamn cent*, jak mawiała, i wtedy przychodziła do niego.

Czasem była jego małą dziewczynką, tuliła się do niego i mruczała jak kotka. Czasem była zdesperowana i w rozpaczy miotała się po mieszkaniu, przeklinając go i oskarżając o to, że opuścił ją i brata w tak młodym wieku. Wtedy potrafiła być wulgarna, chamska i brutalna. Czasem znów zdawało mu się, że jest prawie naturalna, jeśli istnieje coś takiego jak bycie naturalnym, i miał wrażenie, że może z nią rozmawiać jak z człowiekiem.

Miała na sobie wytarte dżinsy i czarną ramoneskę, kruczoczarne włosy przystrzyżone były krótko, z prawej brwi zwisały dwa niewielkie kolczyki, a z ucha srebrny krzyżyk. Kiedyś miała piękne białe zęby, lecz zaczynały się już psuć; w górnej szczęce brakowało dwóch. Widać to było, kiedy szeroko się uśmiechała. Była chuda, miała zmęczoną twarz, co podkreślały ciemne, podkrążone oczy. Erlendurowi zdawało się czasem, że widzi w niej odbicie swojej matki. Przeklinał tryb życia Evy Lind i uważał, że to on jest temu winien.

– Rozmawiałam dziś z mamą, czy raczej ona ze mną rozmawiała, i chciała wiedzieć, czy będę mogła z tobą pogadać. Jak to zajefajnie być dzieckiem rozwiedzionych rodziców.

– Mama chce czegoś ode mnie? – spytał Erlendur zdumiony. Wciąż go nienawidziła po dwudziestu latach. Przez cały ten czas tylko raz ją spotkał i z jej twarzy biła wściekłość. Raz jeden rozmawiała z nim przez telefon na temat Sindriego Snaera i była to rozmowa, o której starał się zapomnieć.

– Ona to taki snobistyczny potwór.

– Nie mów tak o swojej matce.

– W weekend jacyś jej przyjaciele z Gardarbae, obrzydliwie bogaci, wydawali córkę za mąż, a ta normalnie ulotniła się z wesela. Taki obciach. To było w sobotę i od tego czasu z nikim się nie kontaktowała. Mama była na weselu i jest nieprzytomnie oburzona. Miałam spytać, czybyś z nimi nie pogadał. Nie chcą dawać komunikatów do gazet czy coś, gówniane snoby, ale wiedzą, że pracujesz w dochodzeniówce, i myślą, że mogą to wszystko załatwić tak, żeby było hasz-hasz. I to ja mam cię poprosić, żebyś zagadał z tymi śmieciami. Nie mama. Rozumiesz? Nigdy!

– Znasz tych ludzi?

– W każdym razie nie byłam zaproszona na eleganckie weselunie, które spieprzyła mała, słodziutka lalunia.

– A dziewczynę?

– Słabo.

– Dokąd uciekła?

– Nie wiem.

Erlendur wzruszył ramionami.

– Myślałem o tobie przed chwilą – powiedział.

– Najs – odrzekła Eva Lind. – Właśnie kombinowałam, czy...

– Nie mam pieniędzy – powiedział Erlendur i usiadł w fotelu telewizyjnym naprzeciw niej. – Jesteś głodna?

Eva Lind skrzywiła się.

– Dlaczego nie mogę nigdy rozmawiać z tobą normalnie? Dlaczego zawsze musisz zejść na temat hajsu? – spytała, a Erlendur odniósł wrażenie, że ukradła mu tekst.

– A dlaczego ja nie mogę nigdy rozmawiać z tobą?

– Aj, fakaj się.

– Dlaczego tak się wyrażasz? Co to ma być? Fakaj się! Jak tam ziom? Co to za słownictwo?

– Dżizas – westchnęła Eva Lund.

– Kim teraz jesteś? Z kim rozmawiam? Gdzie jesteś w tym całym narkotykowym bagnie?

– Nie zaczynaj znowu tej debilnej nawijki. Kim jesteś – zaczęła go przedrzeźniać. – Gdzie jesteś? Halo! Jestem tutaj. Siedzę przed tobą. Ja to ja!

Erlendur patrzył na córkę. Było w jej zachowaniu coś, co zauważył od razu, jak weszła. Miała krótki oddech, na jej czole perliły się krople potu i reagowała nerwowo. Jakby była chora.

– Jesteś chora? – spytał.

– Absolutnie nic mi nie jest. Brakuje mi trochę drobnych. Plis, nie utrudniaj.

– Jesteś chora?

– Plis.

Erlendur wciąż patrzył na córkę.

– Próbujesz rzucić? – zapytał.

– Plis, dziesięć tysięcy. Tyle, co nic. Nic dla ciebie. Nigdy więcej nie przyjdę prosić o pieniądze.

– No właśnie. Ile czasu minęło, od kiedy... – Erlendur nie wiedział dokładnie, jak się ma wyrazić – ...używałaś środków?

– Nieważne. Już rzuciłam. Rzuciłam rzucanie rzucania rzucania rzucania rzucania rzucania! – Eva Lind wstała. – Daj mi chociaż z dyszkę. Plis. Piątkę! Daj mi pięć tysięcy. Masz tyle w kieszeni? Pięć! To tyle, co nic.

– Dlaczego teraz próbujesz to rzucić?

Eva Lind patrzyła na ojca.

– Żadnych głupich pytań. Nie rzucam. Rzucam co? Co mam rzucić? To ty raczej przestań bredzić!

– Co ci jest? Dlaczego jesteś taka zdenerwowana? Chorujesz na coś?

– Tak, ciężko choruję. Możesz mi pożyczyć dychę? To pożyczka, oddam ci, co? Sknera.

– Sknera to ładne słowo – powiedział Erlendur. – Evo, jesteś chora?

– Dlaczego pytasz? – Była coraz bardziej rozdrażniona.

– Masz gorączkę?

– Dawaj forsę. Dwa tysiące! To tyle, co nic! Ale ty tego nie rozumiesz. Osioł!

Erlendur także wstał, a ona zbliżyła się, jakby chciała się na niego rzucić. Nie zauważył tego przypływu nagłej wściekłości, choć bacznie się córce przyglądał.

– Co się gapisz! – wykrzyczała mu w twarz. – Masz ochotę? Co! Tatuś ma chcicę!

Erlenur uderzył ją w twarz, niezbyt mocno.

– I co, fajnie było? – spytała.

Uderzył ją jeszcze raz, tym razem mocniej.

– Stanął ci? – spytała. Erlendur odwrócił się od niej. Nigdy wcześniej tak do niego nie mówiła. W jednej chwili zmieniła się w potwora. Jeszcze nigdy nie widział jej w takim stanie. Stał przed nią bezradny i jego gniew powoli ustępował współczuciu.

– Dlaczego teraz usiłujesz rzucić? – powtórzył.

– Nie usiłuję teraz niczego rzucać! – krzyknęła. – Co ci jest, człowieku? Nie kumasz, co do ciebie mówię? Kto tu mówi o jakimś rzucaniu?

– Eva, co ci jest?

– Co ci jest i co ci jest! Przestań! Możesz mi dać piątala? Możesz odpowiedzieć? – Wyglądało, że trochę się uspokoiła. Może zdała sobie sprawę, że posunęła się zbyt daleko. Nigdy dotąd nie rozmawiała z ojcem w taki sposób.

– Dlaczego teraz? – jeszcze raz spytał Erlendur.

– Dasz mi dziesięć tysięcy, jak ci powiem?

– Co się stało?

– Pięć tysięcy.

Erlendur patrzył na swoją córkę.

– Jesteś w ciąży? – zapytał.

Eva Lind spojrzała na ojca i uśmiechnęła się z rezygnacją.

– Bingo – odparła.

– Ale jak? – wydusił z siebie Erlendur.

– Co to znaczy jak? Chcesz, żebym ci to opisała ze szczegółami?

– Żadnych wykrętów! Stosujesz chyba jakieś zabezpieczenia? Kondomy? Pigułkę?

– Nie wiem, co się stało. Po prostu się stało.

– I chcesz rzucić narkotyki?

– Już nie. Nie mogę. Teraz już powiedziałam ci wszystko. Wszystko! Jesteś mi winien dziesięć tysięcy.

– Żeby odurzyć twoje dziecko.

– To nie jest żadne dziecko, idioto! To nic nie jest. To ziarnko piasku. Nie mogę od razu rzucić. Rzucę jutro. Obiecuję. Ale nie teraz. Dwa tysiące. No, co jest?

Erlendur znów zbliżył się do niej.

– Ale spróbujesz. Chcesz rzucić. Pomogę ci.

– Nie mogę! – wrzasnęła Eva Lind. Kroplisty pot wystąpił jej na twarzy, drżała na całym ciele.

– Dlatego przyszłaś do mnie – powiedział Erlendur. – Mogłaś pójść dokądkolwiek i załatwić sobie pieniądze. Do tej pory tak właśnie robiłaś. Ale przyszłaś do mnie, bo chcesz...

– Przestań bredzić. Przyszłam, bo mama mnie poprosiła, a ty masz szmal. Z żadnego innego powodu. Jeżeli nie dasz mi forsy, to ją sobie skołuję. Spoko. Mało to na świecie takich facetów jak ty, którzy gotowi są mi zapłacić?

Erlendur nie pozwolił wyprowadzić się z równowagi.

– Byłaś już wcześniej w ciąży? – zapytał.

– Nie – odparła Eva Lind i odwróciła wzrok.

– Kto jest ojcem?

Evę Lind zatkało. Patrzyła wielkimi oczami na Erlendura.

– HALO! – krzyknęła. – Czy wyglądam na taką, która właśnie wyszła z apartamentu dla nowożeńców w pieprzonym pięciogwiazdkowym hotelu?!

Zanim Erlendur zdążył zareagować, odepchnęła go i wybiegła z mieszkania. Pognała schodami w dół, na ulicę, i znikła w zimnym, jesiennym deszczu.

Wolno zamknął za nią drzwi. Zastanawiał się, czy właściwie do tego podszedł. Zdawał sobie sprawę, że nie potrafią ze sobą rozmawiać bez kłótni i podnoszenia głosu, ale był już tym zmęczony.

Odechciało mu się jeść. Usiadł z powrotem na krześle w salonie i gapił się zamyślony w przestrzeń, martwiąc się, co też Eva Lind teraz wymyśli. W końcu wziął książkę, którą czytał, a która leżała otwarta na krześle obok. Została wydana w jego ulubionej serii wydawniczej, a opisywała tragedie ludzkie w głębokim interiorze.

Zaczął lekturę od rozdziału, na którym przerwał, a który nosił tytuł *Zgony na płaskowyżu Mosfellsheidi**. Wkrótce znalazł się myślami w bezlitosnej zadymce wśród zamarzających na śmierć młodych ludzi.

---

* Tom III serii wydawniczej „Z historii Islandii". Przywoływana w niej tragedia grupy młodych ludzi wydarzyła się w marcu 1857 roku.

3

Deszcz lał jak z cebra, kiedy Erlendur i Sigurdur Oli pośpiesznie wysiedli z samochodu, wbiegli po schodach bloku przy Stigahlid i nacisnęli dzwonek. Chcieli wprawdzie przeczekać ulewę w aucie, ale Erlendurowi zaczęło się nudzić. Sigurdur Oli nie chciał zostać sam. W okamgnieniu przemokli do suchej nitki. Woda ściekała po włosach Sigurdura Oliego i wlewała mu się za kołnierz, więc ze złością patrzył na Erlendura, gdy czekali, aż ktoś otworzy im drzwi.

Podczas porannej narady funkcjonariusze zajmujący się sprawą analizowali różne hipotezy. Jedna z nich zakładała, że Holberg został zamordowany zupełnie bez powodu, a napastnik krążył po dzielnicy od jakiegoś czasu, może nawet od kilku dni. Ot, złodziej szukający okazji. Zapukał do Holberga, żeby sprawdzić, czy ktoś jest w domu, a następnie zląkł się, gdy gospodarz podszedł do drzwi. Liścik, który zostawił, miał na celu jedynie zmylenie tropu. I nic nie oznaczał.

Tego samego dnia, w którym znaleziono zwłoki Holberga, wpłynęło zawiadomienie od mieszkańców bloku przy Stigahlid. Młody człowiek w zielonej kurtce wojskowej napadł na dwie starsze panie, bliźniaczki. Wszedł na klatkę schodową, zapukał do drzwi, starsze panie mu otworzyły, a on wdarł się do środka i zażądał pieniędzy. Kiedy kobiety nie spełniły jego żądania, jedną z nich uderzył pięścią w twarz, a drugą przewrócił na podłogę i kopnął, po czym wybiegł z mieszkania.

Z domofonu rozległ się głos i Sigurdur Oli przedstawił się. Domofon zabuczał. Policjanci weszli na klatkę schodową. Była źle oświetlona i śmierdziała śmieciami. Kiedy funkcjonariusze weszli na pierwsze piętro, jedna z kobiet czekała już na nich w drzwiach.

– Złapaliście go? – spytała.

– Niestety – odparł Sigurdur Oli – ale chcielibyśmy o tym porozmawiać...

– Złapali go już? – dobiegł głos z wnętrza mieszkania i dokładnie taka sama kobieta pojawiła się w drzwiach. Obie były około siedemdziesiątki, pulchne, ubrane w czarne spódnice i czerwone swetry, włosy miały siwe, utapirowane, a ich okrągłe twarze wyrażały bezradność.

– Nie – odparł Erlendur – jeszcze nie.

– To nędzarz jakiś, biedaczek – powiedziała kobieta numer jeden. Na imię miała Fjola. Zaprosiła policjantów do mieszkania.

– Nie rozczulaj się nad nim – powiedziała kobieta numer dwa, imieniem Birna. Zamknęła za nimi drzwi. – To był niegodziwy bandyta. Uderzył cię w głowę. Też mi biedaczek, no, no.

Policjanci usiedli w salonie, popatrując to na gospodynie, to na siebie. Mieszkanie było niewielkie. Sigurdur Oli zauważył dwie położone obok siebie sypialnie. Z salonu widział też niewielką kuchnię.

– Przeczytaliśmy zeznania pań – powiedział Sigurdur Oli, który tak naprawdę przekartkował je jedynie w samochodzie w drodze na spotkanie z siostrami. – Chcemy zapytać, czy mogą panie udzielić nam więcej informacji na temat mężczyzny, który na was napadł.

– Mężczyzny? – rzekła Fjola. – To był raczej chłopiec.

– Ale dość dorosły, żeby się na nas rzucić – powiedziała Birna. – Na to był wystarczająco dorosły. Pchnął mnie na podłogę i kopał.

– My nie mamy pieniędzy – wtrąciła Fjola.

– Nie trzymamy tu pieniędzy – dodała Birna. – Tak mu powiedziałyśmy.

– Ale on nam nie uwierzył.

– I zaatakował nas.

– Był wściekły.

– I brzydko się wyrażał. Jak on nas wyzywał!

– W takiej okropnej zielonej kurtce. Jak wojskowy.

– I w takich butach, ciężkich i czarnych, wiązanych na łydce.

– Ale niczego nie zniszczył.

– Nie, uciekł.

– Więc niczego nie zabrał? – wtrącił Erlendur.

– Był jakiś taki jakby nieobecny – rzekła Fjola, która z całych sił starała się jakoś usprawiedliwić napastnika. – Niczego nie zniszczył i niczego nie zabrał. Tylko nas zaatakował, jak się dowiedział, że nie dostanie od nas żadnych pieniędzy. Biedaczek.

– Otumaniony narkotykami – wyrzuciła z siebie Birna. – Biedaczek?! – zwróciła się do siostry. – Czasami naprawdę masz nie po kolei w głowie. Był pod wpływem narkotyków. Widziałam to w jego oczach. Twarde, błyszczące oczy. I był spocony.

– Spocony? – spytał Erlendur.

– Ściekał mu po twarzy. Pot.

– To był deszcz – powiedziała Fjola.

– Skąd! I cały dygotał.

– Deszcz – powtórzyła Fjola, a Birna spojrzała na nią ze złością.

– Uderzył cię w głowę, Fjola. To nigdy nie wychodzi na dobre.

– Jeszcze cię boli tam, gdzie cię kopnął? – spytała Fjola i spojrzała na Erlendura. Zauważył w jej oczach błysk radości.

Wciąż było jeszcze wcześnie, kiedy Erlendur i Sigurdur Oli zajechali do dzielnicy Nordurmyri. Sąsiedzi Holberga z parteru i pierwszego piętra czekali na nich. Policjanci zdążyli już przesłuchać małżeństwo z dwojgiem dzieci z parteru, ale Erlendur chciał z nimi porozmawiać osobiście. Na piętrze mieszkał pilot, który twierdził, że wrócił z Bostonu około południa w dniu, w którym zamordowano Holberga, położył się spać po południu i obudził się dopiero, kiedy zapukała do niego policja.

Zaczęli od pilota. Miał około czterdziestki, mieszkał sam, a mieszkanie wyglądało niczym śmietnik – wszędzie porozrzucane ubrania, dwie torby podróżne na skórzanej sofie wyglądającej na stosunkowo nową, na podłodze plastikowe torby ze sklepu wolnocłowego, na stołach butelki z alkoholem i pootwierane puszki piwa wszędzie, gdzie tylko można je było postawić. Pilot otworzył im nieogolony, w ciepłym podkoszulku i slipach. Popatrzył na obu policjantów, po czym wszedł przed nimi w głąb mieszkania i bez słowa opadł na fotel. Policjanci stali nad nim. Nie mieli gdzie usiąść. Erlendur rozejrzał się dokoła i doszedł do wniosku, że z tym facetem nie wszedłby nawet do symulatora lotów.

Z nieznanych powodów pilot zaczął opowiadać o swoim rozwodzie. Sprawa była w sądzie. Zastanawiał się, czy nie zainteresować tym policji. Ta suka zaczęła go zdradzać.

On miał lot. Któregoś dnia wrócił z Oslo, koszmarnego, dodał, a oni nie wiedzieli, co było większym koszmarem: to, że żona go zdradza, czy to, że musiał nocować w Oslo; zastał ją z kolegą ze szkoły...

– Jesteśmy tu z powodu morderstwa, które popełniono w suterenie tego domu – powiedział Erlendur, przerywając chaotyczną relację pilota.

– Byliście kiedyś w Oslo? – spytał pilot.

– Nie – odparł Erlendur. – I nie mamy zamiaru rozmawiać na temat Oslo.

Pilot spojrzał na niego, następnie na Sigurdura Oliego i nagle jakby się połapał, o co chodzi.

– Ja tam go w ogóle nie znałem – powiedział. – Kupiłem tę norę cztery miesiące temu i jak mi się zdaje, nikt tu nie mieszkał od dłuższego czasu. Parę razy natknąłem się na niego na zewnątrz. Wydawał się w porządku.

– W porządku? – spytał Erlendur.

– To znaczy w porządku się z nim rozmawiało.

– O czym rozmawialiście?

– O lataniu. Najczęściej. Interesował się lataniem.

– W jaki sposób przejawiało się u niego to zainteresowanie lataniem?

– Interesował się samolotami – odparł pilot i otworzył puszkę piwa, którą wcześniej wygrzebał z plastikowej reklamówki. – Miastami – dodał i wlał w siebie piwo. – Stewardesami – powiedział i beknął. – Dużo wypytywał o stewardesy. No, wiecie.

– Nie wiecie – powiedział Erlendur.

– Podczas postojów. Za granicą.

– Tak?

– Co się dzieje, czy są chętne. I takie tam. Gdzieś tam usłyszał, że to dość rozrywkowe wyjazdy. Za granicę.

– Kiedy widział go pan ostatni raz? – spytał Sigurdur Oli.

Pilot przez chwilę się zastanawiał. Nie pamiętał.

– Chyba kilka dni temu – rzekł w końcu.

– A zauważył pan, czy może ostatnio ktoś go odwiedzał? – spytał Erlendur.

– Nie, nieczęsto bywam w domu.

– Zauważył pan może kogoś węszącego w okolicy, rozglądającego za czymś albo po prostu kogoś włóczącego się bez celu między domami?

– Nie.

– W zielonej kurtce wojskowej?

– Nie.

– Młodego mężczyznę w butach wojskowych?

– Nie. To on? Wiecie już, kto to zrobił?

– Nie – odpowiedział Erlendur. Obracając się na pięcie i zmierzając do wyjścia, przewrócił otwartą puszkę z piwem.

Sąsiadka wybierała się z synami na kilka dni do matki i była już gotowa do drogi. Nie chciała, żeby chłopcy pozostawali w domu po tym wszystkim, co się stało. Sąsiad przytaknął. Tak będzie dla nich najlepiej. Najwyraźniej byli przybici. Kupili to mieszkanie przed czterema laty i czuli się tutaj dobrze. To dobre miejsce do życia. Zwłaszcza z dziećmi. Chłopcy stali obok mamy.

– To straszne znaleźć go w takim stanie – powiedział sąsiad, a jego głos zamienił się w szept. Patrzył na synów. – Próbowaliśmy ich przekonać, że on spał – dodał. – Ale...

– My wiemy, że był trupem – powiedział starszy chłopiec.

– Trupem – dodał młodszy.

Małżonkowie uśmiechnęli się zakłopotani.

– Nawet dobrze to znoszą – powiedziała sąsiadka i pogładziła starszego syna po policzku.

– Raczej lubiłem Holberga – powiedział sąsiad. – Czasem gadaliśmy sobie na podwórku. Od dawna mieszkał w tym domu i rozmawialiśmy o ogrodzie, o utrzymaniu i tak dalej, normalnie, jak to między sąsiadami.

– Ale to nie była żadna bliższa znajomość – uzupełniła kobieta. – Zwykłe poprawne stosunki. Moim zdaniem nie powinny być zbyt zażyłe. Trzeba zachować prywatność.

Nie zauważyli żadnych podejrzanych typów w okolicy i nie widzieli też żadnego mężczyzny w zielonej kurtce wojskowej wałęsającego się po dzielnicy. Kobiecie bardzo zależało na wywiezieniu chłopców.

– Dużo gości przyjmował Holberg? – spytał Sigurdur Oli.

– Nigdy nikogo nie zauważyłam – odpowiedziała kobieta.

– Sprawiał wrażenie samotnika – dodał jej mąż.

– Ale strasznie u niego capiło – powiedział starszy syn.

– Capiło – powtórzył po nim brat.

– Jakaś wilgoć była w suterenie – rzekł ojciec usprawiedliwiająco.

– Czasami podchodzi tu do góry – powiedziała sąsiadka. – Wilgoć, znaczy.

– Rozmawialiśmy z nim na ten temat – dodał jej mąż.

– Miał się tym zająć – rzekła żona.

– To było dwa lata temu – powiedział mąż.

4

Małżonkowie z Gardarbae patrzyli na Erlendura wzrokiem pełnym cierpienia. Zniknęła ich córeczka. Przez ostatnie trzy dni nie mieli od niej żadnej wiadomości. Od dnia ślubu. Powiedzieli, że uciekła z wesela. Mała córeczka. Erlendur oczyma duszy widział malutką dziewczynkę o jasnych lokach, zanim do niego dotarło, że zaginiona ma dwadzieścia trzy lata i studiuje psychologię na Uniwersytecie Islandzkim.

– Z wesela? – zdziwił się i rozejrzał wokół po przestronnym salonie; taki metraż miało całe piętro w jego bloku.

– Z własnego wesela! – odparł mężczyzna, jakby jeszcze nie rozumiał, co zaszło. – Dziewczyna zwiała z własnego wesela!

Kobieta uniosła do nosa mokrą chusteczkę.

Wybiło południe. Przyjazd do Gardarbae zajął Erlendurowi pół godziny z powodu robót drogowych na szosie z Reykjaviku, a ogromną willę znalazł dopiero po dłuższych poszukiwaniach. Była niemal niewidoczna z ulicy, otoczona drzewami wysokimi na sześć metrów. Małżonkowie przyjęli go wyraźnie poruszeni.

Erlendur wiedział, że to strata czasu, ale skoro była żona prosiła o przysługę, chciał ją spełnić, mimo że nie rozmawiał z nią od ponad dwudziestu lat.

Kobieta miała na sobie prostą jasnoszarą garsonkę, a jej mąż czarny garnitur. Oboje twierdzili, że coraz bardziej martwią się o córkę. Mężczyzna był przekonany, że córka się odnajdzie, że jest cała i zdrowa, inaczej być nie mogło. Chciał jednak najpierw naradzić się z policją, bo nie widział powodu, aby od razu uruchamiać ekipy poszukiwawcze i ratownicze i dawać komunikaty w radiu, prasie i telewizji.

– Po prostu się rozpłynęła – powiedziała żona. Oboje byli w wieku Erlendura, koło pięćdziesiątki, oboje zajmowali się biznesem, sprowadzali produkty żywnościowe dla dzieci, co wystarczało na dostatnie życie. Nowobogaccy. Upływający czas obszedł się z nimi łaskawie. Erlendur zauważył dwa nowe samochody na podjeździe przed podwójnym garażem. Lśniące.

Kobieta zebrała się w sobie i zaczęła opowiadać.

– To było w sobotę, teraz mamy wtorek. Boże drogi, jak ten czas leci, to był taki piękny dzień. Ślub dawał im ten pastor, który jest taki popularny.

– Koszmarny – skwitował mąż. – Wpadł w ostatniej chwili i coś tam wymruczał, a potem się ulotnił ze swoją aktówką. Nie rozumiem, dlaczego jest taki popularny.

Żonie jednak nic nie było w stanie zmącić pięknego obrazu ślubu.

– Cudowny dzień! Słońce, cudna jesienna pogoda, absolutnie. Do kościoła przyszło pewnie ze sto osób. Ona ma tylu przyjaciół! Jest taka lubiana, maleństwo. Przyjęcie wydawaliśmy tu, w Gardarbae. Jak się nazywa to miejsce? Nigdy nie pamiętam.

– Gardarholt – podpowiedział małżonek.

– Bardzo przyjemne miejsce – kontynuowała. – I było tyle prezentów. Potem, jak... potem, jak...

– Mieli zatańczyć pierwszy taniec – podjął mąż, a kobieta się rozpłakała – i kiedy ten... pan młody zjawił się na parkiecie, zawołaliśmy Disę Ros, ale ona się nie pokazała. Zaczęliśmy jej szukać, ale jakby się pod ziemię zapadła.

– Disę Ros? – powtórzył Erlendur.

– Okazało się, że zabrała samochód ślubny...

– Samochód ślubny?

– No, limuzynę ozdobioną kwiatami i wstążkami, która przywiozła ich z kościoła, czyli samochód ślubny, i znikła z wesela – powiedział mężczyzna. – Bez uprzedzenia! Bez wyjaśnień!

– Z własnego wesela! – podkreśliła jego żona.

– I nie znacie powodu?

– Najwyraźniej zmieniła zdanie – powiedziała kobieta. – Na pewno zaczęła wszystkiego żałować.

– Dlaczego? – spytał Erlendur.

– Może pan ją odnaleźć? – zapytał mężczyzna. – Nie dała żadnego znaku życia i jak pan widzi, jesteśmy zrozpaczeni. Przyjęcie zmieniło się w katastrofę. Ślub diabli wzięli. Jesteśmy bezradni. A nasza mała dziewczynka zaginęła.

– Hmm... samochód ślubny. Odnalazł się?

– Na Gardarstraeti – odparł mąż.

– A dlaczego tam?

– Nie wiem. Ona nikogo tam nie zna. Swoje ubranie ukryła w samochodzie. Prawdziwe ubranie.

Erlendur był zaskoczony.

– Prawdziwe ubranie ukryła w samochodzie ślubnym? – odezwał się w końcu i zastanawiał się przez chwilę, czy to jego wina, że rozmowa przybrała taki obrót.

– Zdjęła suknię ślubną i włożyła rzeczy, które chyba schowała w samochodzie – wyjaśniła kobieta.

– Myśli pan, że uda się ją odnaleźć? – spytał małżonek. – Kontaktowaliśmy się już z jej znajomymi, ale nikt nic nie wie. Nie wiemy, co robić. Mam tu jej zdjęcie.

Podał Erlendurowi fotografię maturalną młodej, pięknej blondynki. Na zdjęciu była uśmiechnięta.

– I nie macie państwo pojęcia, co się stało?

– Nie mamy pojęcia – odpowiedziała żona.

– Żadnego – dodał mąż.

– A to są prezenty? – Erlendur patrzył na ogromny stół, odległy o wiele metrów, zarzucony kolorowymi paczkami, ozdobami, celofanem i kwiatami. Podszedł doń, a małżonkowie za nim. W życiu nie widział tylu prezentów. Zastanawiał się, co zawierają te paczki. Próżność i jeszcze raz próżność, mógł sobie to wyobrazić.

Życie.

– A te rośliny? – zapytał, wskazując na gałązki wystające z dużego wazonu na przeciwległym końcu stołu. Z gałązek zwisały tasiemki zakończone czerwonymi kartkami w kształcie serc.

– To drzewko życzeń.

– A co to takiego? – zdziwił się Erlendur. W życiu był tylko na jednym weselu, dawno temu. Tam żadnych drzewek życzeń nie było.

– Goście dostają kartki i mogą napisać życzenia dla młodej pary, które potem wiesza się na drzewku. Zanim Disa Ros znikła, zawieszono wiele kartek – powiedziała żona, unosząc znowu chusteczkę do nosa.

W kieszeni Erlendura odezwała się komórka. Usiłował ją wygrzebać, ale się zaklinowała. Erlendur szarpnął z całych sił, czego kieszeń płaszcza nie wytrzymała. Ręka z telefonem uderzyła w drzewko życzeń, które się wywróciło i spadło na podłogę. Erlendur spojrzał przepraszająco na małżonków i odebrał telefon.

– Jedziesz z nami do Nordurmyri? – spytał bez wstępu Sigurdur Oli. – Gdzie ty, do diabła, jesteś?

Erlendur wyłączył telefon.

– Zobaczę, co się da zrobić – powiedział, zwracając się do rodziców zaginionej. – Myślę, że nie ma żadnego niebezpieczeństwa. Dziewczyna rozmyśliła się i dochodzi do siebie u jakiegoś przyjaciela. Nie powinniście państwo zbytnio się przejmować. Zadzwoni, zanim się obejrzycie.

Małżonkowie zbierali kartki, które spadły z drzewka podczas upadku. Zauważył, że zostawili kilka pod krzesłem, i schylił się, by je podnieść. Były z czerwonego brystolu. Erlendur przeczytał życzenia i spojrzał na małżonków.

– Czytali to państwo? – spytał i podał im jedną z kartek.

Mężczyzna przeczytał życzenia i na jego twarzy odmalowało się zdziwienie. Podał kartkę żonie. Czytała ją raz po raz, niczego nie rozumiejąc. Erlendur odebrał jej kartkę i przeczytał. Życzenia nie były podpisane.

– Czy to pismo państwa córki? – spytał.

– Tak mi się zdaje – odparła kobieta.

Erlendur obrócił kartkę i jeszcze raz przeczytał: *on jest obrzydliwy co ja zrobiłam*.

5

Gdzie byłeś? – spytał Sigurdur Oli, kiedy Erlendur wrócił do pracy. Ale nie doczekał się odpowiedzi.

– Czy Eva Lind próbowała może skontaktować się ze mną? – spytał.

Sigurdur Oli odparł, że chyba nie. Wiedział wszystko o córce Erlendura, ale żaden z nich nigdy tego tematu nie poruszał. Rzadko rozmawiali o sprawach prywatnych.

– Coś nowego w sprawie Holberga? – rzucił Erlendur i udał się prosto do swojego pokoju. Sigurdur Oli pośpieszył za nim i zamknął drzwi. Morderstwa w Reykjaviku należą do rzadkości, toteż wzbudzają kolosalne zainteresowanie. Policja śledcza z zasady nie informuje mediów o postępach w śledztwie, chyba że zachodzi taka konieczność, co akurat w tym wypadku nie miało miejsca.

– Wiemy trochę więcej na jego temat – powiedział Sigurdur Oli i otworzył teczkę, którą trzymał w ręku. – Urodził się w Saudarkrokur, miał sześćdziesiąt dziewięć lat. Przez ostatnie lata przed emeryturą pracował jako kierowca ciężarówki w firmie Isladsflutningar. Zresztą nadal jeździł u nich dorywczo.

Zapadło milczenie.

– Nie powinniśmy porozmawiać z kolegami z pracy? – spytał w końcu Sigurdur Oli i wygładził krawat. Miał na sobie nowy garnitur; był mężczyzną rosłym i przystojnym, a kryminalistykę studiował w Stanach. Był absolutnym zaprzeczeniem Erlendura: nowoczesny i zorganizowany.

– Nie powinniśmy sporządzić profilu psychologicznego faceta? – kontynuował. – Poznać go trochę?

– Profilu? – zdziwił się Erlendur. – A co to jest? Zdjęcie paszportowe? Chcesz zrobić facetowi zdjęcie paszportowe?

– Zebrać informacje na temat faceta. O co ci chodzi?

– A co koledzy myślą na ten temat? – spytał Erlendur, kręcąc luźny guzik swetra, który w końcu został mu w dłoni. Dobrze zbudowany, silny, o ciemnorudych włosach, był jednym z najbardziej doświadczonych policjantów w służbie. Zazwyczaj stawiał na swoim. Zarówno zwierzchnicy, jak i podwładni już dawno przestali z nim walczyć. Przez lata wybił się na pewną niezależność. I nie miał nic przeciwko temu.

– Że to jakiś świr – powiedział Sigurdur Oli. – Poszukiwania koncentrują się wokół zielonej wojskowej kurtki. Chłopak chciał zabrać Holbergowi forsę, ale spanikował.

– A co z rodziną Holberga? Miał jakąś?

– Żadnej. Z tym że nie mamy jeszcze wszystkich informacji. Wciąż je zbieramy: rodzina, przyjaciele, koledzy z pracy. No wiesz, przeszłość ofiary. Profil.

– Sądząc po mieszkaniu, uważam, że jest od dawna samotny.

– Ty oczywiście znasz się na tym – wypsnęło się Sigurdurowi Oliemu, lecz Erlendur udał, że tego nie słyszy.

– Mamy coś od lekarza sądowego? Od techników?

– Pierwszy raport już jest. Nie ma w nim niczego, czego byśmy nie wiedzieli. Holberg zmarł na skutek uderzenia w głowę. Cios był silny, ale to przede wszystkim kształt popielniczki, jej kanty zdecydowały, że był śmiertelny. Czaszka pękła, więc zgon nastąpił w tej samej chwili lub prawie. Wygląda na to, że padając, uderzył o stolik. Ma brzydką ranę na czole, której kształt pasuje do rogu stolika. Na popielniczce znaleziono odciski palców Holberga oraz co najmniej dwóch innych osób. Jedne z tych odcisków pasują do odcisków pozostawionych na ołówku.

– W takim razie są to odciski mordercy.

– Bardzo prawdopodobne, że zostawił je tam morderca.

– A zatem mamy typowe islandzkie flejowate morderstwo.

– Typowe. I w tym kierunku prowadzimy śledztwo.

Nadal padało. Niże, które o tej porze roku nadciągały z odległego południowego Atlantyku, jeden za drugim przewalały się na wschód z towarzyszącymi im sztormami, deszczem i ponurą ciemnością. Śledczy wciąż pracowali w domu w Nordurmyri. Żółta taśma policyjna rozciągnięta wokół domu przypominała Erlendurowi działania zakładu energetycznego: dziura w jezdni, uświniony namiot nad dziurą, mdławe światełko w namiocie, a wszystko razem starannie otoczone żółtą taśmą. W ten sam sposób policja oznaczyła miejsce zbrodni, owijając je schludną, żółtą taśmą plastikową z logo firmy. Erlendur i Sigurdur Oli natknęli się na Elinborg, która razem z innymi policjantami z wydziału śledczego starannie przez całą noc aż do rana przeczesywała suterenę. Właśnie kończyli pracę.

Przesłuchano mieszkańców najbliższych domów, ale nikt z nich nie zauważył żadnych podejrzanych typów kręcących się w pobliżu miejsca zbrodni od poniedziałkowego poranka do chwili znalezienia zwłok.

Wkrótce w domu zostali jedynie Erlendur i Sigurdur Oli. Kałuża krwi na dywanie zdążyła sczernieć. Popielniczkę zabrano jako dowód. Tak samo ołówek i kołonotatnik. Poza tym wyglądało, jakby nic się tu nie zmieniło. Sigurdur Oli wszedł do holu i korytarza prowadzącego do pokoi, a Erlendur węszył w salonie. Obaj mieli na rękach białe gumowe rękawiczki. Na ścianach wisiały reprodukcje, wyglądające na zakupione u domokrążców. W biblioteczce znajdowały się przekłady powieści kryminalnych i tanie wydawnictwa dla członków klubu książki. Niektóre z nich czytano, inne pozostały nienaruszone. Żadnych ładnie oprawionych, ambitnych wydań. Erlendur musiał się mocno schylić, żeby przeczytać tytuły na najniższej półce, z których znał tylko jeden. *Lolitę* Nabokova. Wydanie kieszonkowe. Wyjął ją z biblioteczki. Wydana po angielsku, nosiła ślady czytania.

Odłożył książkę na miejsce i przesunął się w kierunku biurka. Kształtem przypominało literę L i było wpasowane w narożnik. Przy biurku znajdował się nowoczesny, wygodny fotel biurowy obity skórą; stał na plastikowej płycie, by nie zniszczyć dywanu. Biurko wyglądało na nieco starsze od fotela. Z obu stron pod dłuższym blatem mieściły się szuflady i jedna większa pośrodku. Razem dziewięć. Na krótszym blacie stał siedemnastocalowy monitor, a pod blatem znajdowała się wysuwana płyta na klawiaturę. Pod tą częścią biurka, na podłodze, stał komputer.

Wszystkie szuflady zamknięte były na klucz.

Sigurdur Oli przeszukał szafę w sypialni. Panował w niej porządek, skarpetki w jednej szufladzie, bielizna w innej, spodnie, koszulki. Koszule i trzy garnitury wisiały na wieszakach. Według Sigurdura Oliego najstarszy garnitur, brązowy w prążki, modny był w czasach disco. Na dnie szafy stało kilka par butów. Na najwyższej półce leżała pościel. Facet pościelił łóżko, zanim przyjął gościa. Biała narzuta przykrywała kołdrę i poduszkę. Łóżko było jednoosobowe.

Na stoliku nocnym stał budzik i leżały dwie książki. Jedną z nich był wywiad rzeka ze znanym przywódcą politycznym, drugą album ze zdjęciami szwedzkich ciężarówek Scania Vabis. Stolik nocny był tak naprawdę szafką, a w środku znajdowały się lekarstwa, spirytus salicylowy, tabletki nasenne, tabletki przeciwbólowe Panodil, mały, uświniony słoiczek wazeliny.

– Nie znalazłeś gdzieś kluczy? – spytał Erlendur, stojąc w drzwiach.

– Żadnych. Chodzi ci o klucze od mieszkania?

– Nie, od biurka.

– Też nie znalazłem.

Erlendur wyszedł do holu, a stamtąd do kuchni. Otwierał kolejno szuflady i szafki, ale nie znalazł niczego poza sztućcami, szklankami, chochlami i talerzami. Żadnych kluczy. Następnie podszedł do wieszaka w przedpokoju, obmacał okrycia wierzchnie i znalazł małą czarną sakiewkę z breloczkiem i drobnymi. Razem z kluczem od drzwi wejściowych, od mieszkania i jak przypuszczał, od pokoi, wisiały dwa małe kluczyki. Erlendur spróbował nimi otworzyć szuflady w biurku. Jeden kluczyk pasował do wszystkich.

Najpierw otworzył największą, środkową szufladę. Znalazł w niej rachunki: telefon, prąd, ogrzewanie, wydruki z kart płatniczych, prenumeratę gazety porannej. Dwie dolne szuflady po lewej stronie były puste, a w drugiej od góry leżały formularze z zeznaniami podatkowymi i potwierdzenia otrzymania wypłaty. W najwyższej spoczywał album ze zdjęciami. Erlendur go przejrzał. Wszystkie zdjęcia były czarno-białe, stare, i przedstawiały ludzi w różnych czasach, czasem odświętnie ubranych, siedzących chyba w salonie w Nordurmyri; na niektórych fotografiach uwieczniono wycieczkę w interior; karłowaty las, Gullfoss i Geysir. Zauważył dwa zdjęcia, które mogły przedstawiać denata w młodym wieku, ale nie znalazł żadnej nowej fotografii.

Otworzył szuflady po prawej. Dwie górne były puste. W trzeciej natrafił na talię kart, pudełko ze składaną szachownicą i figurami oraz stary kałamarz.

Pod najniższą szufladą znalazł to zdjęcie.

Erlendur zamykał ją, kiedy usłyszał ze środka coś jakby delikatny szelest. Wysunął ją więc jeszcze raz, po czym znów pchnął, by ją zamknąć, i znowu usłyszał szelest. Szuflada wyraźnie o coś się ocierała. Wzdychając ciężko, opadł na kolana, przechylił się i zajrzał do środka, ale niczego nie zauważył. Ponownie wyciągnął szufladę, lecz nic nie usłyszał. Kiedy zaś znów ją zamykał, dobiegł go ten sam dźwięk. Położył się na podłodze i wyjął szufladę z biurka. Coś leżało w środku. Erlendur sięgnął po to.

Było to małe, czarno-białe zdjęcie, przedstawiające grób na cmentarzu w zimie. Nie rozpoznał cmentarza. Na kamieniu nagrobnym dawało się rozróżnić największe litery. Układały się w kobiece imię. Audur. Brakowało patronimiku*. Daty narodzin i śmierci były niezbyt wyraźne. Wymacał okulary w kieszeni marynarki, włożył je na nos i uniósł zdjęcie do oczu. 1964–1968. Litery epitafium były malutkie i nie mógł ich odczytać. Ostrożnie zdmuchnął kurz ze zdjęcia.

Dziewczynka miała zaledwie cztery lata, kiedy umarła.

---

* Patronimik – nazwisko utworzone od imienia ojca.

Usłyszawszy huk wichury, Erlendur podniósł wzrok. Był środek dnia, ale niebo poczerniało i jesienny deszcz wściekle bębnił o ściany domu.

6

Ogromna ciężarówka kołysała się na wietrze niczym apokaliptyczna bestia, a strugi deszczu dudniły o nią niemiłosiernie. Odnalezienie samochodu Holberga zajęło policji sporo czasu, ponieważ nie został zaparkowany w pobliżu jego mieszkania w Nordurmyri, lecz na parkingu po zachodniej stronie Snorrabraut, obok przychodni lekarskiej Domus Medica, o dobrych kilka minut piechotą od jego domu. Skończyło się tym, że trzeba było nadać komunikat przez radio. Patrol policyjny odnalazł ciężarówkę w tym samym momencie, gdy Erlendur i Sigurdur Oli opuszczali mieszkanie Holberga ze zdjęciem w ręku. W celu przeszukania ciężarówki wezwano techników. Mieli poszukać śladów, które pchną śledztwo do przodu. Był to samochód ciężarowy marki MAN z czerwoną szoferką. Pierwszą rzeczą, jaką znaleziono po pobieżnym przeszukaniu, był stos hardcorowych pism pornograficznych. W celu prowadzenia dalszych badań postanowiono przewieźć ciężarówkę na kryty parking policyjny.

W tym samym czasie technicy zajęli się fotografią. Okazało się, że odbitka zrobiona jest na papierze Ilford, powszechnie używanym w latach sześćdziesiątych, lecz obecnie już nieprodukowanym. Najprawdopodobniej zdjęcie zostało wywołane osobiście przez fotografa lub inną osobę amatorsko zajmującą się fotografią; zaczynało blaknąć. Na odwrocie nie znaleziono żadnego napisu i trudno było ustalić, na jakim cmentarzu zdjęcie zostało zrobione. Mógł to być każdy cmentarz w kraju.

Fotograf stał mniej więcej w odległości trzech metrów. Zdjęcie przedstawiało front grobu; fotograf musiał zapewne ugiąć kolana, by je zrobić, chyba że był niskiego wzrostu. Nawet jak na tę odległość kąt widzenia był bardzo wąski. Zdjęcie nie przedstawiało żadnej roślinności. Ziemię pokrywała warstwa śniegu. Innych grobów nie było widać. Z tyłu za grobem wszystko tonęło w białej mgle.

Technicy skoncentrowali się na epitafium, bardzo nieczytelnym z powodu zbyt dużej odległości. Wykonano wiele kopii zdjęcia i powiększeń napisu, każdą literę odbito na papierze A5, arkusze ponumerowano, a następnie ułożono według napisu na pomniku. Zdjęcia były ziarniste - same czarne i białe kropki, układające się w mozaikę światła i cienia. Kiedy jednak wskanowano je do komputerów, udało się obrobić cienie i grube ziarno. Niektóre z liter były wyraźniejsze od innych, co ułatwiło technikom wypełnienie pustych miejsc. Wyraźne były litery M i T, i jeszcze O. Pozostałe sprawiały więcej kłopotu.

W porze kolacji Erlendur zadzwonił do domu kierownika z biura ewidencji ludności i zmusił go, mimo ostrego sprzeciwu wyrażającego się przekleństwami i złorzeczeniem, do spotkania przed wejściem do urzędu w dzielnicy Skuggahverfi. Tam przechowywano wszystkie świadectwa zgonu wystawione od 1916 roku. W urzędzie panowała martwa cisza, bo też było już dobrze po godzinach pracy. Kierownik zaparkował samochód przez urzędem i szybko uścisnął dłoń Erlendura. Wprowadził kod wyłączający alarm i specjalną kartą otworzył drzwi. Erlendur zapoznał go ze sprawą, informując jedynie o tym, co konieczne.

Przejrzeli wszystkie świadectwa zgonu wydane w roku 1968. Znaleźli dwie osoby imieniem Audur. Jedna z nich zmarła w czwartym roku życia. W lutym. Świadectwo zgonu wydał lekarz, którego szybko odnaleźli w rejestrze. Mieszkał w Reykjaviku. W świadectwie wspomniano o matce dziewczynki. Bez problemu odnaleźli jej dane. Ostatnio była zameldowana w Keflaviku na początku lat siedemdziesiątych. Na imię miała Kolbrun. Sprawdzili jeszcze raz świadectwa zgonu. Umarła w 1971, w trzy lata po śmierci córki.

Przyczyną zgonu dziewczynki był złośliwy guz mózgu.

Matka popełniła samobójstwo.

7

Pan młody przyjął Erlendura w swoim biurze. Pracował jako specjalista od jakości i marketingu w hurtowni sprowadzającej amerykańskie płatki śniadaniowe, a Erlendur, który nigdy w życiu nawet nie skosztował amerykańskich płatków śniadaniowych, zastanawiał się, zajmując miejsce w fotelu, jakież to zadanie ma specjalista od jakości i marketingu w hurtowni. Ale nie chciało mu się o to pytać. Mąż Disy Ros miał na sobie białą, wyprasowaną koszulę, na której odciskały się szerokie szelki. Podwinął rękawy, zupełnie jakby sprawy jakości wymagały całej jego siły fizycznej. Wzrostu był średniego, nieco pulchny, z zarostem okalającym mięsiste wargi. Na imię miał Viggo.

– Nie miałem żadnej wiadomości od Disy – rzucił szybko i usiadł naprzeciw Erlendura.

– Powiedział jej pan może coś, co...

– Każdy tak myśli – odparł Viggo. – Wszyscy uważają, że to moja wina. To jest najgorsze. Nie do zniesienia. Ja tego nie wytrzymam.

– Zauważył pan w jej zachowaniu przed ucieczką coś niezwykłego? Może coś ją zdenerwowało?

– Wszyscy po prostu się bawili. Rozumie pan, wesele, wie pan, o czym mówię.

– Nie.

– Był pan chyba kiedyś na weselu?

– Na jednym. Ale to było dawno temu.

– Mieliśmy razem zatańczyć pierwszy taniec. Było już po oficjalnych mowach, a jej koleżanki pokazały program rozrywkowy. Zjawił się akordeonista i mieliśmy tańczyć. Ja siedziałem przy stole i wszyscy zaczęli szukać Disy, ale okazało się, że jej nie ma.

– Gdzie widział ją pan po raz ostatni?

– Siedziała obok mnie i powiedziała, że musi iść do toalety.

– I powiedział jej pan coś takiego, że się wściekła?

– Wcale nie. Pocałowałem ją i powiedziałem, żeby się pośpieszyła.

– Ile czasu minęło od jej odejścia od stołu do chwili, kiedy zaczęliście jej szukać?

– Uff, bo ja wiem? Siedziałem z przyjaciółmi, a potem wyszedłem zapalić, wszyscy palący wyszli, rozmawiałem z ludźmi na zewnątrz, potem wróciłem i usiadłem, i podszedł do mnie akordeonista pogadać o tańcu i muzyce. Rozmawiałem jeszcze z innymi, pewnie mogło to być jakieś pół godziny, nie wiem.

– I od tamtego momentu jej pan nie widział?

– Nie. To była absolutna katastrofa. Wszyscy gapili się na mnie, jakby to była moja wina.

– Jak pan myśli, co się z nią stało?

– Wszędzie jej szukałem. Rozmawiałem ze wszystkimi jej przyjaciółkami i znajomymi, z krewnymi, ale nikt nic nie wie, a w każdym razie tak mówią.

– Myśli pan, że ktoś kłamie?

– Ona gdzieś musi być.

– Wiedział pan, że zostawiła wiadomość?

– Nie. Jaką wiadomość? O co chodzi?

– Powiesiła kartkę na drzewku życzeń. *On jest obrzydliwy co ja zrobiłam*, napisała. Wie pan, kogo miała na myśli?

– On jest obrzydliwy – powtórzył Viggo. – Kogo miała na myśli?

– Myślałem, że pana.

– Mnie? – warknął Viggo ze złością. – Ja jej nic nie zrobiłem, najmniejszej krzywdy. Nigdy. To nie ja. Tu nie może o mnie chodzić.

– Samochód, którym uciekła, znaleziono na Gardarstraeti. Coś panu to mówi...?

– Ona nikogo tam nie zna. Ogłosicie jej zaginięcie?

– Zdaje mi się, że jej rodzina chce jej dać czas.

– A jak się nie znajdzie?

– Zobaczymy. – Erlendur się zawahał. – Myślałem, że skontaktuje się z panem – powiedział po chwili. – Choćby tylko po to, żeby powiedzieć, że wszystko w porządku.

– Też tak sądziłem – odparł specjalista od jakości i marketingu. – Bądź co bądź, jesteśmy małżeństwem.

Zamilkł.

– Zaraz, czy pan sugeruje, że to moja wina i że ona nie odzywa się do mnie, dlatego że jej coś zrobiłem? To jest chore, do diabła! Wie pan, jak się czułem, kiedy przyszedłem do pracy w poniedziałek? Wszyscy kumple z pracy byli na weselu! Myśli pan, że to moja wina? Do diabła! Wszyscy myślą, że to moja wina.

– Kobiety – powiedział Erlendur i wstał. – Tu trudno się specjalizować w jakości.

Erlendur właśnie wrócił do biura, kiedy zadzwonił telefon. Od razu rozpoznał głos, choć nie słyszał go od dawna. Wciąż był to głos wyraźny, silny i zdecydowany, pomimo podeszłego wieku. Erlendur znał Marion Briem od prawie trzydziestu lat, ale nie zawsze była to znajomość bez zgrzytów.

– Jestem już w mieście po krótkim wypoczynku w domku letniskowym – powiedziała. – Dlatego te wszystkie informacje dotarły do mnie dopiero teraz.

– Mówisz o Holbergu? – spytał Erlendur.

– Przejrzeliście jego akta?

– Wiem, że Sigurdur Oli sprawdzał go w komputerowej bazie danych, ale nie odezwał się do mnie. Jakie akta?

– Pytanie, czy są w komputerach. Być może już je wyrzucono. Są jakieś przepisy regulujące niszczenie akt? Niszczycie je?

– Do czego zmierzasz?

– Holberg nie był wzorowym obywatelem – oznajmiła Marion Briem.

– Jak to?

– Prawdopodobnie był gwałcicielem.

– Prawdopodobnie?

– Był oskarżony o gwałt, ale go nigdy nie skazano. To było w sześćdziesiątym trzecim. Powinniście przejrzeć wasze akta.

– Kto wniósł pozew?

– Niejaka Kolbrun. Mieszkała w...

– Keflaviku?

– Tak. Wiesz coś na jej temat?

– Znaleźliśmy w biurku Holberga zdjęcie. Odniosłem wrażenie, że je tam ukryto. Zdjęcie przedstawia grób dziewczynki imieniem Audur na cmentarzu, którego jeszcze nie udało się nam zlokalizować. Obudziłem gościa z biura ewidencji ludności i znalazłem świadectwo zgonu kobiety imieniem Kolbrun. Była matką dziewczynki, której grób widać na zdjęciu. Matka Audur. Już nie żyje.

Po drugiej stronie słuchawki trwało milczenie.

– Marion? – powiedział Erlendur.

– I co ci to mówi? – odezwała się.

– Mogę sobie wyobrazić – odparł po zastanowieniu – że jeśli Holberg zgwałcił matkę, jest ojcem dziecka i dlatego zdjęcie leżało w jego biurku. Dziewczynka miała cztery latka, kiedy umarła; przyszła na świat w 1964.

– Holberg nigdy nie został skazany – powiedziała Marion. – Oskarżenie upadło z braku dowodów.

– Wymyśliła to wszystko?

– W tamtych czasach wydawało mi się to nieprawdopodobne, ale niczego nie dało się udowodnić. Kobietom zawsze jest trudno zgłaszać policji, że zostały zgwałcone, a możesz sobie wyobrazić, przez co taka kobieta musiała przejść prawie czterdzieści lat temu. Nawet dziś nie jest to dla kobiet łatwe, a wtedy było jeszcze trudniejsze. Nie zrobiłaby tego dla żartu. Być może to zdjęcie jest pewnego rodzaju potwierdzeniem ojcostwa. Dlaczegóż by Holberg miał je przechowywać w swoim biurku? Czas najwyraźniej się zgadza. Gwałt miał miejsce w 1963. Powiadasz, że Kolbrun urodziła Audur w następnym roku. Cztery lata później dziewczynka umiera. Kolbrun chowa swoje dziecko. Holberg w jakiś sposób bierze w tym wszystkim udział. Być może sam robi to zdjęcie. Nie wiem, w jakim celu. Może to nie ma znaczenia.

– Na pewno nie był na pogrzebie, ale mógł podejść do grobu i go sfotografować. O to ci chodzi?

– Jest jeszcze inna możliwość.

– No?

– Być może to ona zrobiła zdjęcie i mu je wysłała?

Erlendur chwilę się zastanawiał.

– Ale po co? Jeśli ją zgwałcił, to po co miałaby wysyłać mu zdjęcie?

– To jest pytanie.

– Czy na świadectwie zgonu podano przyczynę śmierci? – zapytała Marion. – W jaki sposób dziewczynka zmarła? Wypadek?

– Napisali, że miała guza mózgu. Myślisz, że to może mieć jakieś znaczenie?

– Robili jej sekcję?

– Na pewno. Świadectwo jest podpisane przez lekarza.

– A matka?

– Nagły zgon w domu.

– Samobójstwo?

– Tak.

– Nie zaglądasz już do mnie – rzekła Marion po chwili milczenia.

– Praca – odparł Erlendur. – Cholerna praca.

8

Podczas porannej jazdy do Keflaviku padał deszcz, a woda zbierała się w głębokich koleinach, których samochody starały się za wszelką cenę unikać. Lało tak, że przez szyby aut, tonących w strugach wody i zataczających się w gwałtownym południowo-wschodnim sztormie, nie było nic widać. Wycieraczki nie nadążały ze zgarnianiem wody z przedniej szyby, a Erlendur tak mocno trzymał kierownicę, że aż zbielały mu knykcie. Widział blask tylnych świateł jadącego przed nim samochodu i całą uwagę koncentrował na tym, by się go trzymać.

Jechał sam. Po porannej rozmowie telefonicznej z siostrą Kolbrun doszedł do wniosku, że tak będzie najlepiej. Znalazł jej dane na świadectwie zgonu w rubryce „najbliższa rodzina". Siostra nie była jednak chętna do współpracy. Nie zgodziła się na spotkanie. Absolutnie odrzuciła taką możliwość. Gazety opublikowały zdjęcie i imię denata. Erlendur zapytał, czy je widziała, i chciał spytać, czy go pamięta, ale ona w pół zdania odłożyła słuchawkę. Zdecydował więc sprawdzić, co się wydarzy, kiedy osobiście pojawi się na jej progu. Nie chciał wydawać nakazu doprowadzenia jej przez policję.

Erlendur źle spał w nocy. Martwił się Evą Lind i obawiał, że córka może zrobić coś głupiego. Miała telefon komórkowy, ale zawsze, kiedy dzwonił, słyszał mechaniczny głos, powtarzający uparcie, że telefon albo jest poza zasięgiem, albo że wszystkie linie są zajęte, albo że abonent ma wyłączony aparat. Erlendur rzadko pamiętał swoje sny, ale kiedy rano się obudził, czuł się nieswojo i jakieś strzępy koszmaru przeleciały mu przez głowę, zanim zupełnie się ulotniły.

Niewiele mieli danych na temat Kolbrun. Urodziła się w 1934 roku i oskarżyła Holberga o gwałt 23 listopada 1963. Zanim Erlendur wyruszył do Keflaviku, Sigurdur Oli przedstawił mu treść oskarżenia o gwałt, wraz z opisem zdarzenia z akt, które odnalazł w policyjnym archiwum dzięki wskazówkom Marion Briem.

Kolbrun miała koło trzydziestki, kiedy urodziła córkę Audur. Dziewięć miesięcy wcześniej została zgwałcona. Zgodnie z jej zeznaniem zdarzenie wyglądało następująco: spotkała Holberga w modnym wówczas lokalu Kross, który znajdował się między Keflavikiem a Njardvikiem. Była sobota. Nie znała Holberga wcześniej i nigdy go nie widziała. Bawiła się tam z dwiema przyjaciółkami, a Holberg i jego dwaj kumple dołączyli do nich. Kiedy zabawa się skończyła, przenieśli się do domu jednej z przyjaciółek Kolbrun. W nocy Kolbrun zaczęła się szykować do wyjścia. Holberg zaproponował, że dla bezpieczeństwa odprowadzi ją do domu. Ona nie zaprotestowała. Żadne z nich nie było pod znacznym wpływem alkoholu. Kolbrun oświadczyła, że w czasie zabawy wypiła dwie małe wódki zmieszane z sokiem i nic później. Holberg tego wieczoru nie pił. Powiedział Kolbrun, że bierze penicylinę z powodu zapalenia ucha. Zwolnienie lekarskie dołączone było do akt i potwierdzało tę wersję.

Holberg zapytał, czy może zadzwonić po taksówkę. Mówił, że ma zamiar jechać do Reykjaviku. Ona zawahała się przez chwilę, po czym wskazała mu, gdzie jest telefon. Wszedł do salonu, ona zaś zdjęła płaszcz w przedpokoju i poszła do kuchni napić się wody. Nie usłyszała, jak zakończył rozmowę telefoniczną, jeśli w ogóle jakąś prowadził. Kiedy stała przy zlewie w kuchni, nagle poczuła, że podchodzi do niej z tyłu.

Tak ją to zaskoczyło, że upuściła szklankę do zlewu, a woda rozlała się po stole kuchennym. Krzyknęła głośno, gdy złapał ją za piersi, i cofnęła się przed nim w kąt kuchni.

– Co ty wyprawiasz? – spytała.

– Nie zabawimy się trochę? – zapytał. Stał przed nią bez ruchu, solidnie zbudowany, o silnych rękach i grubych palcach.

– Wyjdź! – powiedziała zdecydowanie. – Natychmiast! Proszę stąd wyjść!

– Może jednak zabawimy się trochę – powtórzył. Zrobił krok w jej kierunku, a ona zasłoniła się rękami.

– Nie zbliżaj się do mnie! – krzyczała. – Zadzwonię na policję!

Nagle zrozumiała, jak bardzo jest sama, bezbronna wobec nieznajomego, którego wpuściła do domu, a który przywarł już do niej, wykręcił jej ręce do tyłu i próbował całować.

Szarpała się, ale na próżno. Próbowała mu przemówić do rozsądku, ale na próżno. Była bezradna.

Erlendur ocknął się z zamyślenia, kiedy zatrąbiła na niego ogromna ciężarówka i wyprzedziła go z hukiem, zalewając wóz ścianą wody. Odbił kierownicą i przez chwilę samochód tańczył na wodzie. Zarzuciło tyłem auta i Erlendur przez moment myślał, że straci panowanie nad samochodem i wyląduje na polu lawy. Gwałtownie zwolnił. Udało mu się utrzymać na szosie. Rzucił solidną wiązankę pod adresem kierowcy ciężarówki, który dawno już rozpłynął się w deszczu.

Jakieś dwadzieścia minut później zajechał pod mały drewniany domek, obity z zewnątrz falistą blachą stojący w najstarszej części Keflaviku. Ściany pomalowane były białą farbą, a sam dom nieduży. Otaczał go zadbany ogródek z białym płotem. Siostra Kolbrun miała na imię Elin i była od niej o kilka lat starsza. Obecnie przeszła już na emeryturę. Stała w przedpokoju w płaszczu. Właśnie miała wyjść, kiedy Erlendur nacisnął dzwonek. Patrzyła na niego zaskoczona, niska i szczupła, z zaciętym wyrazem twarzy, świdrującymi oczami, wysokimi kośćmi policzkowymi i zmarszczkami wokół ust.

– Chyba mówiłam, że nie chcę mieć nic wspólnego ani z panem, ani w ogóle z policją – rzuciła zdenerwowana, kiedy Erlendur się przedstawił.

– Wiem – odrzekł Erlendur – ale...

– Proszę zostawić mnie w spokoju – powiedziała. – Niepotrzebnie się pan trudził. Niepotrzebnie pan tu przyjeżdżał.

Wyszła i zamknęła za sobą drzwi. Zeszła z trzech schodków, otworzyła małą furtkę i zostawiła ją otwartą, dając do zrozumienia Erlendurowi, by się wynosił. Nawet na niego nie spojrzała. Erlendur został na schodach i patrzył za nią.

– Wie pani, że Holberg nie żyje? – zawołał.

Nie odpowiedziała.

– Zamordowano go w jego mieszkaniu. Wie pani o tym?

Także zszedł ze schodków i ruszył za kobietą. Otworzyła czarny parasol. Deszcz bębnił o materiał. Erlendur miał jedynie kapelusz, który dawał marną ochronę przed deszczem. Elin przyśpieszyła. On także, ale musiał biec, żeby ją dogonić. Nie wiedział, co powiedzieć, by zmusić ją do słuchania. Nie wiedział, dlaczego kobieta tak na niego reaguje.

– Chciałbym pani zadać kilka pytań na temat Audur – powiedział.

Kobieta zatrzymała się nagle, odwróciła i zbliżyła się do niego rozzłoszczona.

– Ty żałosny kundlu – wycedziła przez zaciśnięte zęby. – Nie waż się wymawiać jej imienia. Jak śmiesz? Po tym wszystkim, coście jej zrobili! Zmiataj stąd! Zmiataj stąd natychmiast! Ty psie!!!

Patrzyła na niego z nienawiścią, a on patrzył na nią.

– Po tym wszystkim, cośmy jej zrobili? – spytał. – Jakiej jej?

– Odejdź stąd! – krzyknęła, odwróciła się na pięcie i zostawiła go samego. Erlendur stał i patrzył, jak oddala się w deszczu, nieco przygięta, w zielonym płaszczu i czarnych kaloszach za kostkę. W końcu odwrócił się i zamyślony poszedł w stronę jej domu i swego samochodu. Wsiadł do auta, zapalił papierosa, uchylił lekko okno i włączył silnik. Wolno wycofał samochód, wrzucił jedynkę i przejechał obok domu.

Zaciągając się, znów poczuł lekkie kłucie w środku klatki piersiowej. Nie było to nic nowego. Już prawie od roku dawało Erlendurowi do myślenia. Lekkie kłucie, które witało go każdego ranka i znikało zaraz po tym, jak wstał z łóżka. Materac, na którym sypiał, nie był wygodny. Czasami bolało go całe ciało, jeśli długo leżał w łóżku.

Zaciągnął się znowu.

Miał nadzieję, że to tylko materac.

Komórka zadzwoniła w kieszeni płaszcza, kiedy gasił niedopałek. Szef techników poinformował go, że udało się przeczytać inskrypcję z nagrobka i odnaleźć cytat w Biblii.

– Pochodzi z psalmu 64.

– Tak? – odparł Erlendur.

– Zachowaj me życie od strachu przed wrogiem*.

– Co?

– Na nagrobku jest napisane: *Zachowaj me życie od strachu przed wrogiem*. To z psalmu Dawida.

– Zachowaj me życie od strachu przed wrogiem.

– Coś ci to mówi?

– Nie mam pojęcia.

– Na zdjęciu były odciski palców dwóch osób.

– Wiem, Sigurdur Oli już mi o tym powiedział.

– Jedne to odciski denata, a drugie nie figurują w naszej kartotece. Są dość niewyraźne. Bardzo stare.

– A wiecie, jakim aparatem zdjęcie zostało zrobione? – spytał Erlendur.

– Nie da się powiedzieć. Ale chyba nie był markowy.

---

* Biblia Tysiąclecia, Księga Psalmów 64,3.

9

Sigurdur Oli zaparkował na placu przeładunkowym firmy Islandsflutningar w miejscu, w którym miał nadzieję nie sprawić nikomu żadnych kłopotów. Plac wypełniały rzędy ciężarówek. Niektóre właśnie ładowano, inne odjeżdżały, jeszcze inne cofały się pod rampę przeładunkową. Wszędzie unosił się zapach benzyny i oleju napędowego, a z silników dobywał się przeszywający ryk. Pracownicy i klienci biegali po placu i magazynie.

Meteorolodzy zapowiadali dalsze opady. Sigurdur Oli narzucił na głowę płaszcz i biegiem ruszył w kierunku magazynu. Skierowano go do brygadzisty siedzącego w niewielkim oszklonym boksie. Przeglądał papiery i wydawał się bardzo zajęty.

Dość tęgi, miał na sobie niebieską kurtkę zapiętą na jeden guzik powyżej brzucha. Obracając w palcach niedopalone cygaro, powiedział, że wie już o śmierci Holberga. I że nieźle go znał. Przedstawił go jako człowieka, na którym można było polegać, sumiennego kierowcę ciężarówki, który przez dziesięciolecia zjeździł cały kraj i znał każdy zakręt i wszystkie zwężenia na krajowych drogach. Dodał też, że Holberg był skryty, nigdy nie mówił o sobie, nie miał w firmie przyjaciół. Brygadzista nie wiedział jednak, czym Holberg zajmował się wcześniej; sądził, że całe życie przepracował jako kierowca. Nieżonaty i bezdzietny, z tego co słyszał. Nigdy nie opowiadał o swoich najbliższych.

– To chyba wszystko – podsumował, jakby chcąc zakończyć rozmowę.

Wyciągnął z kieszeni kurtki niedużą zapalniczkę i zapalił niedopałek cygara. – Paskudnie, puff, puff, że tak skończył, puff.

– A w firmie z kim się najczęściej zadawał? – spytał Sigurdur Oli i starał się nie wdychać smrodliwego dymu cygara.

– Może pan pogadać z Hilmarem i Gauim, oni chyba znali go najlepiej. Hilmar jest tu obok. Mieszka w Reydarfjordur i czasem nocował u Holberga przy Nordurmyri, kiedy musiał odpocząć po podróży. Sprawy odpoczynku regulowane są specjalnymi przepisami, dlatego kierowcy potrzebują jakiejś przystani w mieście.

– A nie wie pan, czy spał u niego w weekend?

– Nie, pracował na wschodzie. Ale może spał u niego w poprzedni weekend.

– Wie pan może, kto mógł chcieć jego śmierci? Jakieś nieporozumienia w pracy albo...

– Nie, nie, nic, puff, takiego, puff, puff. – Wciąż bezskutecznie próbował rozżarzyć cygaro. – Pogadaj, puff, z Hilmarem, chłopie. Może on będzie w stanie pomóc.

Sigurdur Oli poszedł za radą brygadzisty. Hilmar stał przy drzwiach magazynu i doglądał rozładunku. Był człowiekiem ogromnej postury, miał jakieś dwa metry wzrostu, był rudawy, brodaty; z krótkich rękawków T-shirta wystawały włochate ramiona. Na oko mógł mieć jakieś pięćdziesiąt lat. Staromodne, niebieskie szelki podtrzymywały wytarte dżinsy. Mały wózek widłowy rozwoził palety z towarem po magazynie. Pod drzwi obok z wyciem silnika podjechała tyłem kolejna ciężarówka, a na placu rozładunkowym dwaj kierowcy trąbili na siebie, miotając wyzwiska.

Sigurdur Oli zbliżył się do Hilmara i lekko puknął go w ramię, ale ten nie zareagował. Puknął mocniej i w końcu mężczyzna się odwrócił. Widział, że Sigurdur Oli coś do niego mówi, ale nie słyszał słów i tylko patrzył na niego zmęczonym wzrokiem. Sigurdur Oli podniósł głos. Bez skutku. Krzyknął jeszcze głośniej i w oczach Hilmara pojawił się błysk zrozumienia. Były to jednak tylko pozory. Hilmar pokręcił głową i palcem pokazał na uszy.

Sigurdur Oli postanowił zadziałać jeszcze energiczniej, zebrał się w sobie, wspiął na palce i krzyknął ile sił w płucach. W tym samym momencie wszystko umilkło, a jego słowa zadudniły między ścianami wielkiego magazynu i rozbrzmiały na cały plac:

– CZY SPAŁEŚ Z HOLBERGIEM?

10

Kiedy Erlendur się zbliżył, stary człowiek grabił liście w swoim ogrodzie. Podniósł wzrok dopiero wtedy, gdy Erlendur zdążył się już przyjrzeć jego powolnym ruchom. Wytarł kropelkę zwisającą z nosa. Chyba nie przeszkadzało mu, że pada, a liście są posklejane i niewygodnie je grabić. Systematycznie uderzał grabiami w liście, próbując robić z nich małe kupki. Wciąż mieszkał w Keflaviku. Tu się urodził i wychował.

Wcześniej Erlendur poprosił Elinborg, by zebrała dla niego informacje na temat tego człowieka, a ona wygrzebała najważniejsze fakty z życia starca, przebiegu jego kariery w policji, uwagi o jego zachowaniu i metodach pracy – a zebrało się ich wiele w ciągu wieloletniej służby – o śledztwie w sprawie Kolbrun, zwłaszcza na temat upomnienia, jakie dostał w związku z prowadzeniem tej sprawy. Zadzwoniła z informacjami, kiedy Erlendur jadł w Keflaviku śniadanie. Zastanawiał się, czy nie odłożyć wizyty do następnego dnia, ale pomyślał, że nie będzie mu się chciało jechać tam i z powrotem w taką upiorną pogodę.

Mężczyzna miał na sobie zieloną zimową kurtkę, a na głowie bejsbolówkę. Ściskał grabie białymi, kościstymi dłońmi. Był wysoki i kiedyś musiał być potężniejszy i bardziej władczy. Teraz jednak poddał się starości i z nosa zwisała mu kropelka. Erlendur przez jakiś czas obserwował, jak krząta się nieporadnie na tyłach domu. W końcu zdecydował się ruszyć do ataku.

– Dlaczego jej siostra nie chce ze mną rozmawiać? – zapytał i zauważył, że starzec prostuje się gwałtownie.

– Co? Co to? – Mężczyzna przerwał pracę. – Kim pan jest? – spytał.

– Jak potraktowaliście Kolbrun, kiedy wniosła oskarżenie? – spytał Erlendur.

Stary człowiek patrzył na nieznajomego, który zjawił się w jego ogrodzie, wierzchem dłoni ocierając nos. Obejrzał Erlendura od stóp do głów.

– Czy ja pana znam? – zapytał. – O co panu chodzi? Kim pan jest?

– Nazywam się Erlendur. Zajmuję się sprawą zabójstwa mieszkańca Reykjaviku, niejakiego Holberga. Bez mała czterdzieści lat temu został oskarżony o gwałt. Pan prowadził śledztwo. Zgwałcona miała na imię Kolbrun. Nie żyje. Jej siostra nie rozmawia z policją z przyczyn, które chciałbym poznać. Powiedziała mi: „Po tym wszystkim, coście jej zrobili". Chciałbym, żeby mi pan powiedział, co myśmy jej zrobili.

Mężczyzna bez słowa spoglądał na Erlendura. Patrzył mu w oczy i milczał.

– Co myśmy jej zrobili? – powtórzył Erlendur.

– Nie pamiętam... jakim prawem? Co to za bezczelność? – Jego głos lekko drżał. – Albo się pan wyniesie z mojego ogrodu, albo dzwonię na policję.

– Chwileczkę, Runar, niech pan zrozumie, że to ja jestem policją. I nie mam czasu na żadne przepychanki.

Mężczyzna się zastanowił.

– I to są te nowe metody śledcze? Chamskie nagabywanie ludzi? Insynuacje?

– Dobrze, że pan wspomniał o metodach i chamstwie – odparł Erlendur. – Swego czasu miał pan osiem spraw dyscyplinarnych o nadużycie władzy, między innymi o stosowanie przemocy. Nie wiem, kto za panem stał, że pozwolono panu zostać w policji, ale w końcu zawiódł pan swojego protektora i został zwolniony. Dyscyplinarnie...

– Zamknij się – warknął mężczyzna i rozejrzał się dokoła. – Jak śmiesz...

– ...za wielokrotne, brutalne akty przemocy seksualnej.

Białe, kościste dłonie mocniej chwyciły trzonek grabi, aż cienka, bezbarwna skóra napięła się na knykciach. Usta zacisnęły się z nienawiścią, oczy się zmrużyły, a właściwie na wpół przymknęły. Po drodze tutaj Erlendur zastanawiał się, pośpiesznie analizując informacje od Elinborg, czy wolno nękać tego człowieka za czyny popełnione w poprzednim życiu, kiedy był kimś innym, w innych czasach. Erlendur pracował w policji od dawna i pamiętał opowieści o problemach stwarzanych przez Runara. Pamiętał też jego samego. Spotkał go dwa czy trzy razy, wiele lat temu. Dziś jednak był on tak stary i stetryczały, że Erlendur, wszedłszy do ogrodu, dopiero po dłuższej chwili zorientował się, że to ten sam człowiek. O Runarze wciąż krążyły w policji legendy. Erlendur kiedyś gdzieś przeczytał, że przeszłość to inny ląd, i świetnie to rozumiał. Rozumiał, że czasy się zmieniają, podobnie jak ludzie. Ale nie miał najmniejszego zamiaru wymazywać przeszłości.

Stali naprzeciw siebie w ogrodzie.

– I co z Kolbrun? – spytał Erlendur.

– Won!

– Najpierw opowiesz mi o Kolbrun.

– To była kurwa! – wycedził Runar przez zęby. – Teraz wiesz i możesz stąd zjeżdżać! Wszystko, co o mnie powiedziała, to było pieprzone kłamstwo. Nie było żadnego zasranego gwałtu. Cały czas łgała!

Erlendur wyobraził sobie Kolbrun przed laty. Siedzi przed tym człowiekiem i składa doniesienie o gwałcie. Wyobraził sobie, jak zbiera się w sobie, jak wreszcie decyduje się pójść na policję i opowiedzieć o tym, co ją spotkało: o poniżeniu, które przeżyła, a które najchętniej wymazałaby z pamięci, o tym, że marzy, by to wszystko okazało się koszmarem, z którego obudzi się taka, jaką była wcześniej. Ale nigdy już nie miała się taka obudzić. Została zbrukana. Obcy mężczyzna wdarł się w nią...

– Przyszła trzy dni po tym zdarzeniu i oskarżyła go o gwałt – odezwał się znów starzec. – Nie było to zbyt przekonujące.

– A ty ją wyrzuciłeś – powiedział Erlendur.

– Kłamała.

– Śmiałeś się z niej i poniżałeś ją. Kazałeś jej o tym zapomnieć. Ale nie zapomniała, prawda?

Stary człowiek z nienawiścią spojrzał na Erlendura.

– Pojechała do Reykjaviku, tak? – spytał Erlendur.

– Holberg nigdy nie został skazany.

– Dzięki komu, jak myślisz?

Erlendur oczyma duszy widział Kolbrun spowiadającą się Runarowi na komendzie. Spowiadającą się jemu! Temu człowiekowi! Spowiadającą się z tego, co przeszła. Usiłującą przekonać Runara, że mówi prawdę, jakby to on był najwyższym sędzią w jej sprawie.

Potrzebowała całej swojej odwagi, by opisać wydarzenia tamtej nocy. Starała się zachować chronologię, ale fakty były zbyt bolesne. Nie potrafiła ich opisać. Nie potrafiła mówić o tym, czego nie dawało się opisać, co było ohydne, wynaturzone. Jakoś jednak dobrnęła do końca opowieści. Czy ją oczy mylą, czy policjant śmieje się szyderczo? Nie rozumiała, dlaczego się uśmiecha. Wydawało się jej, że to uśmiech, ale prawda była inna. Zaczął ją wypytywać o szczegóły.

Powiedz mi, jak to dokładnie było.

Patrzyła na niego. Z wahaniem zaczęła całą opowieść od nowa.

Nie, to już słyszałem. Opowiedz mi dokładnie, jak to się odbyło. Byłaś w majtkach. Jak zdjął ci majtki? Jak ci go wsadził?

Czy ten człowiek mówi poważnie?

W końcu spytała, czy w policji pracuje jakaś kobieta.

Nie... Jeśli chcesz wnieść przeciwko niemu oskarżenie, musisz opisać to wszystko bardziej szczegółowo, rozumiesz? Czy w jakiś sposób go zachęciłaś, tak że mógłby pomyśleć, że jesteś chętna?

Chętna?

Odpowiedziała cicho, niemal bezgłośnie, że nic takiego nie zrobiła.

Musisz mówić głośniej. W jaki sposób zdjął ci majtki?

Była pewna, że to szyderczy uśmiech. Ten cham ją przesłuchiwał, prowokował odpowiedzi, był wulgarny, zadawał ordynarne, nieprzyzwoite pytania, sugerował, że zachęcała Holberga, że chciała mieć stosunek, być może nawet jej się odechciało, ale już było za późno, za późno, żeby się wycofać. Sama sobie winna. Bo jak można chodzić do Kross, flirtować z facetami, a potem w pół drogi się wycofywać? To nieprawdopodobne, mówił Runar.

W końcu rozpłakała się cicho, otwierając malutką torebkę. Wyciągnęła z niej plastikowy worek i podała mu. Otworzył go i wyciągnął zeń podarte majtki...

Runar wypuścił z rąk grabie i chciał wyminąć Erlendura, lecz ten zaszedł mu drogę i pchnął na ścianę domu. Patrzyli sobie w oczy.

– Dała ci dowód – powiedział Erlendur. – Jedyny dowód, jaki posiadała. Była pewna, że Holberg coś po sobie zostawił.

– Nigdy mi nic nie dała – syknął Runar. – Daj mi spokój.

– Dała ci majtki.

– Kłamała.

– Powinni byli od razu wtedy wywalić cię ze służby – powiedział Erlendur. – Ty nędzna, przeklęta kreaturo.

Cofnął się powoli z wyrazem pogardy na twarzy. Stary zboczeniec Runar wciąż tkwił przy ścianie.

– Chciałem jej tylko pokazać, czego może się spodziewać, jeśli pójdzie dalej z tą sprawą – zapiszczał falsetem. – Wyświadczyłem jej przysługę. Sądy śmieją się z takich spraw.

Erlendur odwrócił się i odszedł. Myślał o tym, jak to jest, że Bóg, jeśli istnieje, pozwala, by taki Runar dożył sędziwego wieku, a jednocześnie odbiera życie czteroletniej dziewczynce.

Miał zamiar wrócić do siostry Kolbrun, lecz po drodze wstąpił do biblioteki w Keflaviku. Chodził między regałami, przyglądając się grzbietom książek, dopóki nie trafił na Biblię. Nieźle znał Pismo Święte. Odszukał Księgę Psalmów i znalazł psalm 64. I wers wykuty na nagrobku. *Zachowaj moje życie od strachu przed wrogiem.*

Dobrze zapamiętał. Epitafium było kontynuacją pierwszego wersu psalmu. Erlendur przeczytał go kilka razy, zamyślony przejechał ręką po kartach księgi i stojąc między regałami, półgłosem wyrecytował zdanie. Pierwszy wers psalmu był wołaniem do Boga i Erlendur miał wrażenie, że słyszy w nim bezgłośny krzyk kobiety.

Boże, słuchaj głosu mego, gdy się żalę.

11

Erlendur podjechał autem pod mały biały domek z falistej blachy i wyłączył silnik. Został jednak w wozie, by dopalić papierosa. Starał się ograniczyć palenie i niekiedy udawało mu się wypalić tylko pięć dziennie. Ale to był już ósmy papieros tego dnia, a wybiła dopiero trzecia po południu.

Wysiadł z samochodu, wszedł po schodkach i nacisnął dzwonek. Odczekał dobrą chwilę, lecz nic się nie działo. Znowu zadzwonił i znowu bez skutku. Zbliżył twarz do szyby i dostrzegł zielony płaszcz, parasol i kalosze. Zadzwonił po raz trzeci. Stojąc na schodkach, starał się osłonić przed deszczem. Nagle drzwi się otworzyły i Elin wbiła w niego wzrok.

– Proszę mnie zostawić w spokoju, słyszy pan? Precz stąd! Wynocha! – miała zamiar zatrzasnąć drzwi, ale Erlendur zablokował je nogą.

– Nie wszyscy jesteśmy tacy jak Runar – powiedział. – Wiem, że pani siostra nie została potraktowana uczciwie. Rozmawiałem z Runarem. To, co zrobił, jest niewybaczalne, ale nic na to teraz nie poradzimy. Jest dzisiaj żałosnym starcem i z pewnością nigdy nie będzie widział w swoim uczynku nic złego.

– Proszę mnie zostawić w spokoju!

– Muszę z panią porozmawiać. Jeżeli nie da się w ten sposób, będę musiał kazać panią doprowadzić na przesłuchanie. A wolałbym tego uniknąć. – Wyjął z kieszeni płaszcza fotografię nagrobka i wsunął między futrynę a drzwi. – To zdjęcie znalazłem w domu Holberga.

Elin nie odpowiedziała. Minęła długa chwila. Erlendur trzymał fotografię w szparze, ale nie widział Elin, która z drugiej strony napierała na drzwi. Stopniowo jednak nacisk na jego stopę słabł i w końcu Elin wzięła od niego zdjęcie. Zaraz też drzwi stanęły otworem. Kobieta weszła w głąb domu ze zdjęciem w ręku. Erlendur podążył za nią.

Elin znikła w niewielkim saloniku i przez moment Erlendur zastanawiał się, czy zdjąć mokre buty. Wytarł je jednak tylko dokładnie i wszedł do saloniku za Elin, po drodze mijając niedużą, schludną kuchenkę i pokoik do pracy. W saloniku na ścianach wisiały obrazki, wyszywanka w pozłacanej ramce, a w jednym kącie stały niewielkie elektryczne organy.

– Poznaje pani to zdjęcie? – spytał Erlendur ostrożnie.

– Nigdy wcześniej go nie widziałam – odpowiedziała.

– Czy siostra kontaktowała się kiedykolwiek z Holbergiem po... tym?

– Nic mi o tym nie wiadomo. Nigdy. To chyba zrozumiałe.

– A czy zrobiono badania krwi na stwierdzenie ojcostwa?

– Po co?

– Żeby podtrzymać oskarżenie pani siostry. Że to był gwałt.

Oderwała wzrok od zdjęcia i patrzyła na niego długą chwilę, po czym rzekła:

– Wszyscy jesteście tacy sami, policjanci. Nie chce wam się wykonywać waszej pracy.

– Czyżby?

– A zapoznał się pan ze sprawą?

– Z grubsza. Tak sądzę.

– Holberg nie przeczył, że mieli stosunek. Na to jest za cwany. Zaprzeczał tylko, że to był gwałt. Powiedział, że siostra oddała mu się z własnej woli. Twierdził, że go prowokowała i że zaprosiła go do domu. I to była mocna linia obrony. Że Kolbrun miała z nim stosunek z własnej, nieprzymuszonej woli. Udawał niewinnego. Udawał niewinnego, łajdak.

– Ale...

– Jedyny dowód, jakim dysponowała moja siostra, to były podarte majtki – kontynuowała Elin. – Ale nie pozostawił na jej ciele żadnych obrażeń. Nie była silna, nie starczyło jej sił, żeby się bronić. Mówiła mi, że strach zupełnie ją sparaliżował, kiedy zaczął ją obmacywać w kuchni. Zmusił ją, żeby poszła z nim do sypialni, i postawił na swoim. Dwa razy. Przygniótł ją sobą, obmacywał i świntuszył, dopóki nie był gotowy, żeby znów to zrobić. Trzy dni minęły, zanim zdobyła się na odwagę i poszła na policję, a spóźniona obdukcja nic nie dała. Nigdy nie mogła pojąć, dlaczego się na nią rzucił. Obwiniała się, że może go w jakiś sposób ośmieliła. Myślała, że może jakoś zachęciła go na tej bibce, na którą poszli po zamknięciu lokalu. Że powiedziała albo dała do zrozumienia coś takiego, co rozbudziło w nim pożądanie. Czuła się winna. Myślę, że to dość częsta reakcja.

Elin milczała przez chwilę.

– Kiedy wreszcie postanowiła wyrzucić to z siebie, trafiła na Runara. Poszłabym z nią, ale tak bardzo się wstydziła, że nikomu nie powiedziała, co się stało. Dopiero dużo później. Holberg jej groził. Powiedział, że jeśli coś zrobi, to on wróci i będzie ją torturował. Kiedy zgłosiła się na policję, była pewna, że otrzyma pomoc. Będzie bezpieczna. Że będą ją ochraniać. I dopiero kiedy Runar odesłał ją do domu, kiedy ją wyśmiał, kiedy zabrał majtki i poradził, żeby o wszystkim zapomniała, dopiero wtedy opowiedziała mi o tym.

– Majtki nigdy nie znalazły się wśród dowodów – wtrącił Erlendur. – Runar zaprzeczył...

– Kolbrun mówiła, że mu je dała, a ja nigdy w życiu nie złapałam mojej siostry na kłamstwie. Nie wiem, o co chodziło temu człowiekowi. Czasem widuję go w mieście podczas spaceru, w spożywczym albo w rybnym. Kiedyś go zwymyślałam. Miałam wrażenie, że mu się to podoba. Obleśnie się uśmiechał. Kolbrun mówiła mi kiedyś o tym jego uśmiechu. Twierdził, że nie dostał od niej żadnych majtek i że Kolbrun zeznawała tak niejasno, że uznał, iż jest pod wpływem alkoholu. Dlatego odesłał ją do domu.

– W końcu doczekał się upomnienia – powiedział Erlendur – ale to nie odniosło żadnego skutku. Runar ciągle był upominany. W policji słynął z brutalności, ale ktoś za nim stał. W końcu jednak miarka się przebrała, nie dało się go już wybronić i wyleciał ze służby.

– Nie było przesłanek do wszczęcia śledztwa, jak to sformułowano. Runar miał rację, Kolbrun musiała o wszystkim zapomnieć. To prawda, że zbyt długo, a że była naiwna, wypucowała mieszkanie, uprała pościel, usunęła wszelkie dowody. Zostawiła tylko majtki. Mimo wszystko starała się zachować ten dowód. Uważała, że to wystarczy. Że wystarczy powiedzieć prawdę. Chciała wymazać to zdarzenie z pamięci. Nie chciała z tym żyć. I jak mówiłam, na jej ciele nie było śladów przemocy.

Miała tylko pękniętą wargę, bo zasłaniał jej usta, i lekko podbite oko.

– Doszła do siebie...?

– Nigdy. Moja siostra była bardzo wrażliwa. Miała piękną duszę i stanowiła łatwą zdobycz dla ludzi, którzy chcieli ją skrzywdzić. Takich jak Holberg. Takich jak Runar. Obaj czuli to samo. I obaj ją napastowali, każdy na swój sposób. Rozszarpali ofiarę.

Spuściła wzrok.

– Bestie – zakończyła.

Erlendur odczekał chwilę, nim zadał kolejne pytanie.

– Jak zareagowała, dowiedziawszy się, że jest w ciąży?

– Moim zdaniem przyjęła to bardzo rozsądnie. Od razu postanowiła, że będzie się cieszyć z narodzin dziecka, bez względu na okoliczności poczęcia. Szczerze kochała Audur. Łączyło je gorące uczucie i siostra wyjątkowo dobrze dbała o swoją córkę. Robiła dla niej wszystko, co było w jej mocy. Biedactwo. Taka kochana dziewczynka.

– A więc Holberg wiedział, że ma dziecko?

– Oczywiście, że wiedział, ale wyparł się go. Zaprzeczył. Twierdził, że to nie jego. Pomawiał moją siostrę o nierząd.

– To nie utrzymywali żadnych kontaktów, ani ze względu na córkę, ani...?

– Kontaktów! Nigdy. Jak pan może tak myśleć? To niemożliwe, nigdy.

– Czyli Kolbrun nie mogła mu wysłać tego zdjęcia?

– Nie. Nie potrafię sobie tego wyobrazić. To niedorzeczne.

– Zatem musiał sam zrobić to zdjęcie. Albo zrobił je ktoś, kto znał sprawę, i potem mu je wysłał. Może zobaczył nekrolog w gazetach. Może ukazało się jakieś wspomnienie pośmiertne o Audur?

– Tak, były nekrologi, a ja napisałam krótkie wspomnienie do „Morgunbladid”. Niewykluczone, że je przeczytał.

– Pochowałyście ją w Keflaviku?

– Nie. Obie pochodzimy z Sandgerdi, a tam jest mały cmentarz. Kolbrun chciała, żeby tam ją pochować. Był środek zimy. Wydawało się, że nigdy nie wykopią grobu.

– Według aktu zgonu przyczyną śmierci był guz mózgu.

– Tak to siostrze przedstawiono. Ale Audur po prostu umarła. Odeszła od nas, nasz aniołek, i nic na to nie mogłyśmy poradzić. Miała cztery latka.

Elin przeniosła wzrok ze zdjęcia na Erlendura.

– Po prostu umarła.

W domu zrobiło się ciemno, ich głosy szemrały w mroku, pełne pytań i niedomówień. Elin wstała wolno, zapaliła stojącą lampę, dającą mdłe światło, po czym wyszła do przedpokoju, a stamtąd do kuchni. Erlendur słyszał, jak odkręca kran, nalewa wodę do jakiegoś naczynia, po chwili poczuł aromat kawy. Wstał i zaczął oglądać obrazy na ścianach. W większości były to reprodukcje i rysunki, wśród nich obrazek namalowany kredkami świecowymi przez dziecko i oprawiony w cienkie czarne ramki. W końcu znalazł to, czego szukał. Dwa zdjęcia Audur, prawdopodobnie zrobione w dwuletnim odstępie.

Wcześniejsze zdjęcie zrobione zostało u fotografa. Czarno-białe. Dziewczynka miała zapewne nie więcej niż rok, siedziała na wielkiej poduszce, ubrana w odświętną sukienkę, ze wstążką we włosach i grzechotką w małej rączce. Zwrócona półprofilem do fotografa, uśmiechała się, odsłaniając cztery małe ząbki. Drugie zdjęcie przedstawiało tę samą dziewczynkę w wieku około trzech lat.

To zdjęcie zapewne zrobiła jej matka. Fotografia była kolorowa. Dziewczynka stała w niskich zaroślach, a promienie słoneczne padały wprost na nią. Miała na sobie gruby czerwony sweter i króciutką spódniczkę, białe podkolanówki i czarne buciki z ładnymi klamerkami. Patrzyła z powagą w obiektyw. Może nie zgodziła się uśmiechnąć.

– Kolbrun nigdy nie doszła do siebie – powiedziała Elin, stając w drzwiach do saloniku.

Erlendur wyprostował się.

– Chyba nie ma nic gorszego – stwierdził, odbierając od niej filiżankę z kawą. Elin na powrót zajęła swoje miejsce na kanapie z filiżanką w ręku, a Erlendur usiadł naprzeciw i upił łyk kawy.

– Jeśli chce pan zapalić, to proszę bardzo – powiedziała.

– Próbuję rzucić – odparł Erlendur, starając się, żeby nie brzmiało to jak usprawiedliwienie, ale pomyślał o bólu, który odczuwał w klatce piersiowej. Wygrzebał wilgotną paczkę z płaszcza i zapalił. Dziewiątego papierosa w tym dniu. Elin podsunęła mu popielniczkę.

– Tak – powiedziała – chyba nie ma nic gorszego. Dzięki Bogu, Audur nie męczyła się długo. Zaczęła narzekać na zawroty głowy. I ból. Lekarz, który ją badał, stwierdził, że to migrena dziecięca. Przepisał jej jakieś pigułki, ale nie pomogły. To nie był dobry lekarz. Kolbrun powiedziała mi, że czuła od niego alkohol, i martwiła się tym. Ale wszystko działo się tak szybko. Stan dziecka prędko się pogarszał. Mówiono coś o guzkach na skórze, które lekarz prowadzący powinien był zauważyć. Znamionach. W szpitalu nazywali to plamami kawowymi. Najwięcej tych plamek Audur miała pod pachami. W końcu skierowano ją do szpitala w Keflaviku i wtedy lekarze doszli do wniosku, że to sprawy neurologiczne. I wtedy okazało się, że to był guz mózgu. Wszystko trwało jakieś sześć miesięcy.

Elin przerwała na chwilę.

– Jak już mówiłam, Kolbrun nigdy się po tym nie pozbierała. – Westchnęła. – Nie sądzę, aby ktokolwiek był w stanie pozbierać się po takiej tragedii.

– Przeprowadzono sekcję zwłok? – spytał Erlendur, mając przed oczami oświetlone bezcieniową lampą, rozciągnięte na stalowym stole małe ciałko z nacięciem w kształcie litery Y na klatce piersiowej.

– Kolbrun nie chciała o tym słyszeć – odparła Elin – ale nie miała nic do powiedzenia. Wpadła w szał, kiedy się dowiedziała, że ją pokrojono. Oczywiście odchodziła od zmysłów po stracie dziecka i żadne argumenty do niej nie przemawiały. Nie potrafiła się pogodzić z tym, że chcą pokroić jej córeczkę. Dziecko umarło i tego nic nie było w stanie zmienić. Sekcja potwierdziła diagnozę. Znaleźli złośliwy guz w mózgu.

– I pani siostra...?

– Kolbrun targnęła się na swoje życie trzy lata później. Wpadła w głęboką depresję i znajdowała się pod opieką lekarską. Jakiś czas spędziła na oddziale psychiatrycznym w Reykjaviku. Starałam się jej pomagać, jak tylko mogłam, ale wyglądało na to, że zupełnie zgasła. Żadnej woli życia. Audur była jej szczęściem pomimo tych strasznych okoliczności. Ale straciła ją.

Elin spojrzała Erlendurowi w oczy.

– Pewno zastanawia się pan, jak to zrobiła.

Erlendur nie odpowiedział.

– Weszła do wanny i przecięła żyły na obu rękach. Po to pierwszy raz w życiu kupiła żyletki.

Elin umilkła i oboje pogrążyli się w półmroku panującym w salonie.

– Wie pan, co mam przed oczami, kiedy myślę o tym samobójstwie? Nie krew w łazience. Nie moją siostrę leżącą w czerwonawej wodzie. Nie otwarte żyły. Tylko Kolbrun w sklepie kupującą żyletki. Wyciągającą drobne, żeby za nie zapłacić. Przeliczającą korony.

Elin urwała.

– To ja ją znalazłam – podjęła po chwili. – Wszystko przygotowała. Zadzwoniła do mnie i poprosiła, żebym odwiedziła ją wieczorem. Przez chwilę rozmawiałyśmy. Zawsze byłam czujna z powodu jej depresji, ale ostatnio jej stan zdawał się poprawiać. Jakby mgły się podnosiły. Jakby była w stanie znów wziąć się za bary z życiem. Tego wieczoru nie słyszałam w jej głosie niczego, co mogłoby zapowiadać, że ma zamiar się zabić. Wręcz przeciwnie. Rozmawiałyśmy o przyszłości. Chciałyśmy się razem wybrać w podróż. Kiedy ją znalazłam, na jej twarzy malował się spokój, jakiego dawno nie widziałam. Spokój i jakieś pogodzenie się z losem. Ale wiem, że daleko jej było do spokoju, w jej duszy nie było harmonii.

– Muszę pani zadać to pytanie i zakończymy rozmowę – powiedział Erlendur. – I muszę usłyszeć pani odpowiedź.

– Co takiego?

– Czy wie pani coś na temat zabójstwa Holberga?

– Nic nie wiem.

– I nie brała w nim pani udziału, bezpośrednio ani pośrednio?

– Nie.

Przez chwilę oboje milczeli.

– Epitafium, jakie wybrała dla córki, mówiło o wrogu – powiedział Erlendur.

– *Zachowaj me życie od strachu przed wrogiem*. Sama wybrała ten tekst, choć nie odwiedzała grobu małej – odrzekła Elin.

Wstała i podeszła do ładnego kredensu. Wysunęła szufladę i wyciągnęła z niej małe, czarne pudełeczko. Otworzyła je kluczykiem, wyjęła kilka kopert i małą karteczkę.

– Znalazłam to na stole kuchennym w wieczór, kiedy umarła, ale nie wiem, czy chciała, żebym kazała to wyryć na jej grobie. Wątpię. Myślę, że nie zdawałam sobie sprawy z tego, jak cierpi, póki tego nie znalazłam.

Podała Erlendurowi kartkę ze słowami, które wcześniej znalazł w Biblii.

Boże, słuchaj głosu mego.

12

Kiedy Erlendur wrócił wieczorem do domu, jego córka Eva Lind siedziała przed drzwiami mieszkania. Wyglądało na to, że śpi. Zaczął do niej mówić, próbował ją obudzić. Ponieważ nie reagowała, chwycił ją pod ramiona, dźwignął z podłogi i wniósł do mieszkania. Nie wiedział, czy śpi, czy jest odurzona. Położył córkę na kanapie w salonie. Oddech miała równy. Tętno wydawało się w normie. Patrzył na nią dłuższą chwilę i zastanawiał się, co zrobić. Najchętniej wrzuciłby ją do wanny. Cuchnęła, ręce miała brudne, a włosy tłuste i posklejane.

– Gdzieś ty się podziewała? – westchnął.

Usiadł na krześle obok niej, wciąż w kapeluszu i płaszczu, i myślał o córce, dopóki nie zapadł w głęboki sen.

Nie miał ochoty się budzić, kiedy rano Eva Lind nim potrząsnęła. Z całych sił uchwycił się strzępu snu, który wywołał w nim to samo przerażenie, co sen z poprzedniej nocy. Wiedział zresztą, że to ten sam sen, ale podobnie jak wczoraj, nie udało mu się zachować go w pamięci, nie udało mu się go ogarnąć. Jedyne, co w nim pozostało, to przerażenie i złe samopoczucie po przebudzeniu.

Nie było jeszcze ósmej i na dworze wciąż panował czarny mrok. Erlendur zauważył, że jesienny deszcz i wichura nadal nie dają za wygraną. Ku swemu zdziwieniu poczuł dobiegający z kuchni zapach kawy i ciepłą wilgoć, jakby ktoś przed chwilą brał kąpiel. Zauważył, że Eva Lind włożyła jego koszulę i stare dżinsy, które mocno ściągnęła paskiem w szczupłej talii. Była bosa i czysta.

– Wczoraj wieczorem byłaś w świetnej formie – rzucił zaczepnie, ale natychmiast tego pożałował. Potem pomyślał, że już od dawna nie powinien w ogóle okazywać jej wyrozumiałości.

– Podjęłam decyzję – powiedziała Eva Lind i wyszła do kuchni. – Zrobię cię dziadkiem. Dziadek Erlendur. To ty.

– I wczoraj pozwoliłaś sobie zabalować po raz ostatni, czy jak?

– Mogę pomieszkać tu przez jakiś czas, tylko dopóki czegoś sobie nie znajdę?

– Jeśli o mnie chodzi, to tak.

Usiadł z nią przy stole w kuchni i pociągnął łyk kawy, której nalała mu do filiżanki.

– I jak doszłaś do tego wniosku?

– Tak sobie.

– Tak sobie?

– Mogę u ciebie zostać?

– Jak długo zechcesz. Wiesz o tym.

– To możesz skończyć z tymi pytaniami? Z tymi przesłuchaniami? Zupełnie jakbyś cały czas był w pracy.

– Jestem cały czas w pracy.

– Znalazłeś już dziewczynę z Gardarbae?

– Nie. To nie jest priorytet. Wczoraj rozmawiałem z jej mężem. Nic nie wie. Dziewczyna zostawiła liścik, w którym pisze, że jakiś *on* jest obrzydliwy, potem pytania: *co ja zrobiłam*.

– To znaczy, że ktoś musiał ją dziurnąć na przyjęciu.

– Dziurnąć? – zdziwił się Erlendur. – Jest takie słowo?

– A co innego można zrobić pannie młodej na weselu, żeby ją skłonić do ucieczki?

– Nie wiem – odparł Erlendur bez cienia zainteresowania. – Przyszło mi do głowy, że może chłopak obłapiał druhny, tak żeby ona to zauważyła. Uważam, że to dobrze, że chcesz urodzić. Może dziecko pomoże ci się wydostać z tego piekielnego kręgu. Najwyższy czas.

Umilkł.

– To zadziwiające, ile w tobie energii, biorąc pod uwagę twój wczorajszy stan – odezwał się w końcu.

Wyraził się najoględniej, jak mógł, ale miał świadomość, że po takiej nocy Eva Lind nie powinna być rześka niby letni poranek, nie powinna być po kąpieli, nie powinna parzyć kawy i udawać, że nigdy nie robiła niczego innego, tylko usługiwała ojcu. Patrzyła na niego, a on wiedział, że córka zastanawia się nad implikacjami tej sytuacji i czeka na reprymendę, czeka na to, by zerwać się na nogi i wygłosić mu kazanie. Ale nie uczyniła tego.

– Wzięłam z sobą trochę tabletek – powiedziała nadzwyczaj spokojnie. – To nie stanie się samo z siebie. I nie stanie się nagle. To będzie długi proces, zgodny z moją wolą.

– A dziecko?

– Od tego, co zażywam, nic mu nie będzie. Nie chcę mu szkodzić. Chcę je urodzić.

– A co ty możesz wiedzieć o tym, jaki wpływ na płód mają te gówniane środki?

– Bo wiem.

– Rób, co chcesz. Zażywaj prochy, zatripuj się na śmierć, czy jak wy to tam nazywacie, zostań w mieszkaniu, dbaj o siebie. Ja mogę...

– Nie – przerwała Eva Lind. – Nic nie będziesz robił. Dalej będziesz żył swoim życiem, ale przestaniesz mnie śledzić. Nie będziesz się interesował tym, co robię. Jeśli nie będzie mnie w domu, jak wrócisz, to nie rób z tego sprawy. Jeżeli wrócę późno albo wcale nie wrócę, to nie będziesz się tym przejmował. Bo wtedy po prostu mnie tu nie ma. Koniec. Kropka.

– Czyli że to nie moja sprawa.

– To nigdy nie była twoja sprawa – powiedziała Eva Lind, popijając kawę.

W tym momencie zadzwonił telefon. Erlendur wstał i odebrał. Telefonował Sigurdur Oli od siebie z domu.

– Nie udało mi się wczoraj do ciebie dodzwonić – powiedział. Erlendur przypomniał sobie, że podczas rozmowy z Elin w Keflaviku wyłączył komórkę i nie włączył jej ponownie.

– Coś się dzieje? – spytał.

– Wczoraj rozmawiałem z tym Hilmarem, kierowcą ciężarówki, który czasem nocował w Nordurmyri u Holberga. Taka przerwa na odpoczynek czy jak to się tam nazywa. Powiedział, że Holberg był fajnym kumplem, nie miał mu nic do zarzucenia, i o ile się orientował, Holberg był przez wszystkich lubiany w pracy, uczynny i towarzyski, i tede, i tede. W głowie mu się nie mieści, żeby tamten mógł mieć jakichś wrogów, ale też podkreślał, że szczególnie dobrze go nie znał. I kiedy już wysłuchałem tych pochwalnych hymnów, Hilmar powiedział, że ostatnio, kiedy u niego nocował, czyli jakieś dziesięć dni temu, Holberg nie był taki jak zawsze. Zachowywał się dziwnie.

– Jak to dziwnie?

– Hilmar mówił, że Holberg niechętnie odbierał telefon. Powiedział mu, że jakiś, jak się wyraził, antychryst nie daje mu spokoju i ciągle do niego wydzwania. Hilmar nocował u Holberga w nocy z soboty na niedzielę i Holberg raz poprosił go, żeby odebrał telefon. Hilmar odebrał, ale kiedy dzwoniący zorientował się, że to nie Holberg, natychmiast odłożył słuchawkę.

– Możemy sprawdzić, kto w ostatnim czasie dzwonił do Holberga?

– Badam sprawę. I jeszcze coś. Dostałem już z telekomunikacji wykaz numerów, na które Holberg dzwonił ze swojego aparatu, i znalazłem coś arcyciekawego.

– Co?

– Pamiętasz jego komputer?

– No.

– Nigdy go nie sprawdzaliśmy.

– Nie. Zajmują się tym technicy.

– Zauważyłeś, czy miał modem?

– Nie.

– Większość połączeń Holberga, absolutna większość, to połączenia z internetem. Całymi dniami surfował po sieci.

– I co to znaczy? – spytał Erlendur, który kompletnie nie orientował się w niczym, co dotyczyło komputerów.

– Odkryjemy to może, kiedy włączymy jego komputer – odpowiedział Sigurdur Oli.

Obaj jednocześnie podjechali pod dom Holberga w Nordurmyri. Żółta taśma policyjna już znikła i brak było jakichkolwiek oznak świadczących o popełnionym tu przestępstwie. Na parterze i piętrze nie paliły się światła.

Erlendur miał klucze do mieszkania. Ruszyli prosto do komputera i uruchomili go. Zaczął szumieć.

– To dość dobry komputer – powiedział Sigurdur Oli i wahał się przez chwilę, czy wyjaśnić Erlendurowi, jaką ma moc i jakiej jest marki, ale machnął na to ręką. Po kilku podejściach otrzymał od firmy providerskiej login Holberga.

– Okej – powiedział. – Zacznijmy od sprawdzenia, czy ma przeglądarkę, bo to jeden ze sposobów połączenia się z internetem po uprzednim uzyskaniu połączenia z lokalnym providerem; wchodzimy w start, a potem w programy, zobacz, tu mamy folder internetowy, a tu jest przeglądarka. Zobaczmy, czy przechowuje jakieś pliki w zakładkach, pełno ich tu jest, zatrzęsienie. Przez zakładki można sobie skrócić drogę na strony internetowe, które najczęściej odwiedzasz. Widzisz, lista jest długa. Na mój gust to to wszystko są strony pornograficzne; niemieckie, holenderskie, szwedzkie, amerykańskie. Możliwe, że coś z tego ściągnął na dysk C na twardzielu. No to spuścimy to do paska i znów wejdziemy przez start w programy i do exploratora windows. Otworzymy go. I mamy materiał na dysku C. O!

– Co? – spytał Erlendur.

– Twardziel jest wypełniony po brzegi.

– To znaczy?

– Trzeba cholernie dużo danych, żeby zapełnić twardy dysk. On tu musi mieć całą filmotekę. O, tu jest coś, co nazwał zfilmy3. Zobaczymy, co to takiego?

– Koniecznie.

Sigurdur Oli otworzył plik i ukazała się nieduża ramka z filmem. Przez chwilę go oglądali. Była to krótka scenka z filmu pornograficznego.

– To, co nad nią trzymali, to była koza? – spytał Erlendur, nie wierząc własnym oczom.

– Zfilmów jest 312 – powiedział Sigurdur Oli. – Mogą to być takie scenki jak ta, ale mogą też być całe filmy.

– Zfilmów? – mruknął Erlendur.

– Nie wiem – odparł Sigurdur Oli. – Może ze zwierzętami. Tu mamy gfilmy. Może obejrzymy sobie gfilmy88? Dwa razy kliknięmy na plik, powiększymy...

– Dwa razy co...? – spytał Erlendur, ale nie dokończył, bo oto siedemnastocalowy ekran monitora wypełnili czterej mężczyźni uprawiający między sobą seks.

– Gfilmy w takim razie to pewno filmy gejowskie – podsumował Sigurdur Oli po zakończeniu pokazu. – Pedalskie porno.

– Facet wyraźnie miał obsesję na tym punkcie – zauważył Erlendur. – Ile jest w sumie tych filmów?

– Tutaj jest prawie dwa tysiące plików, ale niewykluczone, że filmów jest więcej.

W kieszeni płaszcza Erlendura odezwała się komórka. Dzwoniła Elinborg. Sprawdzała, gdzie można znaleźć dwóch mężczyzn, którzy byli razem z Holbergiem na przyjęciu w Keflaviku tej nocy, kiedy Kolbrun twierdziła, iż została napadnięta. Okazało się, że jeden z nich, Gretar, zniknął wiele lat temu.

– Zniknął? – spytał Erlendur.

– Tak. To był jeden z tych naszych przypadków zaginięć.

– A drugi? – rzekł Erlendur.

– Siedzi w więzieniu – odparła. – Całe życie sprawiał kłopoty. Został mu jeszcze rok do odsiedzenia czteroletniego wyroku.

– Za co?

– Cały kodeks karny.

13

Przypomnieli technikom o komputerze. Zbadanie wszystkich zawartych w nim materiałów miało zająć sporo czasu. Erlendur poprosił, by sprawdzono każdy plik, zarejestrowano i dokładnie opisano zawartość. Po rozmowie z technikami wyruszyli na wschód, w kierunku więzienia Litla-Hraun. Jechali ponad godzinę. Widoczność była słaba, na drodze gołoledź, a samochód miał letnie opony, więc musieli jechać ostrożnie. Kiedy dotarli na Threngsli, trochę się ociepliło. Przejechali przez most na Olfusa i ujrzeli oba budynki więzienia, wyrastające z twardych żwirowych pól, porośniętych szarym mchem. Starszy był dwupiętrowym budynkiem z kamienia, pomalowanym na biało, o czterospadowym dachu. Przed laty został pokryty blachą falistą, toteż z oddali wyglądał jak przerośnięta islandzka farma. Teraz jednak dach przemalowano na szaro, by upodobnić go do nowego budynku więziennego, który wyrósł obok. Gmach ten był obity niebiesko-szarą stalą, a wieńczyła go wieża; był nowoczesny i solidny, przypominał budynek giełdy w Reykjaviku.

Jak te czasy się zmieniają, pomyślał Erlendur.

Elinborg powiadomiła władze więzienia o ich przyjeździe i poinformowała, z kim chcą rozmawiać. Przyjął ich naczelnik, zaprowadził do swojego biura i usiadł z nimi. Chciał im przekazać informacje na temat więźnia, zanim zaczną jego przesłuchanie. Przyjechali w najgorszym momencie. Więzień właśnie przebywał w izolatce, gdyż on i dwaj inni napadli na skazanego pedofila, którego niedawno przywieziono do więzienia, i omal go nie zabili. Nie wdając się w szczegóły, naczelnik poinformował o tym policjantów, podkreślając, że ich wizyta przerwie więźniowi odbywanie kary odosobnienia; w najlepszym razie zastaną go w niestabilnym stanie psychicznym. Następnie zaprowadzono ich do pokoju, który wykorzystywany był do widzeń. Usiedli, oczekując na więźnia.

Nazywał się Ellidi, miał pięćdziesiąt sześć lat i był recydywistą. Erlendur przypominał go sobie, sam go raz eskortował do więzienia. Podczas swojego spapranego życia Ellidi imał się różnych zajęć; pływał na statkach rybackich i handlowych, gdzie zajmował się przemytem alkoholu i narkotyków, za co w końcu został skazany. Usiłował wyłudzić odszkodowanie, zatapiając dwudziestotonową łódź u zachodnich wybrzeży półwyspu Reykjanes, podpaliwszy ją wcześniej. Było ich trzech, którzy się „uratowali". Z powodu niedopatrzenia czwarty członek grupy został na łodzi, zamknięty w maszynowni, i zatonął razem z łodzią; przestępstwo wykryto, kiedy ekipa nurków zeszła do wraku i okazało się, że ogień wybuchł w trzech miejscach jednocześnie. Ellidi wylądował w Litla-Hraun z czteroletnim wyrokiem za wyłudzenie ubezpieczenia, nieumyślne spowodowanie śmierci i kilka mniejszych przestępstw, za które skazany został przy okazji, a które czekały niewyjaśnione w prokuraturze. Tym razem siedział dwa i pół roku.

Skazany słynął z brutalnych napadów, które kończyły się nawet uszkodzeniami ciała i trwałym kalectwem.

Erlendur szczególnie zapamiętał jeden przypadek, o którym opowiedział Sigurdurowi Oliemu po drodze. Ellidi wbił sobie do głowy, że ma jakieś porachunki z młodym człowiekiem zamieszkałym przy Snorrabraut i zanim policja przybyła na miejsce, udało mu się tak go pobić, że ten przez cztery dni leżał bez przytomności. Przywiązał faceta do krzesła i zabawiał się, tnąc mu twarz kawałkiem rozbitej butelki. Zanim go obezwładniono, znokautował jednego z policjantów, a drugiemu złamał rękę. Dostał za ten czyn dwa lata i podobnie jak poprzednio, skazano go przy okazji za kilka mniejszych przestępstw. Przy odczytywaniu wyroku wybuchnął śmiechem.

Drzwi się otworzyły i do pokoju wszedł Ellidi w eskorcie dwóch funkcjonariuszy. Choć niemłody, wyglądał na silnego, był łysy jak kolano, o ciemnej karnacji. Miał małe uszy o przyrośniętych płatkach. Mimo to zdołał jeden z nich przekłuć i zawiesić w nim niewielką swastykę. Sztuczna szczęka sprawiała, że mówił świszczącym głosem. Ubrany był w zniszczone dżinsy i czarny T-shirt, okrywający potężne muskuły, na obu ramionach znajdowały się tatuaże. Mierzył prawie dwa metry. Ręce miał skute. Jedno oko podbiegło mu krwią, twarz była podrapana, a górna warga spuchnięta.

– Sadystyczny idiota – mruknął pod nosem Erlendur.

Funkcjonariusze zajęli pozycje przy drzwiach, a Ellidi podszedł do stołu i usiadł naprzeciw Erlendura i Sigurdura Oliego. Taksował ich swoimi szarawymi, bezbarwnymi oczami bez cienia zainteresowania.

– Znałeś człowieka imieniem Holberg? – spytał Erlendur.

Ellidi nie zareagował. Zachowywał się, jakby nie słyszał pytania. Przenosił beznamiętny wzrok to na Erlendura, to na Sigurdura Oliego. Klawisze cicho rozmawiali przy drzwiach. Gdzieś z oddali dobiegł krzyk. Trzaskanie drzwiami. Erlendur powtórzył pytanie. Jego słowa rozbrzmiewały echem w pustym pokoju. – Holberg. Pamiętasz go?

Znów nie doczekali się żadnej reakcji ze strony więźnia, który jął rozglądać się dokoła, zupełnie ich ignorując. W takim milczeniu upłynęła dobra chwila. Erlendur i Sigurdur Oli spojrzeli po sobie i Erlendur jeszcze raz powtórzył pytanie. Czy znał Holberga i co ich łączyło. Holberg nie żyje. Znaleziono go zamordowanego.

Ellidi wykazał wyraźne zainteresowanie, usłyszawszy ostatnie słowa. Dzwoniąc kajdankami, oparł ręce na stole i spojrzał pytająco na Erlendura.

– Holberg został zamordowany w swoim mieszkaniu w ostatni weekend – powiedział Erlendur. – Przesłuchujemy ludzi, którzy go znali, i okazało się, że i ty należysz do tego grona.

Ellidi zaczął świdrować wzrokiem Sigurdura Oliego, który też mu się przyglądał. Ale nie odpowiedział.

– To rutynowe...

– Nie będę z wami rozmawiał w kajdankach – odparł Ellidi nagle, nie spuszczając świdrującego wzroku z Sigurdura Oliego.

Głos miał zachrypnięty, szorstki i twardy. Erlendur zastanawiał się przez chwilę, po czym wstał i podszedł do strażników. Przedstawił im żądanie więźnia i zapytał, czy mogą mu zdjąć kajdanki. Zawahali się, ale w końcu do niego podeszli, zdjęli kajdanki i znów stanęli przy drzwiach.

– Co możesz nam powiedzieć na temat Holberga? – spytał Erlendur.

– Najpierw niech wyjdą – odrzekł Ellidi i skinął głową w kierunku klawiszy.

– Wykluczone – powiedział Erlendur.

– Jesteś pedrylem? – spytał Ellidi Sigurdura Oliego.

– Żadnego gadania – warknął Erlendur. Sigurdur Oli nie odpowiedział. Patrzyli sobie w oczy.

– Nic nie jest wykluczone – oznajmił Ellidi. – Tylko nie mówcie mi, że coś jest wykluczone.

– Nie wyjdą – powiedział Erlendur.

– Jesteś pedałem? – znów spytał Ellidi, gapiąc się na Sigurdura Oliego, który nie reagował.

Przez dłuższą chwilę milczeli. W końcu Erlendur wstał, podszedł do strażników, powtórzył im, czego domaga się Ellidi, i zapytał, czy nie ma takiej możliwości, żeby zostali z nim sami. Odparli, że to wykluczone, mają swój regulamin. Zezwolił jednak Erlendurowi na rozmowę przez krótkofalówkę z naczelnikiem, któremu wyjaśnił, że to żadna różnica, po której stronie drzwi czekają klawisze; w końcu on i Sigurdur Oli przyjechali aż z Reykjaviku, a więzień okazał wolę współpracy pod warunkiem spełnienia pewnych żądań. Naczelnik zamienił kilka słów ze swymi ludźmi i oznajmił im, że bierze na siebie osobistą odpowiedzialność za policjantów. Strażnicy wyszli, a Erlendur wrócił do stołu i usiadł.

– Teraz możesz z nami rozmawiać? – spytał.

– Nie wiedziałem, że Holberga zamordowali – odparł Ellid. – Ci faszyści zamknęli mnie w karcerze za jakieś gówno, którego nawet nie dotknąłem. Jak go zajebali? – wciąż świdrował wzrokiem Sigurdura Oliego.

– Nie twoja sprawa – odparł Erlendur.

– Tatuś mówił, że jestem najbardziej ciekawskim stworzeniem na ziemi. Zawsze to powtarzał. Nie moja sprawa. Nie moja sprawa! Nie żyje. Debil. Zadźgali go? Zadźgali Holberga?

– To nie twoja sprawa.

– Nie moja sprawa? – powtórzył Ellidi. – To możecie stąd spierdalać.

Erlendur zastanowił się. Nikt poza policją śledczą nie znał szczegółów sprawy.

Był zły, że musi ciągle ustępować temu człowiekowi.

– Zginął od uderzenia w głowę. Pęknięta czaszka. Zgon nastąpił niemal natychmiast.

– Młotkiem dostał?

– Popielniczką.

Ellidi z wolna przeniósł wzrok z Sigurdura Oliego na Erlendura.

– Jaki palant używa do tego popielniczki? – zdziwił się. Erlendur zauważył na czole Sigurdura Oliego niewielkie kropelki potu.

– To właśnie chcemy ustalić – powiedział. – Kontaktowałeś się z Holbergiem?

– Cierpiał?

– Nie.

– Dupek.

– Pamiętasz Gretara? – spytał Erlendur. – Był z tobą i Holbergiem w Keflaviku.

– Gretara?

– Pamiętasz go?

– A po cholerę o niego pytasz? – zapytał Ellidi. – Co z nim?

– Z tego, co wiem, Gretar zniknął wiele lat temu – odparł Erlendur. – Wiesz coś o tym?

– A co ja mogę wiedzieć? – zdziwił się Ellidi. – Czemu uważasz, że coś o tym wiem?

– Co robiliście we trójkę, ty, Gretar i Holberg, w Keflaviku?...

– Gretar był kretynem – przerwał Erlendurowi Ellidi.

– Co robiliście w Keflaviku, kiedy...

– ...zgwałcił tę cipę? – dokończył pytanie Ellidi.

– Przepraszam, co powiedziałeś? – zapytał Erlendur.

– To dlatego tu przyjechaliście? Z powodu tej cipy w Keflaviku?

– Pamiętasz to zdarzenie?

– A co ona ma wspólnego z tą sprawą?

– Nigdy nie mówiłem, że...

– Holberg zawsze lubił o tym opowiadać, ty debilny psie. Chwalił się tym. Wywinął się.

– Co...

– Przeleciał ją dwa razy, wiedzieliście o tym? – rzucił Ellidi i popatrzył na nich beznamiętnym wzrokiem.

– Mówisz o gwałcie w Keflaviku?

– Jakie masz dziś majteczki, kochanie? – zwrócił się nagle Ellidi do Sigurdura Oliego i znów zaczął się na niego gapić. Erlendur spojrzał na swego partnera, który nie spuszczał wzroku z Ellidiego.

– Tylko bez chamstwa – ostrzegł Erlendur.

– Holberg ją o to zapytał. O majtki. Był bardziej pojebany ode mnie – parsknął Ellidi. – A oni mnie wysyłają do pierdla.

– Kogo zapytał o majtki?

– Tę z Keflaviku.

– Opowiadał ci o tym?

– Detalicznie – odparł Ellidi. – Zawsze o tym mówił. Ale dlaczego pytacie o Keflavik? Co Keflavik ma do rzeczy? I po kiego pytacie teraz o Gretara? O co tu biega?

– Taką mamy nudną pracę – odpowiedział Erlendur.

– No właśnie. A co ja z tego będę miał?

– Dostałeś wszystko, czego zażądałeś. Siedzimy z tobą sami, a ty nie masz kajdanek. Musimy słuchać twoich bluzgów. Nic więcej dla ciebie zrobić nie możemy. Albo odpowiesz teraz na nasze pytania, albo wychodzimy.

Stracił panowanie nad sobą, pochylił się nad stołem, silnymi rękami chwycił Ellidego za twarz i odwrócił ją ku sobie.

– Czy twój tatuś nigdy ci nie mówił, że to chamstwo tak gapić się na ludzi? – zapytał.

Sigurdur Oli spojrzał na niego.

– Dam sobie z nim radę. Nie potrzebuję twojej pomocy – powiedział.

Erlendur puścił twarz Ellidiego.

– Jak poznałeś Holberga? – spytał. Ellidi pogładził się po szczęce. Wiedział, że już odniósł małe zwycięstwo. I nie miał zamiaru odpuścić.

– Nie myśl tylko, że cię nie pamiętam – odezwał się do Erlendura. – Niech ci się nie zdaje, że nie wiem, kim jesteś. Nie myśl, że nie znam Evy.

Erlendur patrzył na niego oniemiały. Wprawdzie nie po raz pierwszy słyszał coś takiego od kryminalisty, ale zawsze był na to równie źle przygotowany. Nigdy nie wiedział, z kim zadawała się Eva Lind, ale niektórzy jej znajomi byli przestępcami, dilerami narkotyków, włamywaczami, ulicznicami, złodziejami sklepowymi, bandytami. Lista była długa. Zresztą ona sama też popadła w konflikt z prawem. Aresztowano ją na skutek donosu rodziców uczniów, gdy handlowała narkotykami pod szkołą podstawową.

– Jak poznałeś Holberga? – powtórzył Erlendur.

– Eva jest w porzo – rzucił Ellidi. Jego słowa można było rozumieć na wiele sposobów.

– Jeśli jeszcze raz o niej wspomnisz, wychodzimy – powiedział Erlendur. – I nie będziesz miał z kim się bawić.

– Szlugi, telewizor pod celę, żadnej roboty i nigdy, kurwa, więcej karceru. To za dużo? Dwie takie supergliny tego nie załatwią? I dobrze by było, jakbym miał tu jakąś kurwę raz w miesiącu. Na przykład jego córkę – powiedział Ellidi i spojrzał na Sigurdura Oliego.

Erlendur wstał. Sigurdur Oli też się podniósł. Ellidi wybuchnął swoim ochrypłym śmiechem, wzbierającym gdzieś w głębi i zakończonym głośnym gulgotem. W końcu odkaszlnął żółtawą flegmę i splunął na podłogę. Policjanci odwrócili się od niego i skierowali do drzwi.

– Często mi opowiadał o gwałcie w Keflaviku! – krzyknął za nimi. – Wszystko mi opowiedział. Jak ta cipa kwiczała jak świnia i co jej szeptał do ucha, kiedy czekał, aż znowu mu stanie. Chcecie wiedzieć, co to było? Chcecie wiedzieć, co jej mówił?! Kutasy zbolałe! Chcecie wiedzieć, co to było?!!

Erlendur i Sigurdur Oli zatrzymali się. Odwrócili. Ellidi przekrzywiał głowę w ich stronę, toczył pianę z ust, przeklinał i złorzeczył. Wstał, oparł ręce na stole, pochylił się nad nim, wyciągnął w ich kierunku olbrzymi łeb i ryczał na nich jak byk na pastwisku.

Drzwi się otworzyły i do pokoju weszli strażnicy.

– Gadał jej o tej drugiej! – krzyczał Ellidi. – Opowiedział jej o tym, jak potraktował tę drugą, kurwa, cipę, co ją zgwałcił!

14

Na widok strażników Ellidi wpadł w szał. Przeskoczył przez stół i z wrzaskiem rzucił się w kierunku całej czwórki. Erlendur i Sigurdur Oli runęli na podłogę pod jego ciężarem, zanim zdążyli zareagować. Ellidi trzasnął Sigurdura Oliego głową w nos, aż krew trysnęła z obu dziurek, i uniósł pięść, by uderzyć Erlendura w nieosłoniętą twarz. Na szczęście jeden ze strażników wyciągnął małe, czarne urządzenie i poraził go prądem w bok. Spowolniło to trochę ruchy Ellidiego, ale go nie powstrzymało. Znów się zamierzył pięścią. Dopiero kiedy drugi strażnik także poraził go paralizatorem, skulił się i opadł na Erlendura.

Wyczołgali się spod niego. Sigurdur Oli przyłożył chusteczkę do nosa, usiłując powstrzymać krwotok. Ellidi dostał jeszcze trzy dawki prądu i znieruchomiał. Strażnicy zakuli go w kajdanki i z trudem postawili na nogi. Chcieli go wyprowadzić, ale Erlendur poprosił, żeby zostali jeszcze chwilę. Podszedł do Ellidiego.

– O jakiej drugiej? – spytał.

Ellidi nie reagował.

– Jakiej drugiej, którą zgwałcił? – powtórzył Erlendur.

Półprzytomny Ellidi silił się na uśmiech, ale jego twarz wykrzywił tylko ironiczny grymas. Krew z nosa sączyła mu się do ust, zabarwiając sztuczne zęby. Erlendur starał się zapanować nad głosem. Jak gdyby nie obchodziło go to, co wie Ellidi. Nie chciał okazać słabości. Usiłował zachować kamienną twarz. Wiedział, że najmniejsza jego słabość przyśpiesza bicie serca u takich facetów jak Ellidi, rozzuchwala ich, nadaje sens ich żałosnej egzystencji. Wystarczy najmniejszy grymas. Emocje w głosie, spojrzenie, ruch rąk, cień niecierpliwości. Ellidiemu udało się wytrącić go z równowagi, gdy wspomniał Evę Lind. Erlendur nie miał zamiaru dawać mu satysfakcji i płaszczyć się przed nim.

Patrzyli sobie w oczy.

– Zabierzcie go stąd – powiedział w końcu Erlendur i odwrócił się.

Strażnicy chcieli wyprowadzić więźnia, lecz ten zesztywniał i nie dało się go ruszyć z miejsca. Patrzył na Erlendura dobrą chwilę, jakby coś trawił w myślach, lecz w końcu dał za wygraną i drzwi się za nimi zamknęły. Sigurdur Oli wciąż próbował zatamować płynącą krew. Nos mu spuchł, a chusteczka przesiąknięta była krwią.

– Porządny krwotok – powiedział Erlendur, oglądając jego nos. – Ale nie widzę poważniejszych uszkodzeń. Nie masz żadnej rany, a kinol nie jest złamany. – Chwycił go mocno za nos, tak że Sigurdur Oli krzyknął z bólu. – A może i jest złamany, żaden ze mnie lekarz.

– Ty sadysto – jęknął Sigurdur Oli. – Ty cholerny sadysto.

– Wpuszcza nas czy wie o innej? – rzucił Erlendur, otwierając drzwi; obaj wyszli na korytarz. – Jeżeli była jakaś inna, to może było ich więcej, tych, które Holberg zgwałcił, a które tego nie zgłosiły?

– Nie da się normalnie porozmawiać z tym facetem – powiedział Sigurdur Oli. – On to robił dla jaj, żeby nas wkurzyć. Bawił się nami. Nie ma sensu zwracać uwagi na to, co mówi. Cholerny debil. Cholerny, zasrany debil.

Weszli do biura naczelnika i zdali krótką relację z tego, co się wydarzyło. Zasugerowali, że Ellidi powinien zostać zamknięty w pokoju bez klamek na oddziale psychiatrycznym. Naczelnik zmęczonym głosem przyznał im rację, ale dodał, że jedynym wyjściem, jakie pozostało władzom, było zamknięcie go w więzieniu. Nie pierwszy raz Ellidi siedział w izolatce za akty przemocy wobec współwięźniów i na pewno nie ostatni.

Pożegnali naczelnika i wyszli na zewnątrz. Kiedy czekali, aż otworzy się wielka, niebieska brama więziennego parkingu, Sigurdur Oli zauważył strażnika, który biegł w ich kierunku, dając ręką znaki, by się zatrzymali. Poczekali, aż dobiegnie do samochodu.

– On chce z tobą rozmawiać – powiedział strażnik, kiedy Erlendur spuścił szybę.

– Kto? – spytał Erlendur.

– Ellidi. Ellidi chce z tobą rozmawiać.

– Myśmy już z nim rozmawiali – stwierdził Erlendur. – Powiedz mu, żeby sam ze sobą pogadał.

– Mówi, że przekaże ci wszystkie informacje, jakie chcesz.

– Kłamie.

– Tak powiedział.

Erlendur spojrzał na Sigurdura Oliego. Ten wzruszył ramionami. Zastanawiał się chwilę.

– No to idziemy – zdecydował.

– Chce rozmawiać tylko z tobą, bez niego – powiedział strażnik, spoglądając na Sigurdura Oliego.

Ellidiego nie wypuszczono po raz drugi z celi, więc Erlendur zmuszony był rozmawiać z nim przez niewielki otwór w drzwiach karceru. Zamykany na zasuwę. W celi było ciemno, toteż Erlendur nie widział rozmówcy. Słyszał tylko głos, zachrypnięty i bełkotliwy. Strażnik zaprowadził Erlendura do drzwi i zostawił go tam samego.

– Jak tam pedałek? – zapytał Ellidi. Nie stał przy otworze, lecz w głębi celi. A może leżał na pryczy. A może siedział oparty o ścianę. Erlendurowi zdawało się, że głos dochodzi gdzieś z głębokiego mroku. Ellidi zdążył się uspokoić.

– To nie jest podwieczorek u cioci – odparł Erlendur. – Chciałeś ze mną rozmawiać.

– Jak myślicie, kto zabił Holberga?

– Nie wiemy. Czego chcesz ode mnie? Co z Holbergiem?

– Na imię miała Kolbrun, ta, którą bzyknął w Keflaviku. Często o tym opowiadał. Mówił, że niewiele brakowało, żeby go złapali, bo cipa była na tyle głupia, żeby go oskarżyć. Opisywał szczegóły. Chcesz wiedzieć, co mówił?

– Nie – odparł Erlendur. – Co cię z nim łączyło?

– Czasem się spotykaliśmy. Sprzedawałem mu gorzałę i kupowałem pornosy, jak jeszcze pływałem. Poznaliśmy się w brygadzie Wydziału do spraw Latarni i Portów. Zanim zaczął jeździć trakami. Balowaliśmy razem. Zmarnowana okazja nigdy się nie powtarza. To pierwsze, czego mnie nauczył. Umiał nawijać. Przystojniak. Umiał zagadywać dupy. Fajny cwaniak.

– Balowaliście razem?

– Dlatego byliśmy w Keflaviku. Malowaliśmy latarnię morską w Reykjanes. Ależ tam, kurwa, duchów. Byłeś tam kiedyś? Jęki i wrzaski przez całą noc. Gorzej niż w tej norze. Holberg nie bał się duchów. Niczego się nie bał.

– I od razu opowiedział ci o napaści na Kolbrun, jak tylko go poznałeś?

– Puścił do mnie oko, kiedy wychodził z nią z bibki. Wiedziałem, co to znaczy. Umiał być szarmancki. Śmieszyło go, że mu się upiekło. Najbardziej śmiał się z jakiegoś gliniarza, który przesłuchiwał dziewuchę i spieprzył jej całą sprawę.

– Znali się, Holberg i gliniarz?

– Nie wiem.

– Wspominał kiedyś o córce, którą Kolbrun urodziła po gwałcie?

– O córce? Nie. To z tego był dzieciak?

– Co wiesz o tym innym gwałcie? – spytał Erlendur, nie odpowiadając na pytanie. – O innej kobiecie, którą zgwałcił? Kto to był? Co to za kobieta?

– Nie wiem.

– To po co kazałeś mi tu wrócić?

– Nie wiem, kto to był, ale wiem, kiedy i gdzie mieszkała. Tak mniej więcej. Wystarczy, żebyście ją znaleźli.

– Gdzie? I kiedy?

– No właśnie, a co ja z tego będę miał?

– Ty?

– Co możesz dla mnie zrobić?

– Nic nie mogę dla ciebie zrobić. I nie mam na to ochoty.

– Musisz. Wtedy powiem ci, co wiem.

Erlendur zastanowił się.

– Niczego nie mogę obiecać – powiedział.

– Nie znoszę tego karceru.

– I dlatego mnie tu ściągnąłeś?

– Nie wiesz, co to robi z człowieka. Ja już, kurwa, świra tu dostaję. Nigdy nie zapalają światła. Nie wiem, jaki dziś dzień. Trzymają tu człowieka jak zwierzę w klatce. Traktują jak jakąś bestię.

– A co, ty jesteś hrabia Monte Christo? – zakpił Erlendur. – Ellidi, jesteś sadystą. Sadystą i debilem najgorszego sortu. Kretynem, któremu przemoc sprawia radość. Homofobem i rasistą. Jesteś najgorszym przypadkiem idioty, jaki znam. Nie obchodzi mnie, czy będą cię tu trzymać do końca życia. Pójdę tam do nich na górę i zasugeruję to.

– Jak mnie stąd wyciągniesz, powiem ci, skąd ona jest.

– Nie mogę cię stąd wyciągnąć, imbecylu. Ani nie mam takiej władzy, ani ochoty. Jeśli chcesz skrócić swój pobyt w więzieniu, przestań rzucać się na ludzi.

– Możesz negocjować. Możesz powiedzieć, że mnie wkurwiliście. Możesz powiedzieć, że pedał zaczął. Że ja byłem chętny do współpracy, a on się zalecał. I że pomogłem ci w śledztwie. Posłuchają cię. Wiem, kim jesteś. Posłuchają cię.

– Holberg wspominał jeszcze o kimś innym poza tymi dwiema?

– Zrobisz to dla mnie?

Erlendur znów się zastanowił.

– Zobaczę, co się da zrobić. Wspominał o jakichś innych?

– Nie. Nigdy. Wiedziałem tylko o tych dwóch.

– Kłamiesz.

– Nie kłamię. Ta druga nigdy go nie oskarżyła. To było chyba gdzieś tak w 1960. Nigdy nie wrócił w tamto miejsce.

– Jakie miejsce?

– Obiecaj!

– Niczego nie mogę obiecać – odparł Erlendur. – Pogadam z nimi. Co to było za miejsce?

– Husavik.

– Ile miała lat?

– To było coś podobnego jak ta z Keflaviku, tylko przypadek ostrzejszy – odparł Ellidi.

– Ostrzejszy?

– Chcesz wiedzieć, co to było? – zapytał Ellidi, nie ukrywając emocji. – Chcesz wiedzieć, co zrobił?

Nie czekał na odpowiedź. Jego schrypnięty głos dochodził z otworu w drzwiach, a Erlendur stał zgarbiony przed drzwiami i słuchał spowiedzi z ciemności.

Sigurdur Oli czekał w samochodzie i razem opuścili teren więzienia. Erlendur streścił pokrótce swoją rozmowę z Ellidim, ale przemilczał końcowy monolog więźnia. Postanowili sprawdzić listy meldunkowe z Husaviku z początku lat sześćdziesiątych. Jeśli kobieta była w wieku Kolbrun, tak jak sugerował Ellidi, była szansa, aby ją odnaleźć.

– A co z Ellidim? – spytał Sigurdur Oli, kiedy znów znaleźli się na drodze do Reykjaviku.

– Spytałem, czy skrócą mu pobyt w izolatce, ale odmówili. Nic więcej nie mogłem zrobić.

– Zrobiłeś, co mogłeś – skwitował Sigurdur Oli z uśmiechem. – Jeśli Holberg zgwałcił dwie, to czy nie mogło być ich więcej?

– Mogło być więcej – odparł Erlendur zamyślony.

– O czym myślisz?

– Są dwie sprawy, które mnie gryzą – powiedział Erlendur.

– Zawsze coś cię gryzie – odparł Sigurdur Oli.

– Muszę wiedzieć dokładnie, na co zmarła mała – powiedział Erlendur i usłyszał ciężkie westchnienie siedzącego obok Sigurdura Oliego. – I muszę wiedzieć, czy na pewno była córką Holberga.

– Coś ci się pokomplikowało?

– Ellidi powiedział mi, że Holberg miał siostrę.

– Siostrę?

– Która młodo zmarła. Musimy wygrzebać jej kartoteki lekarskie. Poszukaj w szpitalach. Zobaczymy, co znajdziesz.

– Na co zmarła? Siostra Holberga?

– Może na coś takiego jak Audur. Holberg kiedyś wspomniał o czymś w jej głowie. Przynajmniej tak to opisał Ellidi. Spytałem, czy to mógł być guz mózgu, ale Ellidi nie wiedział.

– I do czego nas to zbliża? – spytał Sigurdur Oli.

– Myślę, że tu chodzi o geny – odpowiedział Erlendur.

– Więzy krwi? Czekaj, z powodu listu, który znaleźliśmy?

– Tak – powiedział Erlendur. – Może to wszystko jest kwestią genów i dziedziczności.

15

Lekarz mieszkał w niedużym szeregowym domku w najstarszej części ulicy Grafarvogur. Nie prowadził już tradycyjnej praktyki i sam otworzył Erlendurowi drzwi. Wprowadził go do sporej służbówki, którą wykorzystywał jako gabinet. Poinformował Erlendura, że niekiedy współpracuje z prawnikami jako biegły przy wypadkach. Gabinet był pozbawiony luksusów, schludny, wyposażony w nieduże biurko i maszynę do pisania. Lekarz, niski, szczupły mężczyzna imieniem Frank, poruszał się energicznie. Z kieszeni koszuli na piersiach wystawały dwa wieczne pióra. Rysy miał dość toporne.

Erlendur wcześniej telefonicznie zapowiedział swoją wizytę. Było późne popołudnie, już zaczynało się zmierzchać. Zostawił Sigurdura Oliego i Elinborg pochylonych nad biurkiem, wertujących fotokopie kart księgi meldunkowej Husaviku sprzed czterdziestu lat. Otrzymali je faksem z biura naczelnika dystryktu.

Lekarz zaproponował gościowi krzesło.

– I przychodzą do pana sami naciągacze? – spytał Erlendur, rozglądając się po gabinecie.

– Naciągacze? Nie powiedziałbym – odparł lekarz z wahaniem. – Niektórzy bez wątpienia tak. A najgorsze są uszkodzenia karku. Nie da się inaczej, jak tylko wierzyć na słowo pacjentom narzekającym na powypadkowe urazy karku. Trudno zajmować się takimi przypadkami. Niektórzy z „poszkodowanych" są nawet nieźle do tego przygotowani. Ale nie sądzę, żeby oszustów było aż tak wielu.

– Kiedy zadzwoniłem, od razu przypomniał pan sobie dziewczynkę z Keflaviku.

– Trudno zapomnieć coś takiego. Trudno zapomnieć jej matkę. Kolbrun, chyba tak miała na imię? Z tego, co wiem, odebrała sobie życie.

– Wszystko razem to jedna wielka tragedia – powiedział Erlendur. Zastanawiał się, czy nie zapytać lekarza o kłucie, które doskwiera mu w piersiach, kiedy wstaje rano, ale zrezygnował. Doktor z pewnością doszedłby do wniosku, że Erlendur jest umierający, skierował go do szpitala i Erlendur jeszcze przed weekendem grałby na harfie z aniołami. Unikał złych wiadomości, a na temat swojego zdrowia nie spodziewał się niczego dobrego.

– Mówił pan, że chodzi o morderstwo w Nordurmyri – przerwał milczenie lekarz, sprowadzając Erlendura na ziemię.

– Holberg, ten zamordowany, najprawdopodobniej był ojcem dziewczynki z Keflaviku – wyjaśnił Erlendur. – W każdym razie tak twierdziła matka. Holberg ani nie potwierdzał, ani nie zaprzeczał. Przyznał się do odbycia stosunku z Kolbrun. Nie udało się udowodnić mu gwałtu. W tych sprawach często nie ma na czym budować oskarżenia. Badamy jego przeszłość. Dziewczynka zachorowała i umarła w czwartym roku życia. Co się stało?

– Nie rozumiem, jaki to może mieć związek z morderstwem.

– Tym proszę się nie przejmować.

Lekarz przez chwilę przyglądał się Erlendurowi.

– Najlepiej, jeśli powiem panu wszystko od razu. – W końcu zebrał się w sobie i odezwał. – W tamtych latach byłem zupełnie innym człowiekiem.

– Innym człowiekiem?

– Gorszym. Innym i gorszym. Teraz już nie tykam alkoholu od prawie trzydziestu lat. Od razu mogę panu powiedzieć, żeby nie musiał pan więcej się fatygować, że czasowo pozbawiono mnie uprawnień lekarskich od 1969 do 1972 roku.

– Z powodu dziewczynki?

– Nie, nie. Nie z jej powodu, choć z pewnością ta sprawa sama w sobie byłaby wystarczającą przyczyną. Prawdziwym powodem był alkoholizm i zaniedbania zawodowe. Nie chcę teraz w to wchodzić, chyba że jest to absolutnie konieczne.

Erlendur chciał na tym poprzestać, ale nie mógł się powstrzymać.

– To znaczy, że przez te lata był pan przeważnie pijany, tak?

– Mniej więcej.

– A potem odzyskał pan uprawnienia?

– Tak.

– I nic złego już się nie działo?

– Nie, nic złego się od tego czasu nie działo – odparł lekarz, kręcąc głową. – Ale cóż, nie byłem w dobrym stanie, kiedy zajmowałem się córeczką Kolbrun, Audur. Uskarżała się na bóle głowy, a ja sądziłem, że to dziecięca migrena. Rano wymiotowała. Kiedy ból się nasilił, przepisałem jej silniejsze środki przeciwbólowe. Wszystko to pamiętam jak przez jakąś mgłę. Chciałem jak najwięcej zapomnieć z tamtych lat. Wszyscy popełniają błędy, lekarze też.

– Jaka była przyczyna śmierci?

– Pewnie nic by to nie zmieniło, nawet gdybym szybciej zareagował i wcześniej wysłał ją do szpitala – powiedział lekarz jakby do siebie. – To właśnie usiłowałem sobie wytłumaczyć. W tamtych czasach pediatrów było niewielu i nie mieliśmy do dyspozycji USG. Musieliśmy opierać się raczej na intuicji i nabytej wiedzy, a jak mówię, w tamtych latach jedyne, o czym myślałem, to była wódka. Po rozwodzie się nie poprawiło. Ja się nie tłumaczę – spojrzał na Erlendura. Najwyraźniej jednak było odwrotnie.

Erlendur przytaknął.

– Chyba po dwóch miesiącach zacząłem podejrzewać, że to może być coś poważniejszego niż dziecięca migrena. U dziewczynki nie było śladu poprawy. Żadnego wytchnienia między atakami bólu. Jej stan się pogarszał. Osłabła, wychudła. Prawdopodobnych diagnoz było kilka. No i przyszło mi do głowy coś takiego jak ostra gruźlica. Kiedyś, gdy ludzie nic jeszcze nie wiedzieli o medycynie, mówiło się o katarze głowy. W końcu strzeliłem, że to zapalenie opon mózgowych, ale brak było pewnych objawów; poza tym ono szybciej wykańcza. U małej wystąpiły na skórze plamy kawowe, *café au lait*, i wtedy zacząłem myśleć, że to choroba nowotworowa.

– Plamy kawowe! – krzyknął Erlendur, bo przypomniało mu się, że słyszał już podobne określenie.

– Te plamki mogą występować przy chorobie nowotworowej.

– Wysłał ją pan do szpitala w Keflaviku.

– Tam umarła – odparł Frank. – Pamiętam, że jej śmierć była dla matki ogromną tragedią. Odchodziła od zmysłów. Musieliśmy jej dać zastrzyk uspokajający. Absolutnie nie chciała się zgodzić na sekcję. Krzyczała na nas, żebyśmy tego nie robili.

– Ale sekcję zrobiono?

Lekarz zawahał się.

– Nie dało się tego uniknąć. W żaden sposób.

– I co się okazało?

– Choroba nowotworowa, jak mówiłem.

– Czyli co konkretnie?

– Guz mózgu – odparł lekarz. – Nie wiem, czy zbadali go dość dokładnie. Choć moim zdaniem niewykluczone, że przebadali go szczegółowo. Pamiętam, że mówili o jakiejś chorobie dziedzicznej.

– Chorobie dziedzicznej! – powiedział Erlendur, podnosząc głos.

– Modne słowo, co? Genetyka. Ale co to ma wspólnego z zamordowaniem Holberga? – zapytał lekarz.

Erlendur siedział pogrążony w myślach i nie usłyszał pytania.

– Dlaczego wypytuje pan o tę dziewczynkę?

– Mam sny – odparł Erlendur.

16

Kiedy Erlendur wrócił wieczorem do domu, nie zastał Evy Lind. Zgodnie z jej radą starał się nie zastanawiać szczególnie nad tym, dokąd mogła pójść czy gdzie jest, nie myśleć, czy wróci i w jakim stanie będzie, jeśli wróci. Po drodze do domu wpadł do baru szybkiej obsługi i wziął na wynos kilka kawałków kurczaka dla nich obojga. Rzucił torbę na krzesło i zaczął ściągać płaszcz, kiedy poczuł znany niegdyś zapach kolacji. Już dawno odzwyczaił się od zapachów rozchodzących się z kuchni. Jego codziennym pożywieniem był kurczak, taki jak ten, który teraz leżał na krześle, hamburgery, dania garmażeryjne z knajp, mrożonki, gotowane łby baranie na zimno, serek homogenizowany w plastikowych kubkach, pozbawione smaku dania z mikrofalówki. Nie pamiętał, kiedy ostatnio przygotował sobie normalny posiłek w kuchni. Nie pamiętał nawet, kiedy ostatnio miał na taki posiłek ochotę.

Erlendur zajrzał ostrożnie do kuchni, jakby spodziewał się w niej złodziei, i zauważył stół nakryty dla dwóch osób: dwa eleganckie talerze, które jak pamiętał, mógł jeszcze mieć, dwa kieliszki do wina na wysokich nóżkach obok talerzy, na talerzach serwetki. Dwie świeczki paliły się w dwóch różnych świecznikach, których Erlendur wcześniej nie widział.

Podszedł do kuchenki i zauważył, że coś się gotuje w dużym garnku. Podniósł pokrywkę i jego oczom ukazał się niezwykle apetyczny krupnik. Nieliczne oczka tłuszczu pływały nad marchewką, kartofelkami, kawałkami mięsa i przyprawami, a z garnka unosiła się para, która wypełniała mieszkanie zapachem prawdziwego jedzenia. Pochylił się nad garnkiem, wdychając aromat gotowanego mięsa i warzyw.

– Zabrakło mi marchewki – powiedziała Eva Lind w drzwiach kuchni. Erlendur nie zauważył, kiedy weszła do mieszkania. Miała na sobie jego kurtkę, a w ręku trzymała torebkę z marchewkami.

– Gdzie ty się nauczyłaś gotować krupnik? – spytał.

– Mama go zawsze gotowała – odpowiedziała Eva Lind. – Kiedyś, kiedy jeszcze bardzo źle o tobie nie mówiła, powiedziała, że jej krupnik był tym, co najbardziej lubisz. A potem dodała, że jesteś obrzydliwy.

– I w jednym, i w drugim wypadku stara ma rację – podsumował Erlendur.

Obserwował, jak Eva Lind kroi marchewkę i wrzuca do garnka, w którym gotują się pozostałe warzywa. I naszła go myśl, że oto doświadcza prawdziwego życia rodzinnego, co go uradowało, a zarazem napełniło smutkiem. Nie pozwolił sobie jednak uwierzyć, że szczęście potrwa dłużej.

– Znalazłeś mordercę? – spytała Eva Lind.

– Mam pozdrowienia od Ellidiego – palnął bez namysłu Erlendur, po czym uświadomił sobie, że taka bestia nie pasuje do tego otoczenia.

– Ellidi? Przecież siedzi. To on wie, kim jestem?

– Kryminaliści, z którymi rozmawiam, czasem wymieniają twoje imię – powiedział Erlendur. – Zdaje im się, że tym mnie wkurzą.

– I udaje im się?

– Niektórym. Na przykład Ellidiemu. Jak go poznałaś? – spytał Erlendur ostrożnie.

– Słyszałam o nim różne rzeczy. Raz go spotkałam. Wiele lat temu. Wtedy właśnie przykleił sobie sztuczną szczękę butaprenem.

– Co za idiota.

Tego wieczoru nie było już mowy o Ellidim. Kiedy usiedli do stołu, Eva Lind nalała wody do kieliszków, a Erlendur zjadł tyle krupniku, że po kolacji ledwie się wtoczył do salonu. Tam usnął w ubraniu i złym snem spał aż do rana.

Tym razem zapamiętał większość snu. Wiedział, że to ten sam, który nawiedzał go poprzednich nocy.

PRZYŚNIŁA MU SIĘ EVA LIND JAKIEJ NIGDY NIE WIDZIAŁ OTOCZONA DZIWNĄ JASNOŚCIĄ W PIĘKNEJ DŁUGIEJ LETNIEJ SUKNI BUJNE CZARNE WŁOSY OPADAŁY JEJ NA PLECY BYŁA DOSKONAŁA NIEMAL PACHNĄCA LATEM I PODESZŁA DO NIEGO A MOŻE PODPŁYNĘŁA BO POMYŚLAŁ ŻE ONA W OGÓLE NIE DOTYKA ZIEMI NIE ROZPOZNAWAŁ OTOCZENIA JEDYNYM CO DOSTRZEGAŁ BYŁ JASKRAWY BLASK I EVA LIND OTOCZONA ŚWIATŁEM ZBLIŻAJĄCA SIĘ DO NIEGO Z UŚMIECHEM OD UCHA DO UCHA I WIDZIAŁ SIEBIE OTWIERAJĄCEGO RAMIONA BY JĄ PRZYTULIĆ CZEKAJĄCEGO BY JĄ OBJĄĆ CZUŁ JEDNAK JAKIŚ NIEPOKÓJ GDYŻ NIGDY NIE TRZYMAŁ JEJ W OBJĘCIACH PODAŁA MU ZDJĘCIE I ŚWIATŁO ZNIKŁO I EVA LIND ZNIKNĘŁA A ON ZOSTAŁ ZE ZDJĘCIEM KTÓRE TAK DOBRZE ZNAŁ PRZEDSTAWIAŁO

CMENTARZ I NAGLE OŻYŁO I ON SIĘ NA NIM ZNALAZŁ PATRZĄC W CZARNE NIEBO CZUŁ KROPLE DESZCZU SIEKĄCE GO PO TWARZY A KIEDY SPOJRZAŁ W DÓŁ GRÓB SIĘ OTWORZYŁ I UJRZAŁ CZARNĄ CZELUŚĆ GROBU A W GŁĘBI TRUMNĘ KTÓREJ WIEKO SIĘ UNIOSŁO I ZOBACZYŁ MAŁĄ DZIEWCZYNKĘ Z PIERSIĄ ROZCIĘTĄ PRZEZ ŚRODEK TORSU KU BARKOM I NAGLE DZIEWCZYNKA PODNIOSŁA POWIEKI SPOJRZAŁA NA NIEGO NIESAMOWITYM WZROKIEM OTWORZYŁA USTA I PRZERAŻAJĄCY OKRZYK ROZPACZY DOSIEGNĄŁ GO Z CZELUŚCI GROBU

Obudził się, z trudem łapiąc oddech, i przez chwilę nie wiedział, gdzie jest. Zawołał Evę Lind, lecz nie doczekał się odpowiedzi. Wszedł do jej pokoju, ale jeszcze zanim otworzył drzwi, wyczuł pustkę. Wiedział, że jej nie ma.

Po zapoznaniu się ze spisem mieszkańców Husaviku Elinborg i Sigurdur Oli stworzyli listę 176 kobiet, które Holberg mógł zgwałcić. Jedyną wskazówką były dla nich słowa Ellidiego, że „to było coś podobnego", toteż szukali kogoś w wieku Kolbrun, plus minus dziesięć lat. Z pierwszej analizy wynikało, że jedna czwarta tej grupy wciąż mieszkała w Husaviku, połowa przeprowadziła się do Reykjaviku, a jedna czwarta rozjechała się po kraju.

– Robota dla świra – westchnęła Elinborg, sprawdzając listę przed podaniem jej Erlendurowi. Zauważyła, że ten wygląda wyjątkowo niechlujnie. Kilkudniowy zarost, rudawe włosy rozczochrane i nastroszone, wymięty garnitur, domagający się czyszczenia; Elinborg zastanawiała się, czy nie zaproponować mu spalenia garnituru, ale wyraz twarzy Erlendura nie zachęcał do żartów.

– Dobrze sypiasz, Erlendur? – spytała delikatnie.

– Do dupy – odparł Erlendur.

– I co? – zapytał Sigurdur Oli. – Mamy po prostu pójść do tych wszystkich bab i zapytać, czy je zgwałcono całe wieki temu? Czy to nie jest trochę... bez sensu?

– Nie wiem, jak inaczej można to zrobić. Zacznijmy od tych, które się wyprowadziły – odparł Erlendur. – Zaczniemy poszukiwania w Reykjaviku i może uda się nam zdobyć jakieś informacje na temat tej kobiety. Jeśli ten kretyn Ellidi nie łże, Holberg opowiadał o niej Kolbrun. Niewykluczone, że komuś o tym wspomniała, siostrze, może nawet Runarowi. Znowu muszę pojechać do Keflaviku. – Zastanawiał się przez chwilę. – A może da się jakoś zawęzić tę grupę? – rzucił w końcu.

– Zawęzić? Jak? – spytała Elinborg. – Co masz na myśli?

– Tak sobie przez chwilę pomyślałem.

– Co? – Elinborg natychmiast zaczęła się niecierpliwić. Przyszła do pracy w nowej jasnozielonej garsonce, której jakoś nikt nie zdawał się zauważać.

– Pokrewieństwo, dziedziczność i choroby – powiedział Erlendur.

– Tak – poparł go Sigurdur Oli.

– Zakładamy, że Holberg był gwałcicielem. Nie mamy pojęcia, ile kobiet zgwałcił. Tak naprawdę wiemy tylko o dwóch, a tylko jednej możemy być pewni. I mimo że się tego wyparł, wszystko wskazuje na to, że zgwałcił Kolbrun. A konsekwencją były narodziny Audur, przynajmniej musimy tak zakładać, ale równie dobrze mogło mu się urodzić drugie dziecko po gwałcie na kobiecie z Husaviku.

– Drugie dziecko? – spytała Elinborg.

– Jeszcze przed Audur – wyjaśnił Erlendur.

– To nieprawdopodobne – mruknął Sigurdur Oli.

Erlendur wzruszył ramionami.

– Chcesz, żebyśmy zawęzili listę do kobiet, które urodziły dziecko tuż przed... którym? Sześćdziesiątym czwartym?

– Sądzę, że nie byłoby to takie głupie.

– Równie dobrze może mieć więcej dzieci po całym kraju – powiedziała Elinborg.

– Poza tym niewykluczone, że zgwałcił tylko raz – dodał Erlendur. – Dowiedziałeś się, na co zmarła jego siostra?

– Nie, ale pracuję nad tym – odparł Sigurdur Oli. – Próbowałem dogrzebać się czegoś na temat krewnych Holberga, ale nic z tego nie wyszło.

– Sprawdziłam tego Gretara – poinformowała Elinborg. – Zniknął nagle, jakby się zapadł pod ziemię. Nikt za nim nie tęsknił. Jego matka zawiadomiła policję, kiedy nie miała od niego żadnych wiadomości od dwóch tygodni! Opublikowano w gazetach jego zdjęcie i pokazano je w telewizji, ale bez skutku. To było w siedemdziesiątym czwartym, w roku obchodów tysiącstulecia. Latem. Byliście w Thingvellir?

– Tak, byłem – odparł Erlendur. – I co z Thingvellir? Myślisz, że tam zaginął?

– Nic więcej nie wiem – powiedziała Elinborg. – Przeprowadzono rutynowe działania, jakie prowadzi się w przypadku zaginięć, i rozmawiano z tymi, których według matki znał zaginiony, między innymi z Holbergiem i Ellidim. I jeszcze z jakimiś trzema innymi, ale nikt nic nie wiedział. Nikt za Gretarem nie tęsknił, może poza jego matką i siostrą. Urodził się w Reykjaviku, nie miał ani żony ani dzieci, żadnej narzeczonej, krewnych. Sprawę prowadzono przez kilka miesięcy, a potem sama przyschła. Miał trzydzieści cztery lata.

– Jeśli był równie sympatyczny jak jego przyjaciele Ellidi i Holberg, nie dziwię się, że nikt za nim nie tęsknił – podsumował Sigurdur Oli.

– W latach siedemdziesiątych, kiedy zniknął Gretar, zaginęło trzynaście osób – oznajmiła Elinborg. – Dwanaście w osiemdziesiątych. Nie mówię o tych, co zginęli na morzu.

– Trzynaście zaginięć – powiedział Sigurdur Oli – to chyba sporo? I żadnego zaginięcia nie wyjaśniono?

– To nie znaczy, że za każdym kryje się zbrodnia – odparła Elinborg. – Niektórzy ludzie znikają, bo chcą.

– Jeśli dobrze rozumiem – powiedział Erlendur – sprawa wygląda następująco: Ellidi, Holberg i Gretar są na zabawie w Kross w pewien weekend jesienią 1963.

Zauważył, że Sigurdur Oli wygląda jak jeden wielki znak zapytania.

– Kross to był dawny szpital wojskowy z czasów wojny, który zmieniono w salę tańca. Odbywały się tam najhuczniejsze wiejskie zabawy.

– Zdaje się, że Hljomar* tam zaczynali – wtrąciła Elinborg.

– Poznają na zabawie kobiety, jedna z nich zaprasza ich na bibkę do domu – ciągnął Erlendur. – Musimy się postarać odnaleźć te kobiety. Holberg odprowadza jedną z nich, Kolbrun, do domu i gwałci ją. Wygląda na to, że zdarzyło mu się to już wcześniej. Szepce jej do ucha, jak obszedł się z inną kobietą. Być może tamta mieszka lub mieszkała w Husaviku i najprawdopodobniej nie oskarżyła go gwałt. Trzy dni później Kolbrun zdobywa się na odwagę i zgłasza popełnienie przestępstwa. Niestety rozmawiający z nią policjant nie ma współczucia dla kobiet, które zapraszają do siebie facetów po balu, a potem zgłaszają gwałt. Kolbrun rodzi dziecko. Holberg

* Hljomar (1963–1969) – pierwsza islandzka kapela rockowa. Usiłowali zrobić karierę międzynarodową pod nazwą Thor's Hammer.

mógł o nim wiedzieć, w jego biurku znaleźliśmy fotografię przedstawiającą nagrobek. Kto wykonał to zdjęcie? Dlaczego? Dziewczynka umiera na śmiertelną chorobę, a jej matka kilka lat później popełnia samobójstwo. Jeden z kompanów Holberga znika trzy lata później. Holberg zamordowano kilka dni temu, a na miejscu zbrodni pozostawiono tajemniczy list.

Erlendur przerwał na chwilę.

– Dlaczego Holberg został zamordowany teraz, w tak podeszłym wieku? Czyżby jego zabójca był w jakiś sposób związany z tą historią? Jeśli tak, to czemu nie zabił Holberga wcześniej? Dlaczego czekał tak długo? A może jego zabójstwo nie ma nic wspólnego ze sprawą gwałtu? Cały nasz wydział szuka przecież młodego człowieka w wojskowej zielonej kurtce.

– Holberg nie był aniołem – odezwała się Elinborg. – Może jest to morderstwo z zemsty czy jak tam to nazwać? Być może ktoś uznał, że na to zasłużył?

– Jedyną osobą, o której wiemy, że nienawidzi Holberga, jest Elin z Keflaviku – powiedział Erlendur. – Nie potrafię jej sobie jednak wyobrazić, jak zadaje Holbergowi śmiertelny cios popielniczką w głowę.

– Może kogoś do tego namówiła? – zastanawiał się Sigurdur Oli.

– Kogo? – spytał Erlendur.

– Nie wiem. Z drugiej strony, i poniekąd przychylam się do tej hipotezy, wygląda na to, że ktoś wałęsał się po dzielnicy z zamiarem włamania, kradzieży, a może i napadu, i Holberg go zaskoczył, za co oberwał popielniczką w głowę. Był to jakiś narkoman, który nie wiedział, co robi. Sprawa nie ma nic wspólnego z przeszłością. Wręcz przeciwnie, wiąże się z teraźniejszością. Z Reykjavikiem, takim, jakim znamy go dziś.

– Tak czy owak, uznał, że najsłuszniej będzie załatwić tego człowieka – odezwała się Elinborg. – Pamiętajmy o liściku. To nie jest jakiś żart.

Sigurdur Oli patrzył zamyślony na Erlendura.

– Mówiąc, że chcesz dokładnie wiedzieć, na co zmarła dziewczynka, miałeś na myśli to, co myślę, że miałeś?

– Obawiam się, że tak – odrzekł Erlendur.

17

Runar otworzył drzwi i chwilę patrzył na Erlendura, nie rozpoznając go. Erlendur stał w niedużym przedsionku, przemoczony do suchej nitki po krótkim biegu z auta. Po prawej stronie znajdowały się schody prowadzące na piętro. Stopnie pokrywała wykładzina poprzecierana na środku. We wnętrzu cuchnęło wilgocią i Erlendur pomyślał sobie, czy czasem w domu nie mieszkają jacyś koniarze. Zapytał Runara, czy go sobie przypomina. Chyba go pamiętał, bo chciał mu zatrzasnąć drzwi przed nosem. Nie miał jednak dość sił. Erlendur wcisnął się do mieszkania, zanim Runar zdążył zaprotestować.

– Przytulnie tu – powiedział, rozglądając się po pogrążonym w półmroku wnętrzu.

– Zostawcie mnie w spokoju! – Runar usiłował krzyknąć, lecz zawiodły go struny głosowe i cienko zapiszczał.

– Uważaj na ciśnienie. Nie mam ochoty robić ci usta-usta, jak zasłabniesz. Zadam ci tylko kilka pytań dotyczących szczegółów i znikam, a ty zdychaj sobie dalej w tej trumnie. To nie powinno zająć wiele czasu. Zupełnie nie przypominasz wyglądem Seniora Roku.

– Wynocha! – powiedział Runar z wściekłością, odwrócił się na pięcie, wszedł do salonu i usiadł na kanapie.

Erlendur wszedł za nim i ciężko opadł na fotel stojący naprzeciw gospodarza. Runar nawet na niego nie spojrzał.

– Czy Kolbrun wspominała o innym gwałcie, kiedy przyszła do ciebie ze skargą na Holberga?

Runar milczał.

– Im szybciej mi odpowiesz, tym szybciej się ode mnie uwolnisz.

Stary podniósł wzrok i spojrzał na Erlendura.

– Nigdy nie wspominała o innym gwałcie. Żegnam.

– Mamy powód podejrzewać, że przed zgwałceniem Kolbrun Holberg dokonał innego gwałtu. Może uprawiał ten proceder również później, tego jednak nie wiemy. Kolbrun jest jedyną, która go o to oskarżyła, choć to nic nie dało. Dzięki twojej niezłomnej postawie.

– Wynocha!

– Jesteś pewien, że nie wspominała o innej kobiecie? Niewykluczone, że Holberg chełpił się przed nią poprzednim gwałtem.

– Nic o tym nie mówiła – powiedział Runar i odwrócił wzrok.

– Tego wieczoru Holberg był w towarzystwie dwóch swoich przyjaciół. Jeden z nich to Ellidi, wielokrotny recydywista, którego być może znasz. Odsiaduje wyrok w Litla-Hraun i walczy z duchami i potworami w ciemnym karcerze. Drugi to Gretar. Zniknął bez śladu w czasie obchodów tysiącstulecia. Wiesz coś o tych ludziach?

– Nie. Daj mi spokój!

– Co robili w mieście w wieczór, kiedy Kolbrun została zgwałcona?

– Nie wiem.

– Nigdy żadnego z nich nie przesłuchiwałeś?

– Nie.

– Kto nadzorował śledztwo w Reykjaviku?

Runar przeniósł wzrok na Erlendura.

– Marion Briem.

– Marion Briem!

– Błazeński pomiot!

Erlendur zapukał do drzwi Elin, lecz nie było jej w domu. Wrócił więc do samochodu, zapalił papierosa i zastanawiał się, czy powinien jechać dalej do Sandgerdi. Krople deszczu dudniły o karoserię, a Erlendur, który z zasady nie śledził prognoz pogody, zastanawiał się, czy ta słota nigdy się nie skończy. Może to biblijny potop w wydaniu kieszonkowym, myślał, wydmuchując niebieskawy dym. A może okresowa potrzeba spłukania grzechów ludzkości?

Obawiał się spotkania z Elin i był poniekąd zadowolony, gdy się okazało, że nie ma jej w domu. Wiedział, że zwróci się przeciwko niemu, a bynajmniej nie zależało mu na tym, by go znowu zwymyślała. Musiał z nią jednak porozmawiać. Nieważne, czy teraz, czy później. Westchnął ciężko i zaciągnął się papierosem, aż poczuł, że parzy go w palce. Zatrzymał dym w płucach, gasząc niedopałek, a potem wypuścił go ciężko. Przez myśl przeleciało mu zdanie z akcji propagandowej przeciwko paleniu: Wystarczy, że rak zaatakuje jedną komórkę.

Rano odczuwał ból w klatce piersiowej, ale teraz już nie.

Już zaczął wycofywać auto spod domu Elin, kiedy ta zapukała w boczne okienko.

– Przyjechał pan spotkać się ze mną? – spytała spod parasola, kiedy odkręcił szybę.

Erlendur uśmiechnął się, a właściwie przywołał grymas, którego znaczenie trudno było odgadnąć, i niemrawo skinął głową. Wiedział, że ekipa już wyruszyła na cmentarz.

Elin wpuściła go do domu, a on czuł się jak zdrajca. Zdjął kapelusz i powiesił na wieszaku, ściągnął płaszcz, zzuł buty i wszedł do salonu w swoim wymiętym garniturze. Pod marynarką miał wełnianą brązową kamizelkę, krzywo zapiętą: widać było ostatnią, pustą dziurkę. Usiadł w tym samym fotelu, co podczas pierwszej wizyty, a Elin zajęła miejsce naprzeciw. Wcześniej zajrzała do kuchni, nastawiła ekspres i cały dom wypełnił aromat kawy.

Erlendur odchrząknął.

– Jeden z tych, którzy bawili się z Holbergiem tego wieczora, kiedy zgwałcił Kolbrun, nazywa się Ellidi i przebywa teraz w Litla-Hraun. Od dawna jest dobrze znany policji. Trzecim uczestnikiem zabawy był niejaki Gretar. Zniknął bez śladu w siedemdziesiątym czwartym. W roku obchodów tysiącstulecia.

– Byłam w Thingvellir. Widziałam Tomasa i Halldora*.

Erlendur znów chrząknął.

– I rozmawiał pan z tym Ellidim? – spytała Elin.

– Wyjątkowa bestia – odparł Erlendur.

Elin przeprosiła, wstała i poszła do kuchni. Rozległ się brzęk filiżanek.

Komórka Erlendura zadzwoniła w płaszczu. Skrzywił się, widząc na wyświetlaczu, że to Sigurdur Oli.

– Jesteśmy gotowi – poinformował Sigurdur Oli. Erlendur w tle słyszał deszcz.

---

* Tomas Gudmundssan (1901–1983) – islandzki poeta. Podczas obchodów tysiącstulecia wystąpił w Thingvellir, recytując wiersz napisany specjalnie na tę okazję. Halldor Kiljan Laxness (1902–1998) – islandzki pisarz, laureat literackiej nagrody Nobla (1959). Podczas tych samych obchodów wygłosił mowę do narodu. Thingvellir – dolina w Islandii, miejsce spotkań średniowiecznego parlamentu islandzkiego.

– Nie róbcie nic, póki się z wami nie skontaktuję – powiedział Erlendur. – Zrozumiano? Nie ruszaj się, póki do ciebie nie zadzwonię lub nie zjawię się na miejscu.

– Rozmawiałeś już ze starą?

Erlendur nie odpowiedział, zakończył rozmowę i schował telefon do kieszeni. Elin postawiła na stole filiżanki i nalała kawę. Oboje pili czarną. Dzbanek z kawą odstawiła na stół i znów usiadła naprzeciw. Erlendur chrząknął.

– Ellidi wspomniał, że Holberg zgwałcił inną kobietę przed Kolbrun i że opowiedział jej o tym.

Dostrzegł wyraz zdziwienia na twarzy Elin.

– Jeśli nawet Kolbrun wiedziała o innych, to nigdy mi o tym nie mówiła – powiedziała, kręcąc głową. – Czy on mówi prawdę?

– Musimy się z tym liczyć – odparł Erlendur. – Chociaż Ellidi to typ, który może kłamać. Ale z drugiej strony czemu akurat w tym wypadku miałby mówić nieprawdę.

– Nieczęsto rozmawiałyśmy na temat gwałtu – rzekła Elin. – Myślę, że z powodu Audur. Między innymi. Kolbrun zawsze była skryta, nieśmiała, a po tym wydarzeniu jeszcze bardziej zamknęła się w sobie. Poza tym niezręcznie byłoby rozmawiać na temat tej tragedii, kiedy nosiła w sobie dziecko, a co dopiero, gdy już przyszło na świat. Kolbrun robiła wszystko, co w jej mocy, by zapomnieć o gwałcie. Chciała zapomnieć o wszystkim, co się z nim wiązało.

– Sądzę, że gdyby Kolbrun wiedziała o innych gwałtach, powiedziałaby o tym policji, choćby tylko po to, żeby podeprzeć swoje oskarżenie. Ale w aktach, które czytałem, nic na ten temat nie ma.

– Może chciała chronić tę kobietę?

– Chronić?

– Kolbrun wiedziała, co to znaczy być zgwałconą. Wiedziała, jak trudno to zgłosić policji. Sama długo nie mogła się zdecydować. Zresztą nie doprowadziło to do niczego prócz upokorzenia. Jeśli tamta kobieta nie chciała się ujawnić, to Kolbrun z pewnością uszanowałaby jej decyzję. To potrafię zrozumieć. Ale nie bardzo wiem, do czego pan zmierza.

– Nie musiała koniecznie znać szczegółów, imienia, może miała tylko niejasne podejrzenie. Może Holberg wspomniał o czymś takim.

– Nigdy mi nic takiego nie mówiła.

– A kiedy już rozmawiałyście panie o gwałcie, jakie kwestie poruszałyście?

– Nigdy nie mówiłyśmy o samym czynie – odpowiedziała Elin.

W kieszeni Erlendura znów odezwał się telefon i Elin umilkła. Erlendur wyszarpnął aparat z kieszeni i spojrzał na wyświetlacz. Sigurdur Oli. Erlendur wyłączył telefon i schował go do kieszeni.

– Przepraszam – powiedział.

– Te telefony są nie do wytrzymania, prawda?

– O tak – odrzekł Erlendur. Musiał się śpieszyć.

– Mówiła, jak bardzo kocha swoją Audur. Łączyło je coś wyjątkowego, mimo tych tragicznych okoliczności. Audur była dla niej wszystkim. Może to dziwne, co powiem, ale uważam, że nigdy nie zrobiłaby nic, aby wyrządzić Audur jakąkolwiek krzywdę. Rozumie pan? Miałam wrażenie, że uważa ją za swego rodzaju zadośćuczynienie za... jakby to powiedzieć... za gwałt. Wiem, że to głupio brzmi, ale wydawało mi się, że dziewczynka jest dla Kolbrun szczęściem w nieszczęściu. Nie mogę powiedzieć, co moja siostra myślała i co czuła, nie chcę się wypowiadać w jej imieniu. Ale z każdą godziną coraz bardziej uwielbiała córeczkę i nigdy się z nią nie rozstawała. Nigdy. I choć narodziny dziecka były następstwem tragedii, Kolbrun nigdy nie widziała w niej potwora, który zniszczył jej życie. Widziała tylko to piękne dziecko, jakim była Audur. Była nadopiekuńcza wobec swojej córki, a jej miłość sięgała poza grób, o czym świadczy napis na nagrobku. *Zachowaj me życie od strachu przed wrogiem.*

– Wie pani dokładnie, co siostra miała na myśli?

– Jest to wołanie do Boga, co pan zauważy, kiedy pan przeczyta psalm. Oczywiście wiąże się to ze śmiercią córeczki. I tym, CO do niej doprowadziło i jak wielka to była tragedia. Kolbrun nigdy nie pogodziła się z sekcją zwłok. Nie mogła nawet o niej myśleć.

Erlendur zmrużył oczy i skrzywił się. Elin tego nie zauważyła.

– Nic dziwnego – rzekła Elin – że te potworne wydarzenia, gwałt, a potem śmierć Audur, odbiły się na jej zdrowiu psychicznym. Załamała się. I myśl o sekcji zwłok wyzwoliła w niej manię prześladowczą i chęć ochrony córki przed wrogami. Urodziła ją w okropnych okolicznościach i bardzo szybko ją straciła. Uważała, że taka jest wola Boża. Ale chciała, aby zostawiono jej córkę w spokoju.

Erlendur przez chwilę siedział zamyślony, zbierając się na odwagę.

– Myślę, że jestem jednym z tych wrogów.

Elin patrzyła na niego, nie rozumiejąc.

– Uważam, że trzeba dokonać ekshumacji i przeprowadzić dokładną sekcję, jeśli to jeszcze możliwe.

Powiedział to najdelikatniej, jak mógł. Dopiero po dłuższej chwili do Elin dotarły jego słowa. Spojrzała na Erlendura, nie wierząc własnym uszom.

– O czym pan mówi, człowieku?

– Może uda nam się wyjaśnić przyczynę jej śmierci.

– Przyczynę? To był guz mózgu!

– Może...

– O czym pan mówi? Ekshumacja? Dziecka? Nie wierzę! Właśnie powiedziałam...

– Mamy dwa powody.

– Dwa powody?

– Aby dokonać ekshumacji – powiedział Erlendur.

Elin wstała i zaczęła nerwowo krążyć po salonie. Erlendur siedział nadal, zagłębiony w miękkim fotelu.

– Rozmawiałem już z lekarzami w szpitalu w Keflaviku. Nie znaleźli żadnych raportów poza wstępną opinią lekarza przeprowadzającego sekcję. Niestety, on już nie żyje. Rok, w którym zmarła Audur, był ostatnim rokiem jego pracy w szpitalu. Wspomniał jedynie o guzie mózgu i tak określił przyczynę śmierci. Chcę wiedzieć, jaka choroba była przyczyną zgonu małej. Chcę wiedzieć, czy mogła to być choroba dziedziczna.

– Choroba dziedziczna! Nic mi nie wiadomo o żadnej chorobie dziedzicznej!

– Szukamy jej u Holberga – powiedział Erlendur. – A po drugie chcemy stwierdzić, czy Audur była córką Holberga. To się robi za pomocą badań DNA.

– A macie co do tego wątpliwości?

– Niekoniecznie, ale musimy to potwierdzić.

– A dlaczego?

– Holberg zaprzeczył, że to jego dziecko. Powiedział, że miał stosunek z Kolbrun za jej przyzwoleniem, ale wyparł się ojcostwa. Kiedy oskarżenie oddalono, nie było specjalnego powodu, aby cokolwiek udowadniać. Pani siostra nigdy by na coś takiego nie poszła. Miała wszystkiego dość i chciała, by Holberg zniknął z jej życia.

– Kto inny mógł być ojcem?

– Musimy mieć dowód w sprawie o morderstwo.
– Morderstwo Holberga?
– Tak.
Elin stała nad Erlendurem i przyglądała mu się uważnie.
– Czy ten potwór ma prześladować człowieka nawet zza grobu?
Erlendur już chciał odpowiedzieć, ale Elin nie dopuściła go do głosu.
– Cały czas uważacie, że moja siostra kłamie – powiedziała. – Nigdy jej nie uwierzycie. Nie jest pan ani trochę lepszy niż ten półgłówek Runar. Ani trochę.
Pochyliła się nad nim, siedzącym w fotelu.
– Ty zasrany glino! – syknęła. – Żałuję, że cię w ogóle wpuściłam do domu.

18

Sigurdur Oli widział zbliżające się światła samochodu i był pewien, że to Erlendur. Przysadzista koparka ustawiona nad grobem warczała, czekając na znak, by rozpocząć pracę. Gąsienice ślizgały się w błocie. Koparka puszczała gęsty dym i rozsiewała wokół woń oleju napędowego.

Sigurdur Oli i Elinborg stali przed grobem w towarzystwie lekarza sądowego oddelegowanego przez prokuratora generalnego, prawnika z urzędu, pastora i wikarego, kilku policjantów z Keflaviku i dwóch robotników z magistratu. Wszyscy przemoknięci do suchej nitki zazdrościli Elinborg, gdyż ona jedna miała parasolkę, pod którą pozwoliła się skryć Sigurdurowi Oliemu. Kiedy Erlendur wysiadł z samochodu i wolnym krokiem zbliżał się w ich stronę, zebrani zauważyli, że przyjechał sam. Wprawdzie mieli wszelkie wymagane zezwolenia, lecz z rozpoczęciem musieli czekać na przybycie Erlendura.

Erlendur rozejrzał się wokół, w milczeniu kontemplując obraz zniszczenia i profanacji. Płyta została usunięta i spoczywała w alejce obok grobu. Obok leżał zielonkawy flakonik zakończony długim szpikulcem, który można było wetknąć w ziemię. We flakoniku tkwił malutki, zasuszony bukiet róż i Erlendur pomyślał, że przyniosła go tu Elin. Zatrzymał się, jeszcze raz przeczytał inskrypcję na płycie i pokręcił głową. Szalunek z pomalowanych na biało desek, wystających z ziemi zaledwie na jakieś dwadzieścia centymetrów, który niegdyś wyznaczał pole grobowe, teraz leżał połamany obok płyty. Erlendur widział podobne konstrukcje na grobach dzieci. Westchnął. Spojrzał w czarne niebo. Deszcz spływał mu po rondzie kapelusza na ramiona. Zmrużył oczy. Rozejrzał się po gromadce stojącej przy grobie, w końcu dostrzegł Sigurdura Oliego i skinął głową. Sigurdur Oli dał znak operatorowi koparki. Łyżka uniosła się w górę, po czym zatonęła w rozmiękłej ziemi.

Erlendur patrzył, jak koparka rozszarpuje trzydziestoletnią ranę. Za każdym uderzeniem krzywił się z bólu. Kopiec ziemi wciąż rósł, a im bardziej pogłębiał się dół, tym bardziej gęstniała w nim ciemność. Erlendur obserwował łyżkę, wciąż głębiej i głębiej rozdrapującą ranę. Nagle doznał wrażenia, jakby kiedyś już coś podobnego przeżył, jakby wszystko to kiedyś widział we śnie. Przez chwilę wydało mu się nawet, że cała ta scena jest snem; jego koledzy z policji, którzy stali wpatrzeni w otchłań grobu, robotnicy magistraccy w pomarańczowych kombinezonach, pochylający się nad swoimi łopatami, pastor w grubym, czarnym płaszczu, deszcz lejący się do dołu i wylewany zeń łopatami, jakby ten grób krwawił.

Czyż nie właśnie to mu się śniło?

A potem wrażenie znikło i jak to zwykle w takich wypadkach bywa, nie potrafił zrozumieć, skąd się wzięło. Dlaczego zdawało mu się, że jeszcze raz przeżywa wydarzenia, które nigdy nie miały miejsca? Erlendur nie wierzył w przeczucia, widzenia i sny ani w reinkarnację czy karmę, nie wierzył w Boga, choć wielokrotnie czytał Biblię, nie wierzył w życie wieczne ani w to, że jego postępowanie w życiu doczesnym będzie mieć wpływ na to, czy wyląduje w niebie, czy piekle. Zresztą był zdania, że samo życie to mieszanina jednego i drugiego.

A jednak czasami przeżywał takie niezrozumiałe i nadnaturalne *déjà vu*, przypominał sobie miejsce i czas, jakby wcześniej to wszystko widział, jakby znalazł się poza własnym ciałem, jakby nagle zmienił się w obserwatora własnego życia. Żadną miarą nie umiał wyjaśnić, z jakiego powodu jego umysł bawi się nim w ten sposób.

Ocknął się, kiedy łyżka koparki uderzyła w wieko trumny i z grobu dobiegło głuche stuknięcie. Zbliżył się o krok. Przez strugi deszczu lejące się do jamy widać było zarys trumny.

– Ostrożnie! – krzyknął Erlendur do operatora koparki, wymachując rękami.

Kątem oka zobaczył zbliżające się drogą światła samochodowe. Wszyscy się obejrzeli i dostrzegli wolno jadący samochód, który w końcu zatrzymał się przed bramą cmentarza. Na dachu wyraźnie widać było logo firmy taksówkarskiej. Z auta wysiadła niemłoda kobieta w zielonym płaszczu. Elin. Taksówka odjechała, a kobieta szybko ruszyła w kierunku grobu. Kiedy Erlendur znalazł się w zasięgu jej głosu, zaczęła mu wymyślać, wygrażając pięścią.

– Hiena cmentarna! – krzyczała. – Hieny! Złodzieje zwłok!

– Uspokójcie ją – spokojnie powiedział Erlendur do policjantów, którzy ruszyli ku Elin i zatrzymali ją, gdy do grobu pozostało jej zaledwie kilka metrów. Bijąc wściekle na oślep, usiłowała ich odepchnąć, lecz złapali ją pod ręce i unieruchomili.

Robotnicy wskoczyli do grobu z łopatami, odgarnęli z trumny piasek i umocowali do niej liny. Nie była specjalnie zniszczona. Krople deszczu głucho dudniły o jej wieko, zmywając resztki ziemi. Erlendur pomyślał, że kiedyś musiała być biała. Mała, biała trumienka z uchwytami po bokach i niedużym krzyżem na wieku. Po podwiązaniu lin do łyżki koparki operator ostrożnie wyciągnął ją z dołu. Wciąż była cała, choć wyglądała na bardzo kruchą. Erlendur zauważył, że Elin się uspokoiła i przestała na niego krzyczeć. Kiedy trumna pojawiła się na powierzchni i na chwilę zawisła nad grobem, zaniosła się płaczem. Nieduży samochód dostawczy wolno podjechał tyłem do grobu i zatrzymał się. Trumnę położono na ziemi i odwiązano liny, po czym podszedł do niej pastor i zrobił znak krzyża. Jego wargi poruszały się w bezgłośnej modlitwie. Robotnicy magistraccy podnieśli trumnę, załadowali do furgonetki i zamknęli drzwi. Elinborg wsiadła obok kierowcy i samochód ruszył w kierunku bramy cmentarnej. Po chwili czerwone tylne światła rozmył deszcz i pochłonął mrok.

Pastor podszedł do Elin i poprosił policjantów, by ją puścili, co natychmiast uczynili. Spytał, czy może coś dla niej zrobić. Rozmawiali półszeptem, najwyraźniej dobrze się znali. Elin wyraźnie się uspokoiła. Erlendur i Sigurdur Oli spojrzeli po sobie, po czym przenieśli wzrok na pusty grób. Na dnie zaczęła gromadzić się deszczówka.

– Próbowałam ich powstrzymać od tych ohydnych czynności, od zbezczeszczenia zwłok – usłyszał Erlendur słowa Elin skierowane do pastora. Ulżyło mu trochę, kiedy spostrzegł, że Elin jest spokojna. Zbliżył się do niej, a Sigurdur Oli podążył za nim.

– Nigdy panu tego nie wybaczę – rzuciła Elin w jego stronę. Pastor stał obok niej. – Nigdy! – powtórzyła.

– Rozumiem – odparł Erlendur. – Ale śledztwo rządzi się swoimi prawami.

– Śledztwo! Do diabła z tym całym śledztwem – syknęła przez zaciśnięte zęby. – Dokąd zabieracie ciało?

– Do Reykjaviku.

– A kiedy je oddacie?

– Za dwa dni.

– No proszę, co pan zrobił z jej grobem – westchnęła Elin bezradnie, jakby niezupełnie rozumiała, co zaszło. Mijając Erlendura, podeszła do płyty, połamanego szalunku, flakonu i otwartego grobu.

Erlendur postanowił jej powiedzieć o notatce znalezionej w mieszkaniu Holberga.

– Przy ciele Holberga znaleźliśmy kartkę – powiedział, podchodząc do Elin. – Nie rozumieliśmy jej treści, dopóki nie dowiedzieliśmy się o Audur i nie porozmawialiśmy z jej lekarzem. Islandzcy mordercy zazwyczaj zostawiają po sobie jedynie bałagan, ale ten, który zamordował Holberga, chciał najwyraźniej, żebyśmy mieli nad czym główkować. I kiedy lekarz wspomniał o możliwości choroby dziedzicznej, pozostawiona notatka nagle nabrała znaczenia. Również po tym, co powiedział mi w więzieniu Ellidi. Holberg nie ma żadnych żyjących krewnych. Miał siostrę, która zmarła w wieku dziewięciu lat. Sigurdur Oli – Erlendur wskazał swego partnera – przejrzał raporty lekarskie dotyczące siostry i okazało się, że Ellidi nie kłamał. Podobnie jak Audur, zmarła na guza mózgu. Prawdopodobnie była to ta sama choroba.

– Co pan wygaduje? Jaka kartka? – spytała Elin.

Erlendur zawahał się. Spojrzał na Sigurdura Oliego, który zerknął na Elin, a potem znów przeniósł wzrok na Erlendura. Przez chwilę patrzyli sobie w oczy.

– Ja to on – powiedział Erlendur.

– Co to znaczy?

– Tak brzmiała notatka: *ja to on*. Podkreślone ostatnie słowo. ON.

– Ja to on – powtórzyła Elin. – O co tu chodzi?

– Tak naprawdę nie umiem tego wyjaśnić, ale zastanawiam się, czy nie wskazuje to na jakiegoś rodzaju pokrewieństwo – odparł Erlendur. – Ten, kto napisał *ja to on*, musi uważać, że ma coś wspólnego z Holbergiem. Mogą to być oczywiście brednie jakiegoś wariata, który w ogóle nie znał Holberga. Niezrozumiały bełkot. Ale nie sądzę. Myślę, że sekcja nam pomoże. Myślę, że musimy się dowiedzieć, kto to.

– O jakie pokrewieństwo chodzi?

– Według oficjalnych danych Holberg nie miał dzieci. Audur z nim nie kojarzono. Była wyłącznie córką Kolbrun. Ale jeśli prawdą jest to, co mówi Ellidi, że Holberg zgwałcił więcej kobiet, a one tego nie ujawniły, równie dobrze można założyć, że miał więcej dzieci. Że Kolbrun nie jest jedyną ofiarą, która urodziła dziecko. Zawęziliśmy krąg poszukiwanych w Husaviku do kobiet, które w określonym czasie urodziły dzieci, i mamy nadzieję, że niebawem coś z tego wyniknie.

– W Husaviku?

– Druga ofiara Holberga miała pochodzić stamtąd.

– A co z tą chorobą dziedziczną? – spytała Elin. – Co to za choroba? To ta, która zabiła Audur?

– Musimy jeszcze zbadać zwłoki Holberga, potwierdzić, że był ojcem Audur, i pozbierać to wszystko do kupy. Ale jeśli rozpoznanie jest prawidłowe, najprawdopodobniej chodzi o rzadką chorobę dziedziczną.

– Audur ją miała?

– Być może minęło zbyt wiele czasu od jej śmierci i nie uda się zdobyć wystarczających dowodów, ale musimy spróbować.

Zbliżali się do kościoła. Elin szła obok Erlendura, a za nimi podążał Sigurdur Oli. Elin prowadziła. Kościół był otwarty, weszli więc do środka, by się schronić przed deszczem. Stali w przedsionku i patrzyli w mrok.

– Wierzę, że Holberg był ojcem Audur – przerwał ciszę Erlendur. – Nie mam żadnego powodu, żeby podawać w wątpliwość pani słowa i to, co powiedziała pani siostra. Ale musimy to potwierdzić. Wymagają tego procedury śledcze. Jeśli w grę wchodzi choroba genetyczna, którą dziewczynka odziedziczyła po Holbergu, na tym jednym przypadku może się nie skończyć. Możliwe, że choroba wiąże się z zamordowaniem Holberga.

Nie zauważyli samochodu, który wolno odjechał z cmentarza starą drogą, bez świateł, niemal niewidoczny w mroku. Kiedy skręcił w kierunku Sandgerdi, zwiększył szybkość, zapalił światła i szybko dogonił bagażówkę z trumną. Na drodze do Keflaviku kierowca pilnował, by między nim a bagażówką zawsze jechały dwa, a czasem trzy samochody. W ten sposób konwojował trumnę aż do Reykjaviku.

Kiedy furgonetka zatrzymała się przed kostnicą przy Baronsstigur, zaparkował w pewnej odległości i przyglądał się, jak wnoszą trumnę do środka. Widział, jak zamknęły się za nią drzwi. Zaczekał, aż bagażówka odjedzie, a kobieta, która eskortowała trumnę, wyjdzie z kostnicy i wsiądzie do taksówki.

Potem spokojnie odjechał.

19

Erlendur nie zapowiedział swojej wizyty u Marion Briem. Przyjechał prosto z Sandgerdi i postanowił porozmawiać przed pójściem do domu. Była szósta, na dworze panowały egipskie ciemności. Gospodyni zaprosiła go do środka, przepraszając za bałagan. Mieszkanie było niewielkie: salonik, sypialnia, łazienka i kuchnia; niechlujna samotnia, przypominająca jego własną. Po salonie walały się gazety, czasopisma i książki, dywan był wyświechtany i brudny, pod zlewem w kuchni stosy ścierek. Mdłe światło stojącej lampy nie było w stanie rozjaśnić mrocznego saloniku. Erlendur, poinstruowany przez gospodynię, zgarnął gazety z fotela na podłogę i usiadł.

– Sądząc z tego, co mówiłaś, swego czasu ta sprawa bardzo ci doskwierała – zaczął.

– Nie jest to mój największy sukces. – Drobną, delikatną dłonią Marion zapaliła cygaretkę wyjętą z niewielkiej kasetki, na jej twarzy odmalował się ból; głowa Marion była zbyt duża, lecz figura proporcjonalna. Erlendur podziękował. Wiedział, że Marion wciąż śledzi co ciekawsze sprawy, zbiera informacje od dawnych współpracowników, którzy pozostali na służbie, a czasem nawet podrzuca im cenne informacje.

– Chcesz się dowiedzieć więcej na temat Holberga?

– I jego przyjaciół – dodał Erlendur, siadając. – Oraz Runara z Keflaviku.

– Tak, Runar – mruknęła. – Kiedyś chciał mnie zabić.

– Dziś pewno nie byłby w stanie, biedaczek – odparł Erlendur.

– To znaczy, że się z nim spotkałeś. Ma raka, wiedziałeś o tym? Kwestia raczej tygodni niż miesięcy. – To brzmiało jak wyrok.

– Nie wiedziałem – odrzekł Erlendur i wyobraził sobie chudą, kościstą twarz Runara. I smark zwisający z nosa, gdy grabił liście w ogrodzie.

– Miał bardzo wpływowych przyjaciół w ministerstwie. Dlatego tak długo wszystko mu uchodziło na sucho. Moim zdaniem powinien dostać dyscyplinarkę, a otrzymał tylko upomnienie.

– Pamiętasz coś ze sprawy Kolbrun?

– Trudno sobie wyobrazić bardziej nieszczęsną ofiarę. Nie udało mi się dobrze jej poznać, ale było dla mnie jasne, że zupełnie nie umie kłamać. Oskarżyła Holberga o gwałt i opisała sposób, w jaki sposób potraktował ją Runar, o czym zresztą już wiesz. W sprawie Runara mieliśmy słowa przeciwko słowom, ale jej relacja była wiarygodna. Nie powinien był odsyłać jej z kwitkiem, nie mówiąc już o tej historii z majtkami. Holberg ją zgwałcił. Sprawa była oczywista. Udało mi się doprowadzić do konfrontacji Holberga i Kolbrun. I nie było cienia wątpliwości.

– Konfrontacji?

– To był błąd. Zdawało mi się, że to odniesie skutek. Biedna kobieta.

– A co się stało?

– Wszystko zaaranżowałam tak, żeby wyglądało na przypadek, na zbieg okoliczności. Ale kto mógł przewidzieć konsekwencje... Po co ja ci to wszystko mówię? Śledztwo utknęło w martwym punkcie. Ona mówiła swoje, on swoje. Dostali wezwanie na tę samą godzinę, żeby się spotkali.

– I co się wydarzyło?

– Dostała ataku histerii i musieliśmy wezwać lekarza. Pierwszy raz w życiu zdarzyło mi się coś takiego. I ostatni.

– A on?

– Stał i głupkowato się uśmiechał.

Erlendur milczał przez chwilę.

– Myślisz, że to było jego dziecko?

Marion wzruszyła ramionami.

– Tak twierdziła Kolbrun.

– A czy Kolbrun rozmawiała z tobą o tej innej kobiecie, którą Holberg zgwałcił wcześniej? – wydusił z siebie w końcu Erlendur.

– A była inna?

Erlendur zrelacjonował swą rozmowę z Ellidim, a potem najważniejsze szczegóły śledztwa. Kryjąc twarz za gęstą zasłoną dymu z cygaretki, Marion Briem słuchała w skupieniu. Nieduże, czujne i świdrujące oczka wpatrzone były w Erlendura. Nic nie uchodziło ich uwagi. Oto miała przed sobą przemęczonego faceta w średnim wieku, z podkrążonymi oczami, kilkudniową szczeciną na policzkach, rudymi skołtunionymi włosami, mocnymi zębami, ukazującymi się od czasu do czasu spod bladych warg, o zmęczonej twarzy, która widziała najgorsze rzeczy, jakie można znaleźć na ludzkim śmietnisku. W oczach Marion Briem widać było wyraźnie współczucie i ponurą pewność, że oto patrzy na swoje lustrzane odbicie.

Kiedy Erlendur zaczynał pracę w policji śledczej, w arkana zawodu wprowadzała go właśnie Marion Briem.

Zresztą podobnie jak Erlendurowi, Marion nigdy nie udało się awansować na żadne kierownicze stanowisko; i Erlendur, i Marion zawsze wykonywali jedynie rutynowe prace śledcze, toteż zdobyli ogromne doświadczenie. Marion miała doskonałą pamięć, która nie stępiła się z wiekiem. Wszystko, co kiedykolwiek zobaczyła i usłyszała, gromadziła systematycznie w odpowiednich przegródkach mózgu i w razie potrzeby przywoływała bez najmniejszego wysiłku. Potrafiła odtworzyć najdrobniejsze szczegóły dawnych śledztw, była skarbnicą wiedzy na temat wszystkiego, co dotyczyło historii kryminalnej Islandii. Myślała precyzyjnie i błyskawicznie.

Współpraca z Marion Briem była nieznośna z powodu drobiazgowości, wyśrubowanych wymagań i niecierpliwości tego potwora, jak określił ją kiedyś Erlendur w rozmowie z Evą Lind. Z czasem ucznia i mistrza podzieliły głębokie różnice i zdarzało się, że długo ze sobą nie rozmawiali. Erlendur miał wrażenie, że w jakiś niezrozumiały sposób musiał kiedyś rozczarować Marion. Zdawało mu się, że Marion coraz wyraźniej daje mu to do zrozumienia. W końcu mistrz odszedł na emeryturę, a uczeń odetchnął z ulgą.

Po odejściu Marion z policji ich wzajemne stosunki nieco się poprawiły. Napięcie opadło, a duch rywalizacji zniknął.

– ...i dlatego postanowiłem cię odwiedzić i spytać, co wiesz o Holbergu, Ellidim i Gretarze – powiedział w końcu Erlendur.

– Chyba nie robisz sobie nadziei na odnalezienie Gretara po tylu latach? – Marion nie kryła zdziwienia. Erlendurowi wydało się, że przez jej twarz przemknął błysk zatroskania.

– Jak daleko udało ci się to doprowadzić?

– Niezbyt, bo to była tylko praca z doskoku – odparła. Przez chwilę Erlendur poczuł cień satysfakcji, odniósł bowiem wrażenie, że w głosie Marion słyszy nutę usprawiedliwienia. – Najprawdopodobniej zniknął w weekend, kiedy w Thingvellir odbywały się obchody tysiącstulecia państwa. Przesłuchałam jego matkę, przyjaciół Ellidiego i Holberga oraz kolegów z pracy. Gretar pracował wtedy w Eimskip przy załadunku statków. Ludzie myśleli po prostu, że zamustrował się na jeden z nich. Mówili, że gdyby spadł do ładowni, na pewno by zauważyli.

– A gdzie byli Holberg i Ellidi, kiedy zniknął Gretar? Pamiętasz?

– Obaj twierdzili, że byli na obchodach, i udało nam się to potwierdzić. Ale oczywiście nie dało się dokładnie ustalić, kiedy Gretar zniknął. Gdy jego matka skontaktowała się z nami, nikt go nie widział od dwóch tygodni. O czym myślisz? Jest coś nowego w sprawie Gretara?

– Nie – odparł Erlendur. – I nie szukam go. Jeśli nagle się nie objawił i nie zamordował swojego dawnego kumpla Holberga, to dla mnie może być zaginiony na wieki. Staram się tylko ustalić, co to były za typy: Holberg, Ellidi i Gretar.

– To byli bandyci. Wszyscy. Ellidiego sam poznałeś. Gretar nie był ani trochę lepszy. Miał tylko większego pecha. Przesłuchiwałam go kiedyś w związku z włamaniem i już wtedy było widać, że zapowiada się na drobnego rzezimieszka. Pracowali wtedy w Wydziale do spraw Portów i Latarni Morskich. W ten właśnie sposób się poznali. Ellidi był tępym sadystą. Przy każdej okazji prowokował bójki. Znęcał się nad słabszymi. I z tego, co wiem, nie zmienił się. Holberg był swego rodzaju przywódcą grupy. Najinteligentniejszy spośród nich. Łatwo się wywinął ze sprawy z Kolbrun. Kiedy swego czasu zbieraliśmy opinie na jego temat, ludzie nie byli nadmiernie rozmowni. A Gretar był pechowcem, który przyczepił się do nich, taki facet bez charakteru, tchórzliwy. Ale coś mi mówiło, że niezupełnie jest taki, jakim się zdaje.

– Runar i Holberg znali się?

– Nie sądzę.

– Jeszcze oficjalnie niczego nie podaliśmy do wiadomości – rzekł Erlendur – ale przy zwłokach znaleźliśmy notatkę.

– Notatkę?

– Morderca napisał na kartce *ja to on* i położył ją na ciele Holberga.

– Ja to on?

– Czy nie wskazuje to na jakiś rodzaj pokrewieństwa?

– Chyba że to kompleks zbawiciela. Stuknięty fanatyk.

– Wolę to łączyć z jakimiś więzami krwi.

– Ja to on? Co człowiek może chcieć przez to powiedzieć? Jakie w tym przesłanie?

– Chciałbym to wiedzieć – odparł Erlendur.

Wstał i włożył kapelusz, mówiąc, że śpieszy się do domu. Marion zapytała jeszcze o Evę Lind, na co odpowiedział, iż walczy ze swoimi problemami. Potem razem podeszli do drzwi i uścisnęli sobie dłonie. Gdy Erlendur był na schodach, Marion zawołała:

– Erlendur! Zaczekaj chwilkę, Erlendur!

Odwrócił się, spojrzał w górę w kierunku drzwi i nagle uderzyła go myśl, jak bardzo Marion się postarzała: przygarbione ramiona, zmarszczki. Dawno jej nie odwiedzał i właśnie o tym myślał, siedząc przed chwilą w fotelu naprzeciw Marion. O tym, jak czas obchodzi się z ludźmi.

– Nie bierz zanadto do siebie tego, czego dowiesz się o Holbergu. Nie pozwól, aby zabił w tobie to, czego nie chcesz stracić. Nie pozwól mu zatryumfować. Tylko tyle.

Erlendur stał na deszczu, nie bardzo wiedząc, co miała znaczyć ta przestroga. Marion pożegnała go skinieniem głowy.

– Co to było za włamanie? – zawołał Erlendur, zanim drzwi całkiem się zamknęły.

– Włamanie? – Drzwi znów się otworzyły.

– Którego dokonał Gretar. Gdzie się włamał?

– Do sklepu fotograficznego. Miał bzika na punkcie fotografii – powiedziała Marion. – Robił zdjęcia.

Kiedy smacznie spał, do drzwi zapukali dwaj mężczyźni w skórzanych kurtkach i czarnych, wysokich sznurowanych butach. Po powrocie do domu zawołał Evę Lind, a nie otrzymawszy odpowiedzi, usiadł na kawałkach kurczaka, które leżały w fotelu od czasu, gdy spał na nich poprzedniej nocy. Spytali o Evę Lind. Erlendur nigdy wcześniej ich nie widział, a z córką nie miał kontaktu od czasu, gdy podała mu wyborny krupnik. Twarze mieli tępawe. Spytali Erlendura, czy nie wie, gdzie mogą ją znaleźć. Jednocześnie starali się ukradkiem zajrzeć do mieszkania. Erlendur zapytał, czego chcą od jego córki. W odpowiedzi usłyszał, czy pewnie próbuje ją ukrywać, alfons jeden. Erlendur zainteresował się, czy przypadkiem nie są onanistami. Kazali mu stulić pysk. On kazał im spadać. Oni, żeby udławił się gównem. Kiedy Erlendur chciał zamknąć drzwi, jeden z nich wsadził w szczelinę kolano. „Twoja córka to pierdolona szmata!", krzyknął. Miał skórzane spodnie.

Erlendur westchnął.

To był długi i wyczerpujący dzień.

Usłyszał chrzęst łamanego stawu, kiedy drzwi uderzyły w niego z taką siłą, że aż puściły górne zawiasy.

20

Sigurdur Oli zastanawiał się, jak sformułować pytanie. Trzymał w ręku listę z nazwiskami dziesięciu kobiet, które mieszkały w Husaviku przed 1960 rokiem i później, lecz potem przeniosły się do Reykjaviku. Dwie z listy już nie żyły. Dwie nigdy nie miały dzieci. Sześć z nich było matkami i urodziło dzieci w okresie, w którym najprawdopodobniej mogło dojść do gwałtu. Sigurdur Oli właśnie odwiedził pierwszą z nich. Mieszkała przy Barmahlid. Rozwiedziona. Matka trzech dorosłych synów.

Ale jak miał zadać to pytanie dojrzałym już, bądź co bądź, kobietom? Przepraszam panią, jestem z policji, a przysłano mnie, bym zapytał, czy kiedy pani mieszkała w Husaviku, została pani zgwałcona? Rozmawiał o tym z Elinborg, która miała listę z nazwiskami dziesięciu innych kobiet, ale ona nie rozumiała problemu.

Sigurdur Oli uważał, że całe to zadanie, które mu zlecił Erlendur, jest psu na budę. Nawet gdyby jakimś cudem Ellidi mówił prawdę i zgadzały się i miejsce, i czas, i po wyczerpujących poszukiwaniach trafiliby na właściwą osobę, to jakie mogło być prawdopodobieństwo, że ona zechce opowiedzieć im o gwałcie? W końcu przez całe pokolenie milczała jak grób. Dlaczegóż by teraz miała zacząć o tym mówić? Jeśli zapuka do niej Sigurdur Oli czy którykolwiek z pozostałych pięciu śledczych sprawdzających podobne listy, a kobieta odpowie: „Nie", pozostanie im jedynie mruknąć: „Przepraszam za najście".

– To jest kwestia reakcji, wykorzystaj psychologię – poinstruował go Erlendur, kiedy Sigurdur Oli usiłował objaśnić mu problem. – Postaraj się wejść do mieszkania, usiąść, daj się zaprosić na kawę, pogadaj... bądź... miękki.

– Psychologię! – parsknął Sigurdur Oli, wysiadając z samochodu na ulicy Barmahlid i myśląc o własnej partnerce życiowej, Bergthorze. Nie wiedział nawet, jak wykorzystać „psychologię" w stosunku do niej. Poznali się w bardzo niecodziennych okolicznościach: Bergthora była świadkiem w dość trudnej sprawie. Wkrótce postanowili razem zamieszkać. Okazało się, że dobrze im ze sobą, mają podobne zainteresowania, że oboje marzą o pięknym, ładnie umeblowanym domu. Po długim dniu pracy zawsze całowali się na powitanie. Przy byle okazji obdarowywali się drobnymi prezentami. Czasem nawet zdarzało im się otworzyć butelkę wina. Niekiedy od razu po przyjściu z pracy wskakiwali do łóżka, choć ostatnio zdarzało się to coraz rzadziej.

A zaczęło się od tego, że Bergthora podarowała mu na urodziny najzwyklejsze fińskie kalosze. Chciał udać radość, ale miał tak zaskoczoną minę, że nie mogła tego nie zauważyć. I kiedy w końcu udało mu się uśmiechnąć, był to uśmiech fałszywy.

– No bo nie masz kaloszy – powiedziała.

– Nie miałem kaloszy od czasu, jak... skończyłem dziesięć lat – odparł.

– Nie cieszysz się? – spytała.

– Uważam, że to świetny prezent – powiedział Sigurdur Oli i zorientował się, że nie odpowiedział na pytanie. Ona też to zauważyła. – Nie, serio – dodał i od razu zrozumiał, że kopie sobie grób. – Wspaniały.

– Nie cieszysz się z nich – skonstatowała ponuro.

– Skąd – odparł, wciąż nieswój, bo jakoś nie mógł przestać myśleć o zegarku na rękę za trzydzieści tysięcy koron, który podarował jej na urodziny po tygodniowych poszukiwaniach, dziesiątkach wizyt w najróżniejszych sklepach, po długich rozmowach z zegarmistrzami na temat marek zegarków, pozłacanych bransolet, werków, zapięć, wodoszczelności, Szwajcarii i zegarów z kukułką. Wykorzystał całe swoje doświadczenie śledcze, by znaleźć odpowiedni zegarek, w końcu go znalazł, a ona była uszczęśliwiona: jej radość i zadowolenie były autentyczne.

Siedział przed nią z przymarzniętym do twarzy uśmiechem i na próżno starał się wyglądać na zadowolonego.

– Psychologia – parsknął Sigurdur Oli.

W końcu nacisnął dzwonek do mieszkania przy Barmahlid i wyrecytował pytanie z największą głębią psychologiczną, na jaką mógł się zdobyć, ale za to z fatalnym skutkiem. Zanim zdążył ugryźć się w język, bez żadnych wstępów zapytał kobietę już od progu, czy ktoś ją kiedyś zgwałcił.

– Co to za jakieś brednie! – odparła pani, wymalowana jak na wojnę plemienną, z upierścienionymi dłońmi i wściekłą miną, która zdawała się na stałe gościć na jej twarzy. – Kim pan jest? Co za chamstwo!

– Oj, przepraszam – jęknął Sigurdur Oli i uciekł w popłochu.

Elinborg radziła sobie lepiej, gdyż była absolutnie przekonana o słuszności swej misji, a poza tym lubiła sobie pogadać z ludźmi. Jej specjalnością było gotowanie, była wyjątkowo zamiłowaną i dobrą kucharką, a już wysmażenie tematu do rozmowy przychodziło jej bez żadnego trudu. Na przykład pytała, co to za wspaniały aromat rozchodzi się po mieszkaniu, a wówczas nawet ludzie, którzy żywili się na co dzień wyłącznie popcornem, przyjmowali ją z otwartymi ramionami.

Teraz siedziała w salonie sutereny domu w dzielnicy Breidholt. Leciwa, rodowita niemłoda husaviczanka, którą odwiedziła, wieloletnia wdowa, matka dwójki dorosłych dzieci, zaprosiła ją na kawę. Na imię miała Sigurlaug i była ostatnia na liście Elinborg. Bardzo łatwo przychodziło jej zadawanie kłopotliwych pytań i każdą swoją rozmówczynię prosiła o kontakt, gdyby coś w swoim gronie usłyszała, choćby husavickie plotki.

– ...i dlatego poszukujemy kobiety z Husaviku mniej więcej w pani wieku, która w tamtych czasach mogła znać Holberga, a nawet mieć z jego powodu jakieś kłopoty.

– Nie pamiętam z Husaviku żadnego człowieka imieniem Holberg – powiedziała kobieta. – A o jakiego rodzaju kłopoty chodzi?

– Holberg był przejazdem w Husaviku – wyjaśniła Elinborg. – Więc wcale nie musi go pani pamiętać. A chodzi o napaść. Wiemy, że napadł na kobietę w Husaviku kilkadziesiąt lat temu, i usiłujemy ją odnaleźć.

– To musicie mieć to u siebie w archiwum.

– Napaści tej nigdy nie zgłoszono.

– A jaka to była napaść?

– Gwałt.

Kobieta odruchowo zasłoniła usta, oczy jej się rozszerzyły.

– Mój Boże! – krzyknęła. – Nic o czymś takim nie wiem. Gwałt! Dobry Boże! Nigdy o niczym takim nie słyszałam.

– Zdaje się, że to wszystko trzymano w tajemnicy – odparła Elinborg.

Zgrabnie migała się od odpowiedzi na dociekliwe pytania kobiety, która koniecznie chciała poznać szczegóły sprawy. Opowiadała wyłącznie o początkowym etapie śledztwa i podejrzeniach.

– Zastanawiam się – powiedziała – czy może zna pani kogoś, kto mógłby coś na ten temat wiedzieć.

Kobieta wymieniła dwie swoje przyjaciółki z Husaviku, które zawsze były najlepiej poinformowane. Elinborg zapisała dane, chwilę jeszcze posiedziała, żeby nie być niegrzeczną, i pożegnała się.

Erlendur miał na czole ranę, którą sam zalepił plastrem. Jeden z jego wieczornych gości leżał nieczynny po tym, jak Erlendur przytrzasnął mu drzwiami kolano i facet upadł z jękiem. Drugi patrzył na to zdziwiony i nim się zorientował, Erlendur był już przy nim na klatce i pchnął go w tył na schody. Udało mu się uchwycić poręczy i nie spaść. Erlendur ze spuchniętym, zakrwawionym czołem nie wydawał mu się groźny, ale spojrzawszy na swego towarzysza, leżącego i jęczącego, i znów na Erlendura, postanowił zniknąć. Nie mógł mieć więcej niż dwadzieścia lat.

Erlendur zadzwonił po karetkę i kiedy na nią czekali, dowiedział się, czego przybysze chcieli od Evy Lind. Z początku facet był oporny, ale kiedy Erlendur zaproponował, że rzuci okiem na jego kolano, zaraz odzyskał mowę. Obaj trudnili się windykacją należności. Eva Lind winna była pieniądze i prochy jakiemuś facetowi, o którym Erlendur nigdy wcześniej nie słyszał.

Zjawiwszy się następnego dnia w pracy, Erlendur nie wyjaśnił nikomu, co mu się stało, a nikt nie miał odwagi go o to pytać. Drzwi, odskakując od nogi windykatora, omal go nie znokautowały, gdy trafiły go w głowę. Rana pulsowała boleśnie, martwił się też bardzo o Evę Lind, toteż nie bardzo mógł zasnąć, zdrzemnął się tylko dwie godzinki w fotelu. Cały czas miał nadzieję, że córka wróci, nim sprawa przybierze jeszcze gorszy obrót. W biurze zatrzymał się tylko po to, by ustalić, że Gretar miał siostrę, a jego matka jeszcze żyje i mieszka w domu starców Grund.

Zgodnie z sugestią Marion Briem niezbyt gorliwie szukał Gretara, podobnie jak zaginionej dziewczyny z Gardarbae, uważał jednak, że nie zawadzi wiedzieć więcej na jego temat. Gretar był na prywatce, po której Kolbrun została zgwałcona. Być może coś mu utkwiło w pamięci z tamtego wieczoru, jakiś szczegół, który komuś wyjawił. Erlendur liczył na to, że dowie się czegoś nowego na temat zniknięcia, dla niego Gretar mógł spoczywać w pokoju tam, gdzie był, ale z drugiej strony interesowały go przypadki zaginięć w Islandii, za każdym z nich bowiem kryła się jakaś tajemnica, i takie zaginięcia bez wieści miały w sobie coś fascynującego.

Matka Gretara miała dziewięćdziesiąt lat i była ślepa. Erlendur przez chwilę rozmawiał z kierowniczką domu starców, która najwyraźniej nie mogła oderwać wzroku od jego czoła. Dowiedział się, że Theodora należała do najstarszych mieszkańców domu i była jednym z tych, którzy są tu najdłużej, zachowywała się absolutnie wzorowo, kochana i podziwiana przez pracowników i pozostałych pensjonariuszy.

Zaprowadzono go do Theodory i przedstawiono ich sobie. Stara kobieta siedziała w wózku inwalidzkim w swoim pokoju, odziana w szlafrok, okryta wełnianym kocem. Jej długie siwe włosy falą spływały na oparcie wózka. Miała zgarbione plecy, chude ręce i dobroduszną twarz.

W ramce nad jej łóżkiem wisiała fotografia prezydenta USA, Johna F. Kennedy'ego. Erlendur usiadł na krześle naprzeciw staruszki, patrząc w oczy, które już nie widziały, i powiedział, że chce porozmawiać o Gretarze. Jej słuch wydawał się w porządku, podobnie jak pamięć. Nie okazała zdziwienia i od razu przeszła do rzeczy, co najwyraźniej robiła zawsze. Erlendur zorientował się, że Theodora pochodzi ze Skagafjordur. Mówiła z twardym, północnym akcentem.

– Mój Gretar nie był niewiniątkiem – powiedziała. – Jeśli mam być szczera, to był strasznym gnojkiem. Nie wiem, po kim to miał. Te skłonności do złodziejstwa. Był zwykłym złodziejem. Bił się ciągle z takimi jak on gnojami i śmieciami, niewartymi funta kłaków. A możeście go już znaleźli?

– Nie – odparł Erlendur. – Ale jeden z jego przyjaciół został niedawno zamordowany. Holberg. Może pani słyszała?

– Nie. Zabili go, mówi pan?

Erlendur uśmiechnął się. Po raz pierwszy od długiego czasu znalazł do tego powód.

– We własnym domu. Kiedyś, dawno temu, pracowali razem, on i pani syn. W Wydziale do spraw Portów i Latarni Morskich.

– Ostatnie, co zauważyłam, a miałam wtedy jeszcze sokoli wzrok, to jak mój Gretar przyszedł do domu w roku obchodów tysiącstulecia i ukradł mi pieniądze z portmonetki oraz trochę sreber. Ale zauważyłam to dopiero, kiedy sobie poszedł i razem z nim znikły pieniądze. Potem zniknął sam Gretar. Tak jakby i jego ukradli. Wie pan, kto go ukradł?

– Nie – odpowiedział Erlendur. – Nie wie pani przypadkiem, czym się zajmował przed zniknięciem? Z kim się kontaktował?

– Pojęcia nie mam – odparła staruszka. – Nigdy nie wiedziałam, czym się zajmuje. Już kiedyś wam to mówiłam.

– Wiedziała pani, że syn fotografuje?

– Tak. Robił zdjęcia. Zawsze robił te zdjęcia. Nie wiem, po co. Mówił mi, że zdjęcia to zwierciadło czasu, ale nie miałam pojęcia, o co mu chodzi.

– Czy to nie zbyt górnolotne słowa jak na Gretara?

– Nigdy przedtem nie słyszałam, żeby tak mówił.

– Ostatni jego adres to Bergsadastraeti, gdzie wynajmował pokój. Co się stało z jego rzeczami, aparatem i filmami, wie pani coś na ten temat?

– Może wie to moja Klara – odparła Theodora. – Córka. Ona opróżniła jego pokój. Chyba wszystko wyrzuciła.

Erlendur wstał, a ona zwróciła twarz w jego stronę. Podziękował jej za pomoc, powiedział, że była bardzo cenna, chciał nawet skomplementować wygląd i jasność umysłu staruszki, uznał jednak, że nie wypada mówić do niej jak do dziecka. Zerknął na fotografię Kennedy'ego i nie mógł powstrzymać się od kolejnego pytania.

– Dlaczego nad pani łóżkiem wisi zdjęcie Kennedy'ego? – rzucił, patrząc w jej puste oczy.

– Aj – westchnęła – szanowałam go, kiedy jeszcze żył.

21

Ciała spoczywały obok siebie na zimnych stołach sekcyjnych kostnicy przy ulicy Baronsstigur. Erlendur starał się nie myśleć o tym, w jaki sposób udało mu się połączyć po śmierci ojca i córkę. Zwłoki Holberga przebadano już wcześniej, ale potrzebne były dodatkowe badania mające stwierdzić ewentualne oznaki choroby dziedzicznej oraz pokrewieństwo z Audur. Erlendur zauważył, że palce zwłok są czarne. Pośmiertnie pobrano odciski. Ciało Audur, owinięte w białe płótno, spoczywało na stole obok Holberga, wciąż nienaruszone.

Erlendur nie znał lekarza sądowego i nigdy go wcześniej nie widział. Był to wysoki mężczyzna, o wielkich dłoniach opiętych cienkimi gumowymi rękawiczkami, odziany w niebieskawy, wiązany z tyłu fartuch, który osłaniał fartuch biały, i w zielone spodnie z tego samego materiału, co fartuch. Usta zasłaniała mu maseczka, a głowę okrywał czepek z niebieskiej folii. Na nogach miał białe tenisówki.

Erlendur bywał już wcześniej w prosektorium, ale zawsze czuł się tam równie źle. Odór śmierci drażnił jego węch i osadzał się na ubraniu: zapach formaliny, środków czyszczących i porażający smród martwych ciał. Silne lampy fluorescencyjne u sufitu jaskrawym światłem rozjaśniały pozbawioną okien salę. Podłogę wyłożono wielkimi białymi kaflami, które pokrywały do połowy również ściany, wyżej pomalowane białą farbą olejną. Pod ścianami stały stoły z mikroskopami i innymi przyrządami do badań. Na ścianach wisiały szafki, niektóre oszklone; widać w nich było narzędzia i słoje o nieznanym Erlendurowi przeznaczeniu. Z drugiej jednak strony wiedział, do czego służą skalpele, trepany i piły spoczywające w równym szeregu na długim stole z narzędziami chirurgicznymi.

Erlendur zauważył odświeżacz powietrza podwieszony do lampy nad jednym ze stołów. Obrazek na urządzeniu przedstawiał dziewczynę w bikini biegnącą po białym piasku na plaży. Na jednym ze stolików stał magnetofon, a obok niego kilka taśm. Z głośników dobiegała muzyka klasyczna. Mahler, zauważył Erlendur. Taca z posiłkiem lekarza spoczywała na stole obok jednego z mikroskopów.

– Dziewczynka już dawno przestała wydzielać zapach, ale ciało jest jeszcze w przyzwoitym stanie – powiedział lekarz i spojrzał na Erlendura, który stał przy drzwiach, jakby się wahał, czy wejść do rozświetlonego pokoju śmierci i rozkładu.

– Co? – spytał Erlendur, nie odrywając wzroku od białego zawiniątka. W głosie lekarza był ton dziwnego ożywienia, którego nie był w stanie pojąć.

– Mówię o tej w bikini – odparł lekarz i skinął głową w kierunku odświeżacza powietrza. – Muszę powiesić nowy odświeżacz. Człowiek chyba nigdy nie przywyknie do tego fetoru. Proszę wejść. Niech się pan nie boi. To tylko resztki mięsa. – Pomachał nożem nad ciałem Holberga. – Żadnej duszy, żadnego życia, tylko tusze. Wierzy pan w duchy?

– Co? – znów spytał Erlendur.

– Myśli pan, że ich dusze nas obserwują? Że krążą tu po tej sali, czy może uważa pan, że krążą już w innych ciałach? Reinkarnacja. Wierzy pan w życie po śmierci?

– Nie, nie wierzę – odparł Erlendur.

– Ten tu zginął na skutek silnego ciosu w głowę, który przeciął skórę, wgniótł czaszkę i uszkodził mózg. Na mój gust facet, który zadał cios, stał naprzeciw niego. Może patrzyli sobie w oczy. Napastnik prawdopodobnie jest praworęczny: rana jest z lewej strony. I musi być silny fizycznie, pewnie młody, co najwyżej w średnim wieku, z pewnością nie jest to kobieta, chyba że wykonująca na co dzień ciężką pracę fizyczną. Śmierć była w zasadzie natychmiastowa. Zmarły ujrzał korytarze pełne jasności.

– Bardzo prawdopodobne, że poszedł w to drugie miejsce – skwitował Erlendur.

– Tak. Żołądek jest niemal pusty, resztki jajka i kawy, jelito pełne. Cierpiał, choć może to za mocno powiedziane, na zatwardzenie. Nierzadkie w tym wieku. Nikt nie zgłosił się po ciało, więc wystąpiliśmy o zezwolenie na wykorzystanie go na zajęciach. Co pan na to?

– Zatem większy z niego pożytek po śmierci niż za życia.

Lekarz spojrzał na Erlendura, podszedł do jednego ze stolików i podniósł ze stalowej tacy jakiś ochłap.

– Nie mogę stwierdzić, czy ten człowiek był dobry, czy zły – powiedział. – Równie dobrze może to być serce świętego. To, czego musimy się dowiedzieć, jeśli dobrze rozumiem, to czy pompowało zepsutą krew.

Erlendur zdumiony patrzył na lekarza trzymającego serce Holberga i oglądającego ów eksponat. Obracał w rękach martwy mięsień, jakby nie było nic bardziej normalnego na świecie.

– To zdrowe serce – kontynuował lekarz. – Mogłoby pompować krew jeszcze przez długi czas, właściciel mógłby dożyć stu lat. Zdrowe.

Odłożył serce na tacę.

– Ale jest coś interesującego w tym naszym Holbergu – powiedział. – Widzę to, chociaż nie badałem zwłok pod tym kątem. Chce pan, żebym to zrobił? Znajduję tu nikłe oznaki mogące świadczyć o pewnej chorobie. Odkryłem niewielki guz w mózgu, niezłośliwy, który trochę mu przeszkadzał, a na skórze ma plamki, zwłaszcza pod pachami.

– Plamki kawowe? – spytał Erlendur.

– *Cáfè au lait*, jak je nazywają w specjalistycznych publikacjach. Tak, plamki kawowe. Wie pan coś o tym?

– Nic.

– Jak go obejrzę dokładniej, z pewnością znajdę więcej objawów.

– Mówiło się o tego typu plamkach u dziewczynki. Miała guza mózgu. Złośliwego. Wie pan, co to za choroba?

– Jeszcze nic na ten temat nie mogę powiedzieć.

– Ale czy chodzi o chorobę dziedziczną?

– Nie wiem.

Lekarz podszedł do stołu, na którym spoczywały zwłoki Audur.

– Słyszał pan historię Einsteina? – spytał.

– Einsteina? – powtórzył Erlendur.

– Alberta Einsteina.

– Jaką historię?

– Dziwna sprawa. Prawdziwa. Thomas Harvey. Mówi to panu coś? Nigdy pan o nim nie słyszał. Anatomopatolog.

– Nie.

– Miał dyżur, kiedy zmarł Einstein – ciągnął lekarz. – Ciekawski typ. Zrobił sekcję, ale ponieważ chodziło o samego Einsteina, nie wytrzymał, otworzył czaszkę i zbadał mózg. I zrobił jeszcze coś więcej. Ukradł mózg Einsteina.

Erlendur milczał. Zupełnie nie wiedział, o co lekarzowi chodzi.

– Zabrał go z sobą do domu. Zadziwiająca mania kolekcjonerska, zdarza się czasem, zwłaszcza gdy chodzi o sławne osoby. Harvey stracił pracę, kiedy kradzież wyszła na jaw, i przez całe lata pozostawał nader tajemniczym człowiekiem. Na jego temat krążyły legendy. Bardzo długo przechowywał mózg u siebie w domu. Nie wiem, jak mu się to udało, bo rodzina Einsteina wciąż starała się ten mózg odzyskać. W końcu, będąc już w podeszłym wieku, poszedł na ugodę z rodziną i postanowił oddać mózg. Załadował go do bagażnika swojego samochodu i przejechał całe Stany do wnuka Einsteina w Kalifornii.

– To prawda?

– Najprawdziwsza.

– Dlaczego pan mi o tym mówi?

Lekarz uniósł prześcieradło okrywające zwłoki dziecka i zajrzał pod nie.

– Tutaj też brakuje mózgu – powiedział i nagle opuściła go cała beztroska.

– Co? – jęknął Erlendur.

– Mózg – odparł lekarz. – Brakuje mózgu.

22

Erlendur patrzył na lekarza, nic nie rozumiejąc. Jakby nie dotarło do niego, o czym ten mówi. Przez chwilę patrzył na zwłoki, ale spojrzawszy na kostki malutkiej dłoni wystającej spod prześcieradła, szybko przeniósł wzrok na lekarza. Nie chciał wiedzieć, jak wyglądają doczesne szczątki dziewczynki. Nie chciał, aby za każdym razem, gdy o niej pomyśli, w jego pamięci pojawiał się ten obraz.

– Sekcji dokonano wcześniej – powiedział lekarz.

– Brakuje mózgu? – jęknął Erlendur.

– W swoim czasie przeprowadzono autopsję.

– Tak, w szpitalu w Keflaviku.

– Kiedy umarła?

– W sześćdziesiątym ósmym – odparł Erlendur.

– I jeśli dobrze rozumiem, Holberg miał być jej ojcem, ale nie mieszkali razem. Znaczy jej rodzice.

– Dziewczynka miała tylko matkę.

– Czy wydano zgodę na wykorzystanie jej organów do badań? – zapytał lekarz. – Coś panu na ten temat wiadomo? Matka wydała taką zgodę?

– Nie potrafię sobie tego wyobrazić – odparł Erlendur.

– Może zabrano go bez zezwolenia. Kto się nią opiekował, kiedy chorowała? Kto był jej lekarzem rodzinnym?

Erlendur powiedział o Franku. Lekarz się zamyślił.

– Cóż takie przypadki się zdarzają. Czasem pyta się rodzinę, czy można usunąć organy, aby je wykorzystać do celów badawczych. Wszystko w imię nauki, oczywiście. Dla nas, lekarzy, jest to niezbędne. Choćby jako pomoc naukowa. Wiem, że kiedy nie ma krewnych, organy się usuwa i już. Ale nie znam przypadku, by organy kradziono, kiedy krewni mogą podjąć decyzję.

– Jak może brakować mózgu? – jeszcze raz zapytał Erlendur.

– Otwarto czaszkę i usunięto go w całości.

– Nie, chodzi mi o to...

– Czysta robota – ciągnął lekarz. – Tu działał fachowiec. Przecięto rdzeń w kręgosłupie szyjnym i oddzielono mózg.

– Wiem, że mózg badano z powodu guza – powiedział Erlendur. – Chce pan powiedzieć, że nie włożono go z powrotem?

– Istnieje pewne wyjaśnienie – rzekł lekarz, zakrywając zwłoki. – Jeśli wyjęli mózg w celach badawczych, mogli nie zdążyć ze zwrotem przed pogrzebem. Mózg musi dojść.

– Dojść?

– Żeby łatwiej było nad nim pracować. Musi mieć konsystencję twarogu. To wymaga czasu.

– A nie wystarczyłoby wziąć po prostu wycinka?

– Nie wiem – odparł lekarz. – Jedno, co wiem, to że mózgu nie ma, więc będzie bardzo trudno ustalić, co było przyczyną jej śmierci. Może uda nam się to zrobić, badając DNA kości. Pytanie tylko, czy to coś da.

Frank nie potrafił ukryć zdziwienia, kiedy otworzył drzwi i ujrzał Erlendura stojącego na schodach w strugach deszczu.

– Dokonaliśmy ekshumacji zwłok dziecka – prosto z mostu oznajmił Erlendur – i okazało się, że brakuje mózgu. Wie pan coś o tym?

– Dokonaliście ekshumacji? Mózg? – Zaskoczony lekarz zaprosił Erlendura do gabinetu. – O co panu chodzi z tym mózgiem?

– Właśnie mówię. Usunięto mózg. Prawdopodobnie po to, by zbadać przyczynę śmierci, ale potem go nie zwrócono. Pan był jej lekarzem. Wie pan, co się stało? Wie pan coś na ten temat?

– Byłem jej lekarzem rodzinnym, co jak mi się zdaje, szczegółowo wyjaśniłem, kiedy był pan u mnie ostatnio. Potem opiekowali się nią lekarze w szpitalu w Keflaviku.

– Ten, który przeprowadzał sekcję, już nie żyje. Otrzymaliśmy kopię jego raportu sądowego, który jest bardzo zwięzły i wspomina jedynie o guzie mózgu. Jeśli przeprowadził dokładniejsze badania, brakuje raportu na ten temat. Ale czy nie wystarczyło pobrać wycinka? Czy trzeba było brać cały mózg?

Lekarz wzruszył ramionami.

– Nie bardzo się na tym znam.

Zastanawiał się chwilę.

– Brakuje innych organów? – spytał.

– Innych? – zdziwił się Erlendur.

– Poza mózgiem. Czy brakuje tylko mózgu?

– Do czego pan zmierza?

– Niczego innego nie ruszono?

– Chyba nie. Anatomopatolog o niczym innym nie wspominał. Nie ruszano niczego innego? O co panu chodzi?

Frank patrzył zamyślony na Erlendura.

– Pewnie nigdy pan nie słyszał o Prosektorni?
– Prosektorni?
– No.
– Jakiej Prosektorni?
– O ile się orientuję, zamknięto ją stosunkowo niedawno. Tak nazywano to mieszkanie. Prosektornia.
– Mieszkanie?
– Przy Baronsstigur. Tam przechowywano preparaty.
– Przechowywano preparaty?
– Organy w formalinie, w słojach. Różne organy wyniesione ze szpitali. W celach szkoleniowych. Medycyna, anatomia, kryminologia czy jak tam się to wszystko nazywa. Przechowywano je w mieszkaniu, które studenci medycyny nazywali Prosektornią. W formalinie, w słojach. Wnętrzności. Serca, nerki i członki. Również mózgi.
– Ze szpitali?
– W szpitalach ludzie umierają. Przeprowadza się sekcje. Również w celach szkoleniowych. Organy się ogląda, bada. Nie wszystkie się zwraca, niektóre przechowuje się w celach naukowych. Swego czasu przechowywano je w Prosektorni.
– Dlaczego pan mi o tym mówi?
– Bo ten mózg niekoniecznie zaginął bezpowrotnie.
– Czyżby?
– Być może jest jeszcze w jakiejś Prosektorni. Wszystkie wycinki, przechowywane w celach szkoleniowych, są zewidencjonowane i posegregowane. Jeśli szuka pan mózgu, niewykluczone, że nadal się go przechowuje.
– Nigdy o tym nie słyszałem. Czy te organy pobiera się bez zgody rodziny, czy też krewni muszą na to zezwolić... jak to jest?
Lekarz wzruszył ramionami.

– Prawdę mówiąc, nie wiem. To oczywiście może być cała procedura. Organy są bardzo istotne w procesie nauczania. Wszystkie akademie medyczne na świecie mają wielkie zbiory organów. Słyszałem nawet, że lekarze naukowcy mają prywatne zbiory organów, ale nie wiem nic bliższego.

– Kolekcje organów?

– Owszem.

– Kolekcje organów?

– Tak.

– A co się stało z tą... Prosektornią? Skoro już jej nie ma?

– Nie wiem.

– Myśli pan, że mózg mógł się znaleźć w tym mieszkaniu? Że przechowywano go w formalinie?

– Czemu nie? Ekshumowaliście zwłoki dziewczynki?

– Być może to był błąd – westchnął Erlendur. – Może cała ta sprawa to jeden wielki błąd.

23

Elinborg namierzyła Klarę, siostrę Gretara, natomiast jej poszukiwania pierwszej ofiary Holberga, kobiety z Husaviku, jak nazywał ją Erlendur, nie dały żadnego efektu. Reakcje kobiet były podobne: autentyczne zdziwienie, a potem gorące zainteresowanie, tak że Elinborg musiała bardzo uważać, by nie zdradzić nawet najmniej istotnych szczegółów śledztwa. Zdawała sobie jednak sprawę, że ani jej, ani innym policjantom, prowadzącym poszukiwania kobiety, mimo największej ostrożności i dyskrecji nie uda się zapobiec plotkom na ten temat.

Klara zajmowała schludne mieszkanie w Seljahverfi, w dzielnicy Breidholt. Na dzwonek Elinborg drzwi otworzyła szczupła, ciemnowłosa kobieta koło sześćdziesiątki, w dżinsach i niebieskim swetrze. Paliła papierosa.

– Rozmawialiście państwo z mamą? – spytała, kiedy Elinborg się przedstawiła, a ona zaprosiła gościa do środka, pełna życzliwości i zainteresowania.

– Rozmawiał z nią Erlendur – odparła Elinborg. – Mój kolega.

– Mówiła, że nie czuł się najlepiej – powiedziała Klara, prowadząc Elinborg do salonu, i poprosiła ją, by usiadła. – Zawsze ma jakieś uwagi, których człowiek nie rozumie.

Elinborg nie odpowiedziała.

– Dzisiaj mam wolne – rzekła gospodyni, jakby chciała usprawiedliwić swoją obecność w domu w środku dnia, z papierosem w ustach. Dodała, że pracuje na zmiany w biurze podróży.

– Stary w robocie, dwójka młodych opuściła gniazdo; córka na medycynie – powiedziała z dumą. Ledwie zgasiła jednego papierosa, już sięgnęła po następny.

Elinborg zakaszlała ostentacyjnie, ale Klara nie zrozumiała aluzji.

– Czytałam o Holbergu w gazetach – powiedziała, niechętnie przechodząc do rzeczy. – Mama mówiła, że ten facet wypytywał o Gretara. Byliśmy przyrodnim rodzeństwem. Mama zapomniała o tym powiedzieć. Nasi ojcowie dawno nie żyją.

– Nie wiedzieliśmy o tym – bąknęła Elinborg.

– Chce pani zobaczyć graty, które zabrałam z mieszkania Gretara?

– Dobrze – odparła Elinborg.

– Mieszkał w okropnej norze. Znaleźliście go już? – Klara patrzyła na Elinborg, zaciągając się chciwie.

– Nie – odparła Elinborg. – I raczej specjalnie go nie szukamy. – Znów grzecznie zakaszlała. – Minęło ponad ćwierć wieku od czasu, kiedy zniknął, więc...

– Nie mam zielonego pojęcia, co się stało – przerwała Klara, puszczając kłęby dymu. – Nie byliśmy specjalnie zżyci. Był sporo starszy ode mnie, samolubny i nudny. Rzadko się odzywał, znęcał się nad mamą i kiedy tylko miał okazję, okradał nas obie. A potem wyprowadził się z domu.

– Więc nie znała pani Holberga? – spytała Elinborg.

– Nie.

– A Ellidiego?

– Jakiego Ellidiego?

– Nieważne.

– Nie wiedziałam, z kim Gretar się zadaje. Kiedy zniknął, rozmawiałam z Marion i byłam zmuszona odwiedzić mieszkanie brata. Straszna nora. Smród w pokoju, na podłodze śmieci, obgryzione baranie łby i spleśniała brukiew, którymi się żywił.

– Marion? – spytała Elinborg. Nie pracowała w policji śledczej na tyle długo, by kojarzyć to imię.

– No tak.

– A pamięta pani aparat fotograficzny wśród rzeczy brata?

– Była to jedyna niezepsuta rzecz w jego pokoju. Zabrałam go, ale nigdy nie zrobiłam z niego użytku. Policja sądziła, że jest kradziony, a ja tego nie lubię. Trzymam go w składziku w piwnicy. Chce pani zobaczyć? Przyszła pani z powodu tego aparatu?

– Mogę rzucić na niego okiem? – spytała Elinborg.

Klara wstała. Poprosiła Elinborg, by chwilę zaczekała, i przyniosła z kuchni pęk kluczy. Wyszły na klatkę schodową i zeszły do piwnicy. Klara otworzyła drzwi do piwnicznego korytarza, zapaliła światło i otworzyła jeden z boksów. W środku poniewierały się rozmaite rzeczy, leżaki, śpiwory, sprzęt narciarski i turystyczny. Elinborg natychmiast zwróciła uwagę na niebieskie urządzenie do masażu stóp oraz autosyfon i westchnęła w duchu.

– Miałam to tutaj w pudełku – powiedziała Klara, szperając wśród rupieci. Schyliła się i podniosła niewielki brązowy karton. – Wydaje mi się, że tu włożyłam te rzeczy. On właściwie nie miał nic poza aparatem. – Otworzyła karton i chciała wszystko z niego wyjąć, ale Elinborg ją powstrzymała.

– Proszę nie wyjmować niczego z kartonu. Nie wiadomo, jakie znaczenie może dla nas mieć jego zawartość.

Klara podała jej pudełko nieco urażona, a Elinborg je otworzyła. W środku znajdowały się trzy wyświechtane kryminały w miękkich okładkach, scyzoryk, drobne monety i aparat fotograficzny, Kodak Instamatic, mieszczący się w kieszeni. Elinborg przypomniała sobie, że swego czasu takie aparaty stanowiły popularne upominki świąteczne i komunijne. Niezbyt wyszukany rekwizyt dla kogoś, kto pasjonował się fotografią, choć niewątpliwie spełniał swoje zadanie. Żadnych filmów w pudełku nie było. Erlendur prosił, by sprawdziła, czy Gretar pozostawił po sobie jakieś naświetlone rolki. Ujęła aparat przez chusteczkę, obróciła go i zauważyła, że w środku nie ma błony. W pudełku nie było także żadnych zdjęć.

– Są tu też różne kuwety i płyny – powiedziała Klara i wskazała najodleglejszy zakątek komórki. – Myślę, że sam wywoływał swoje filmy. Jest też trochę papieru fotograficznego. Ale musi być przeterminowany, prawda? Śmieci.

– Najlepiej będzie, jak to też zabiorę – powiedziała Elinborg, a Klara znów zanurkowała między graty.

– Nie wie pani, czy przechowywał filmy? A może widziała pani jakieś u niego w domu? – spytała Elinborg.

– Nie, żadnych – stęknęła Klara, schylając się po kuwety.

– A wie pani, gdzie przechowywał zdjęcia?

– Nie.

– A co fotografował?

– Pewnie to, co lubił – odparła Klara.

– Chodzi mi o obiekty, które fotografował. Widziała pani jakieś jego zdjęcia?

– Nie, nigdy mi nic nie pokazywał. Jak już mówiłam, mieliśmy bardzo luźny kontakt. Nie wiem, gdzie są zdjęcia, które zrobił. Gretar był strasznym łajzą. – Spostrzegła, że się powtarza, ale po chwili wzruszyła ramionami, uznając pewnie, że dobry przebój grać można wiele razy.

– Chcę zabrać to pudełko – powiedziała Elinborg. – Mam nadzieję, że nie ma pani nic przeciwko temu. Niebawem zostanie zwrócone.

– O co tu chodzi? – spytała Klara, po raz pierwszy okazując zainteresowanie odwiedzinami policji i pytaniami na temat swego brata. – Wiecie, gdzie jest Gretar?

– Nie – odpowiedziała Elinborg stanowczo. – W tej sprawie nie mamy nic nowego. Nic.

Dane obu kobiet, które spędziły z Kolbrun wieczór, kiedy Holberg ją zgwałcił, znajdowały się w aktach śledztwa. Erlendur kazał je sprawdzić i okazało się, że obie pochodzą z Keflaviku, ale żadna tam już nie mieszka.

Jedna tuż po tym wydarzeniu wyszła za żołnierza z bazy amerykańskiej i zamieszkała w Stanach, druga zaś jakieś pięć lat później wyprowadziła się z Keflaviku do Stykkisholmur. Wciąż była tam zameldowana. Erlendur rozważał, czy stracić cały dzień na podróż do Stykkisholmur, czy też raczej zadzwonić do kobiety i sprawdzić, czy będzie mogła wnieść coś nowego do sprawy.

Kiepsko mówił po angielsku, toteż poprosił Sigurdura Olego, by zajął się poszukiwaniem kobiety mieszkającej w Stanach. Rozmawiał z jej mężem. Okazało się, że piętnaście lat temu zmarła na raka. Została pochowana w Stanach.

Kobietę z Stykkisholmur Erlendur odszukał w zasadzie bez trudu. Najpierw zadzwonił do niej do domu, gdzie mu powiedziano, że jest w pracy. Była dyplomowaną pielęgniarką i pracowała w szpitalu.

Wysłuchała Erlendura i oznajmiła, że niestety, nie może mu pomóc. Kiedyś już nie mogła pomóc policji i to się nie zmieniło.

– Naszym zdaniem Holberg został zamordowany – powiedział Erlendur – i ma to jakiś związek z tamtym wydarzeniem.

– Widziałam w „Wiadomościach" – odparła.

Miała na imię Agnes i Erlendur starał się stworzyć jej portret na podstawie głosu. Z początku oczyma duszy widział energiczną, zdecydowaną kobietę koło siedemdziesiątki, grubawą, bo miała krótki oddech. Potem zauważył, że ma brzydki kaszel, jaki mają palacze, więc Agnes w jego myślach przybrała inną postać, stała się cherlawa, o żółtej, suchej skórze. Kaszlała brzydkim, mokrym kaszlem, dość regularnie.

– Pamięta pani wieczór w Keflaviku? – spytał Erlendur.

– Poszłam do domu przed nimi – odparła Agnes.

– Było z wami trzech mężczyzn.

– Poszłam z facetem, który nazywał się Gretar. Swego czasu już wam o tym mówiłam. Raczej niezręcznie mi o tym rozmawiać.

– To, że poszła pani z Gretarem, jest dla mnie zupełnie nową informacją – powiedział Erlendur, kartkując raporty policyjne.

– Przecież to samo mówiłam policjantom, kiedy pytali mnie o to lata temu.

Zaniosła się kaszlem, odsuwając się od słuchawki, by oszczędzić Erlendurowi charkotu.

– Przepraszam. Nigdy nie udało mi się rzucić tego cholernego palenia. Straszny był z niego obrzympał, biedaczek. Ten Gretar. Nigdy go potem nie widziałam.

– Jak pani poznała Kolbrun?

– Pracowałyśmy razem. Zanim poszłam do szkoły pielęgniarskiej. Razem pracowałyśmy w Keflaviku, w sklepie, którego już dawno nie ma. To był pierwszy i jedyny raz, kiedy razem wyszłyśmy się zabawić. Zresztą nie dziwota.

– Uwierzyła pani Kolbrun, kiedy opowiedziała o gwałcie?

– Nic o tym nie wiedziałam, dopóki nie przyszli do mnie z policji i nie zaczęli wypytywać o tamten wieczór. Nie potrafię sobie wyobrazić, żeby coś takiego mogła wymyślić. Kolbrun nie cierpiała się wstydzić. We wszystkim, co robiła, była uczciwa do przesady, ale miała usposobienie ofiary. Drobna i krucha. Nie była silną osobowością. Może to straszne, co powiem, ale nie była zbyt zabawna, jeśli wie pan, o co mi chodzi. Nie tryskała radością życia.

Agnes umilkła, a Erlendur odczekał, aż znów zacznie mówić.

– Niezbyt lubiła się bawić i tego wieczoru właściwie musiałam wyciągnąć ją z domu razem z moją koleżanką, świętej pamięci Helgą. Zmarła w Ameryce, może pan o tym wie. Kolbrun była taka cicha i w jakiś sposób samotna, że chciałam coś dla niej zrobić. Chętnie poszła na zabawę, a potem razem z nami do Helgi, ale nie chciała długo zostać. I tak wyszłam przed nią, więc właściwie nie wiem, co tam się stało. W poniedziałek nie przyszła do pracy i pamiętam, że do niej dzwoniłam, ale nie odebrała. Kilka dni później przyszli z policji wypytywać o Kolbrun. Nie wiedziałam, co myśleć. Nie zauważyłam w zachowaniu Holberga niczego nienaturalnego. Jeśli dobrze pamiętam, był raczej sympatyczny. Bardzo się zdziwiłam, kiedy policja zaczęła mówić o gwałcie.

– Na pewno był przystojny – rzekł Erlendur. – Miał powodzenie u kobiet i tak go opisywano.

– Pamiętam, że przyszedł do sklepu.

– Holberg?

– Tak, Holberg. Zdaje się, że to właśnie dlatego znaleźli się wtedy wieczorem u nas. Powiedział, że jest kontrolerem z Reykjaviku, ale to było jakieś kłamstwo, prawda?

– Pracowali wszyscy w Wydziale do spraw Latarni Morskich i Portów. Co to był za sklep, w którym pracowałyście?

– Odzieżowy. Sprzedawaliśmy damską odzież. Bieliznę też.

– I on przyszedł do sklepu?

– Tak. Dzień wcześniej. W piątek. Swego czasu musiałam sobie to przypomnieć, więc dobrze pamiętam. Mówił, że szuka czegoś dla swojej żony. Obsłużyłam go i kiedy spotkaliśmy się na zabawie, zachowywał się tak, jakbyśmy się znali.

– Kontaktowała się pani z Kolbrun po tym wydarzeniu? Rozmawiała z nią pani o tym, co się stało?

– Nigdy więcej nie przyszła do sklepu i jak mówię, nie wiedziałam, co się stało, dopóki policja nie zaczęła mnie wypytywać. Nie znałam jej zbyt dobrze. Parę razy usiłowałam do niej zadzwonić, jak nie przyszła do pracy, i raz nawet poszłam do niej do domu, ale się z nią nie spotkałam. Nie chciałam się za bardzo nią interesować. Była jakaś taka... Tajemnicza. Potem przyszła do nas jej siostra i powiedziała, że Kolbrun zrezygnowała z pracy w sklepie. Parę lat później dowiedziałam się, że umarła. Wtedy mieszkałam już tutaj w Stykkisholmur. To było samobójstwo? Tak słyszałam.

– Umarła – odpowiedział Erlendur i grzecznie podziękował za rozmowę.

Nagle przyszedł mu na myśl Sveinn, mężczyzna, o którym czytał. Przeżył załamanie pogody na płaskowyżu Mosfellsheidi. Cierpienia i śmierć jego towarzyszy zdawały się nie mieć żadnego wpływu na Sveinna. Był ze wszystkich najlepiej przygotowany do wyprawy i jemu jednemu udało się dotrzeć do zabudowań. Pierwsze, co zrobił, gdy go już wysłuchano w zagrodzie, to włożył na nogi łyżwy i poszedł się ślizgać na pobliskim stawie.

W tym czasie jego towarzysze zamarzali jeszcze na śmierć na płaskowyżu.

Od tego czasu nie nazywano go nigdy inaczej niż Sveinn Bezduszny.

24

Wieczorem, zanim rozjechali się do domów, Sigurdur Oli i Elinborg zameldowali się w gabinecie Erlendura, żeby omówić zadania na następny dzień. Okazało się, że poszukiwania kobiety z Husaviku nie przyniosły żadnego efektu. Sigurdur Oli oświadczył, że go to nie dziwi, bo w ten sposób nigdy jej nie znajdą. Ale gdy Erlendur spytał go poirytowany, czy zna lepszy sposób, tylko pokręcił głową.

– Zdaje mi się, że nie szukamy mordercy Holberga – powiedziała Elinborg, patrząc na Erlendura. – Mam wrażenie, że szukamy czegoś zupełnie innego i nie do końca wiem czego. Ekshumowałeś tę małą, a ja na przykład kompletnie nie wiem po co. Zacząłeś poszukiwania faceta, który zniknął całe wieki temu, a ja tu nie widzę żadnego związku ze sprawą. Uważam, że nie zadajemy sobie fundamentalnych pytań: albo morderca jest spokrewniony z Holbergiem, albo jest mu zupełnie nieznany, jest kimś, kto napadł go w celach rabunkowych. Osobiście uważam to za najbardziej prawdopodobne. Uważam, że powinniśmy bardziej się skupić na poszukiwaniach tego człowieka. Jakiegoś ćpuna. W zielonej kurtce wojskowej. W tej sprawie nie kiwnęliśmy nawet palcem.

– Może jest to ktoś, komu Holberg zapłacił za usługi – wtrącił Sigurdur Oli. – Sądząc po zbiorach pornografii na twardym dysku, nie można wykluczyć, że płacił za seks.

Erlendur siedział w milczeniu, przyjmując słowa krytyki ze spuszczoną głową.

Wiedział, że większość z tego, co mówiła Elinborg, to prawda. Może to zmartwienia z powodu Evy Lind zaburzyły jego ocenę sytuacji? Nie wiedział, gdzie córka się podziewa, nie wiedział, w jakim jest stanie, szukali jej ludzie, którzy chcieli ją skrzywdzić, a on był bezradny. Nie powiedział ani Elinborg, ani Sigurdurowi Oliemu o tym, czego się dowiedział u lekarza sądowego.

– Mamy kartkę, którą znaleźliśmy przy zwłokach – powiedział. – To nie przypadek, że tam była.

Nagle otworzyły się drzwi i zajrzał szef techników.

– Idę do domu – powiedział. – Chciałem wam tylko powiedzieć, że ciągle jeszcze badają aparat fotograficzny. Zadzwonią do was, jak tylko znajdą coś interesującego.

Zamknął drzwi bez pożegnania.

– Może wozimy drzewo do lasu – powiedział Erlendur. – Może istnieje jakiś niezwykle prosty motyw tej zbrodni. Być może był to jakiś szaleniec. Ale może być i tak, i myślę, że tak jest, że przyczyna zabójstwa tkwi głębiej, niż przypuszczamy. Być może to wszystko nie jest takie proste. Być może przyczyną morderstwa był charakter Holberga i czyny, których dopuścił się w życiu.

Erlendur umilkł.

– I ten list – dodał po chwili. – *Ja to on.* Co o tym sądzicie?

– Może być od jakiegoś przyjaciela – zawyrokował Sigurdur Oli, kreśląc w powietrzu cudzysłów. – Albo kumpla z pracy. Nie zajmowaliśmy się tym w ogóle. Prawdę mówiąc, nie wiem, co nam da poszukiwanie tej kobiety. Nie mam zielonego pojęcia, jak je pytać, czy zostały zgwałcone, nie narażając się na cios wazonem w głowę.

– Przecież Ellidi wiele razy w życiu kłamał w podobnych okolicznościach – odezwała się Elinborg. – Czy nie chodzi mu właśnie o to, żebyśmy wyszli na idiotów? Zastanawiałeś się nad tym?

– No co z wami? – rzucił Erlendur, jakby nie chciało mu się już słuchać tego gadania. – To dotychczasowe śledztwo podsunęło nam ten trop. Dziwne byłoby, gdybyśmy nie skorzystali z wskazówek, jakie otrzymujemy, niezależnie od ich źródła. Wiem, że islandzkie morderstwa nie są skomplikowane, ale w tym jest coś, co nie pasuje do przypadkowego mordu, jeśli chcecie znać moją opinię. Nie sądzę, aby to była bezmyślna zbrodnia.

Na biurku Erlendura zadzwonił telefon. Odebrał, przez chwilę słuchał, po czym skinął głową, podziękował i odłożył słuchawkę. Jego podejrzenia się potwierdziły.

– To z technicznego – powiedział i spojrzał na Elinborg i Sigurdura Oliego. – Zdjęcie grobu Audur na cmentarzu zrobiono aparatem Gretara. Przy wywoływaniu powstają takie same rysy. A zatem istnieje spore prawdopodobieństwo, że to Gretar zrobił zdjęcie. Nie można oczywiście wykluczyć, że kto inny użył jego aparatu, ale najprawdopodobniej zrobił to on sam.

– I o czym to świadczy? – spytał Sigurdur Oli, spoglądając na zegarek. Zaprosił Bergthorę na kolację, chcąc jej wynagrodzić brak zainteresowania w dniu urodzin.

– Choćby o tym, że Gretar wiedział, iż Audur była córką Holberga. Niewiele osób o tym wiedziało. Świadczy to także o tym, że Gretar uważał, iż po pierwsze jest powód, aby odnaleźć grób, a po drugie, aby go sfotografować. Czy Holberg go o to poprosił? Czy Gretar chciał mu zrobić na złość? Czy zniknięcie Gretara związane jest ze zdjęciem?

Jeśli tak, to w jaki sposób? Co chciał osiągnąć, robiąc to zdjęcie? Dlaczego znaleźliśmy je ukryte w biurku Holberga? Kto fotografuje groby dzieci?

Elinborg i Sigurdur Oli patrzyli na Erlendura, wyrzucającego z siebie pytania.

Zauważyli, że jego głos przeszedł w półszept i że nie rozmawia już z nimi, lecz zagląda w głąb siebie, a myślami jest nieobecny. Odruchowo położył rękę na klatce piersiowej i masował ją, jakby nie zdając sobie sprawy z tego, co robi. Spojrzeli po sobie, ale nie mieli odwagi zapytać.

– Kto fotografuje groby dzieci? – powtórzył z westchnieniem Erlendur.

Później tego wieczoru Erlendur odnalazł człowieka, który wysłał windykatorów do Evy Lind. Otrzymał informacje z wydziału narkotyków, gdzie mieli na niego dość grubą teczkę, i dowiedział się, że ten przesiaduje w barze piwnym „Napoleon" w centrum miasta. Erlendur udał się tam i usiadł naprzeciw faceta. Eddi miał koło pięćdziesiątki, był otyły, łysy, z ust sterczało mu tylko kilka pożółkłych zębów.

– Myślałeś, że Eva będzie miała taryfę ulgową dlatego, że jesteś gliniarzem? – zapytał Eddi, kiedy tylko Erlendur usiadł. Wyglądało na to, że od razu wiedział, z kim ma przyjemność, choć nigdy wcześniej się nie widzieli. Erlendur odniósł wrażenie, że facet na niego czeka.

– Znalazłeś ją? – spytał i rozejrzał się po ciemnej sali, zauważając kilkoro samotnych nieszczęśliwców przy stolikach, gestykulujących i zachowujących jeszcze resztki godności. Nagle nazwa lokalu nabrała w jego myślach jakiegoś znaczenia.

– Chyba rozumiesz, że jestem jej przyjacielem – odezwał się Eddi. – Daję jej to, czego chce. Czasami mi płaci.

Ale czasem zbyt długo zwleka. Ten od kolana kazał cię pozdrowić.

– Wsypał cię.

– Trudno znaleźć lojalnych pracowników – odparł Eddi i wskazał na salę.

– Ile?

– Eva? Dwieście. I nie tylko mnie wisi.

– Możemy się dogadać?

– Jak chcesz.

Erlendur wyjął z kieszeni dwadzieścia tysięcy koron, które po drodze podjął z bankomatu, i położył na stoliku. Eddi wziął je, dokładnie przeliczył i schował do kieszeni.

– Za jakiś tydzień mogę ci dać więcej.

– W porządku.

Eddi patrzył badawczo na Erlendura. Nadawali na podobnych falach.

– Myślałem, że będziesz się stawiał – powiedział.

– Po co? – spytał Erlendur.

– Wiem, gdzie jest Eva – powiedział Eddi. – Ale ty jej nie uratujesz.

Erlendur odnalazł dom. Bywał już wcześniej w takich domach w podobnym celu. Eva Lind leżała na materacu wśród leżących pokotem innych osób. Niektórzy byli w jej wieku, inni o wiele starsi. Dom był otwarty, a jedyną przeszkodę stanowił młodzieniec, na oko dwudziestoletni, który przyjął go w drzwiach, wymachując rękami. Komisarz cisnął nim o ścianę i wyrzucił z mieszkania. W jednym z pokoi z sufitu zwisała żarówka. Erlendur nachylił się nad Evą i próbował ją obudzić. Oddychała równo i naturalnie, lecz jej serce biło nieco szybciej. Potrząsnął nią, uderzył lekko w policzek i wkrótce Eva otworzyła oczy.

– Dziadek – powiedziała i powieki znów jej opadły. Erlendur wziął ją na ręce i wyniósł z pokoju, uważając, by nie nadepnąć na ludzi leżących bez ruchu na podłodze. Nie wiedział, czy śpią, czy nie. Eva znów otworzyła oczy.

– Ona tu jest – szepnęła.

Erlendur nie wiedział, o co jej chodzi. Niósł ją do samochodu. Im wcześniej ją stąd zabierze, tym lepiej. Postawił ją na nogi, by otworzyć drzwi auta, a ona oparła się o niego.

– Znalazłeś ją? – spytała.

– Kogo? O czym ty mówisz? – umieścił ją na przednim siedzeniu, zapiął pas i usiadł za kierownicą, żeby czym prędzej odjechać.

– Czy ona jest z nami? – spytała Eva Lind, nie otwierając oczu.

– Kto, do diabła? – krzyknął Erlendur.

– Panna młoda – wybełkotała Eva Lind. – Słodka dziewczynka z Gardarbae. Leżałam obok niej.

25

Erlendura obudził dzwonek telefonu. Brzęczał mu w głowie, dopóki nie otworzył oczu i nie rozejrzał się. Spał w fotelu w salonie. Płaszcz i kapelusz leżały na sofie. W mieszkaniu panował mrok. Erlendur wstał powoli, zastanawiając się, czy może jeszcze jeden dzień paradować w tym samym ubraniu. Nie pamiętał, kiedy ostatnio się rozbierał. Przed odebraniem telefonu zajrzał do sypialni i upewnił się, że obie dziewczyny wciąż leżą w jego łóżku, tak jak je zostawił wieczorem. Przymknął drzwi.

– Odciski palców na aparacie pasują do tych drugich odcisków pozostawionych na zdjęciu – bez wstępów odezwał się w słuchawce Sigurdur Oli, kiedy Erlendur w końcu odebrał. Musiał powtórzyć to zdanie trzy razy, nim Erlendur zorientował się, o co chodzi.

– Chodzi ci o odciski palców Gretara?

– Tak, Gretara.

– A poza tym na zdjęciu są też odciski palców Holberga? – spytał Erlendur. – Co oni, u diabła, kombinowali?

– *Beats me** – odparł Sigurdur Oli.

– Co takiego? – spytał Erlendur.

---

* Nie mam pojęcia (ang.).

– Nic. Ale wobec tego przypuszczalnie to Gretar zrobił tę fotografię. I pokazał ją Holbergowi lub Holberg sam się na nią natknął. Dzisiaj kontynuujemy poszukiwania zgwałconej, prawda? – spytał Sigurdur Oli. – Nie masz nic nowego?

– Tak – odparł Erlendur. – I nie.

– Jadę do Grafarvogur. Tu, w Reykjaviku, sprawdziliśmy już prawie wszystkie. Mamy wysłać ludzi na północ, kiedy tutaj skończymy?

– Tak – odrzekł Erlendur i odłożył słuchawkę. W kuchni pojawiła się Eva Lind.

Obudził ją dzwonek telefonu. Wciąż była we wczorajszym ubraniu, podobnie jak dziewczyna z Gardarbaer. Erlendur wrócił do meliny, zabrał ją i przywiózł obie do domu.

Eva Lind bez słowa znikła w ubikacji i Erlendur słyszał, jak gwałtownie wymiotuje.

Wszedł do kuchni i zaparzył mocnej kawy, bo w tej sytuacji tylko to mógł zrobić. Usiadł przy stole kuchennym i czekał, aż córka wyjdzie z toalety. Minęła dłuższa chwila, nalał kawy do dwóch filiżanek. W końcu weszła Eva Lind. Zmyła makijaż z twarzy. Jego zdaniem wyglądała okropnie. Wychudzona, rozdygotana.

– Wiedziałam, że czasem ćpa – odezwała się Eva Lind schrypniętym głosem, siadając obok Erlendura – ale to był absolutny przypadek, że ją spotkałam.

– Co się z tobą działo? – spytał Erlendur.

Spojrzała na ojca.

– Próbowałam – odparła – ale to trudne.

– Było tu dwóch chłopaków. Pytali o ciebie. Nie zachowywali się zbyt grzecznie. Dałem niejakiemu Eddiemu pieniądze, które byłaś mu winna. To on mnie skierował do meliny.

– Eddi jest w porzo.

– Dalej chcesz próbować?

– A nie powinnam się go pozbyć? – Eva Lind patrzyła w podłogę.

– Nie wiem.

– Tak się boję, że je zniszczyłam.

– A może celowo próbujesz?

Podniosła wzrok na ojca.

– Ależ ty jesteś potwór – powiedziała.

– Ja?

– Tak, ty!

– A co człowiek ma myśleć? No powiedz! – wybuchnął Erlendur. – Cholera, czy ty wreszcie możesz przestać litować się nad sobą? Ależ z ciebie nędzna kreatura. Naprawdę tak dobrze czujesz się w tym swoim bagnie, że nie potrafisz wyobrazić sobie niczego innego? Jakie masz prawo niszczyć to życie, które jest w tobie? Uważasz, że jest ci aż tak strasznie źle? Myślisz, że to właśnie ty czujesz się najgorzej na świecie? Ja właśnie badam okoliczności śmierci dziewczynki, która nie dożyła swoich czwartych urodzin. Zachorowała i umarła. Coś niezrozumiałego zniszczyło ją i zabiło. Jej trumna miała metr długości. Słyszysz, co do ciebie mówię? Jakie ty masz prawo, by żyć? No powiedz!

Krzyczał. Wstał i zaczął walić w stół, aż powywracały się filiżanki. Widząc to, chwycił jedną po drugiej i cisnął o ścianę za plecami Evy Lind. Już zupełnie nie mógł opanować wściekłości. Przewrócił stół; na podłogę poleciały talerze, garnki i szklanki, niektóre uderzyły o ścianę. Eva Lind siedziała bez ruchu, patrząc na szalejącego ojca, a jej oczy wzbierały łzami.

Wreszcie Erlendur się uspokoił, odwrócił do córki i dostrzegł jej drżące ramiona. Twarz ukryła w dłoniach. Patrzył na jej brudne włosy, szczupłe ramiona, nadgarstki nie szersze od jego palca, na chudą, rozdygotaną postać. Miała bose nogi i kocią żałobę pod paznokciami. Podszedł do niej i usiłował oderwać jej ręce od twarzy, ale mu nie pozwoliła. Chciał prosić ją o przebaczenie. Wziąć ją w ramiona. Ale nie uczynił ani jednego, ani drugiego.

Zamiast tego usiadł obok niej na podłodze. Telefon dzwonił, ale go nie odebrał. Dziewczyna w sypialni nie ruszała się. Telefon przestał dzwonić i znów w mieszkaniu zapanowała cisza. Jedynym dźwiękiem był szloch Evy Lind. Erlendur wiedział, że nie jest przykładnym ojcem, a całe to kazanie, które wygłosił, równie dobrze mogło być skierowane do niego samego. Prawdopodobnie rozmawiał bardziej z sobą i wściekł się bardziej na siebie niż na Evę Lind. Psycholog powiedziałby pewnie, że swoją wściekłość wyładowuje na córce. Ale może to, co powiedział, wywarło jakiś wpływ. Nigdy wcześniej nie widział Evy Lind płaczącej. A przynajmniej od czasu, kiedy była dzieckiem. Odszedł, kiedy miała dwa latka.

Wreszcie dziewczyna odjęła ręce od twarzy, pociągnęła nosem i otarła łzy.

– To jej ojciec – rzekła.

– Jej ojciec? – zdziwił się Erlendur.

– Był obrzydliwy – wyjaśniła Eva Lind. – Jest obrzydliwy. „Co ja zrobiłam?" Jej tata. Zaczął ją obmacywać, jak tylko zaczęły jej rosnąć piersi, a potem posuwał się coraz dalej i dalej. Nie dał jej spokoju nawet na jej własnym ślubie. Zaciągnął ją do jakiegoś korytarza. Powiedział, że jest taka sexy w sukni ślubnej, że on nie może się powstrzymać. I nie może przeboleć, że ona od niego odchodzi. Zaczął ją obmacywać. Ona sfrikowała.

– Co za banda! – westchnął Erlendur.

– Wiedziałam, że czasem ćpa. Czasami prosiła mnie, żebym jej załatwiła. Załamała się zupełnie i poszła spotkać się z Eddim. I od tego czasu siedzi w tym squacie.

Eva Lind umilkła.

– Myślę, że jej mama o tym wiedziała – dodała po chwili. – Przez cały czas. Nic nie zrobiła. Taki elegancki dom. Tyle aut.

– Czy ona ma zamiar złożyć doniesienie?

– Wow!

– Co?

– Przechodzić przez to całe piekło po to, żeby dostał trzy miesiące w zawiasach, i to jeśli jej ktoś uwierzy? Daj spokój!

– To co ma zamiar zrobić?

– Wróci do faceta. Do męża. Wydaje mi się, że jest w nim zakochana.

– Sama się o to obwinia czy jak?

– Ona nie wie, co o tym wszystkim sądzić.

– Dlatego napisała „co ja zrobiłam". Bierze całą winę na siebie.

– Nic dziwnego, że jej trochę odbija.

– I zawsze jest tak, że najszczęśliwsi są zboczeńcy, którzy to robią. Uśmiechają się szeroko do świata, jakby zupełnie nie gryzło ich sumienie.

– Nigdy więcej tak się do mnie nie odzywaj – powiedziała Eva Lind. – Nigdy więcej do mnie tak nie mów.

– Zadłużyłaś się u innych poza Eddim? – spytał Erlendur.

– Tu i tam. Ale Eddi to największy problem.

Znów zadzwonił telefon. Dziewczyna w sypialni poruszyła się, uniosła głowę, rozejrzała się wokół i wstała z łóżka. Erlendur zastanawiał się, czy warto odebrać. Czy warto iść do pracy. Czy nie powinien raczej spędzić dnia z Evą Lind. Dotrzymać jej towarzystwa, namówić ją, by poszła z nim do lekarza i zgodziła się zbadać płód, jeśli jeszcze można mówić o płodzie. Dowiedzieć się, czy wszystko w porządku. Podjąć razem z nią jakąś decyzję.

Ale telefon nie przestawał dzwonić. Dziewczyna wyszła do przedpokoju i rozejrzała się bezradnie.

– Czy ktoś tu jest?! – zawołała.

Eva Lind odkrzyknęła, że są w kuchni. Erlendur wstał i mijając dziewczynę w drzwiach kuchennych, życzył dobrego dnia. Nie doczekał się odpowiedzi. Dziewczyna omiotła spojrzeniem zdemolowaną kuchnię i przeniosła zalękniony wzrok na Erlendura.

Ten wyszedł i w końcu odebrał telefon.

– Jaki był zapach w mieszkaniu Holberga? – Potrzebował dobrej chwili, by rozpoznać w słuchawce głos Marion Briem.

– Zapach? – powtórzył.

– Jaki był zapach w jego mieszkaniu? – powtórzyła.

– Taki niemiły piwniczny odór – odparł. – Wilgoć. Smród. Nie wiem. Jakby konie w stajni?

– Nie, to nie konie – powiedział głos Marion Briem. – Znam ekspertyzy na temat Nordurmyri. A mój znajomy hydraulik polecił mi innych hydraulików. Porozmawiałam z nimi.

– Z hydraulikami?

– Wszystko to bardzo uczone. Nie wspomniałeś o odciskach palców na zdjęciu – w głosie Marian zabrzmiał jakby wyrzut.

– Nie – odparł Erlendur. – Nie wspomniałem.

– Ale to i owo się słyszy. Gretar i Holberg wspólnie coś knuli. Gretar wiedział, że dziewczynka jest córką Holberga. Może i wiedział więcej.

Erlendur milczał.

– Co masz na myśli? – spytał w końcu.

– Wiesz, co jest najważniejsze w ekspertyzie dotyczącej domów przy Nordurmyri? – usłyszał pytanie.

– Nie – odparł Erlendur, niezbyt nadążając za tokiem myślenia Marion Briem.

– Najwyraźniej swego czasu mi to umknęło.

– Co takiego?

Głos Marion zamilkł na chwilę, jakby po to, by nadać słowom większą wagę.

– Zostały postawione na bagnie.

26

O dziwo, kobieta, która otworzyła Sigurdurowi Oliemu, znała cel jego wizyty, jeszcze zanim go wyłuszczył. Stał na kolejnej klatce schodowej, tym razem w dwupiętrowym bloku przy Grafarvogur. Ledwo zdążył się przedstawić i zaczął wyjaśniać cel swojej wizyty, kobieta zaprosiła go do środka, mówiąc, iż się go spodziewała.

Był wczesny ranek. Ciemne chmury, z których kropił drobny deszcz, okrywały miasto i jakby na dowód, że oto szybkimi krokami nadchodzi zima, robiło się coraz ciemniej i chłodniej. Radio podawało, że ostatnio równie mokra jesień zdarzyła się kilkadziesiąt lat temu.

Kobieta poprosiła Sigurdura Oliego o płaszcz i powiesiła go w szafie. Mężczyzna w podobnym wieku wychynął z niewielkiej wnęki kuchennej i uścisnął gościowi rękę. Oboje koło pięćdziesiątki, byli małżeństwem. Mieli na sobie dresy i białe skarpetki, jakby właśnie wybierali się na jogging. Sigurdur Oli przeszkodził im w śniadaniu. Mieszkanie było nieduże, ale urządzone z gustem, składało się z niewielkiej łazienki, wnęki kuchennej, saloniku i dość przestronnej sypialni. Było tu bardzo gorąco. Sigurdur Oli zgodził się wypić kawę i przy okazji poprosił o szklankę wody, bo natychmiast zaschło mu w gardle. Wymienili kilka krótkich uwag na temat pogody, po czym Sigurdur Oli przeszedł do rzeczy.

– Widzę, że spodziewała się pani mojej wizyty – powiedział i upił łyk kawy. Była słaba i niesmaczna.

– No, o niczym innym się nie mówi, tylko o tej biedaczce, której szukacie – odparła kobieta.

Sigurdur Oli patrzył na nią zbity z tropu.

– Między nami, ludźmi z Husaviku – dodała kobieta, jakby zdziwiona, że musi wyjaśniać coś tak oczywistego. – Od czasu, jak zaczęliście jej szukać, nie rozmawiamy o niczym innym. Stanowimy w mieście dość silną i zwartą grupę. Z pewnością każdy tu już wie, że szukacie tej kobiety.

– O niczym innym państwo nie rozmawiacie? – powtórzył Sigurdur Oli.

– Od wczoraj wieczór zadzwoniły do mnie już trzy przyjaciółki, które mieszkają w Reykjaviku, a dziś rano miałam telefon z Husaviku. Bez końca się o tym plotkuje.

– I jakie wnioski?

– Właściwie żadne – odparła i spojrzała na męża. – I co niby Holberg zrobił tej kobiecie?

Nie starała się ukryć ciekawości. Nie starała się ukryć wścibstwa. I była tak natarczywa, że zaskoczony Sigurdur Oli podświadomie zaczął ważyć słowa.

– Chodzi o przemoc – powiedział. – Szukamy ofiary, ale pewnie o tym już pani wie.

– Tak, tak. Ale dlaczego? Co on jej zrobił? I dlaczego teraz? Dziwi mnie, to znaczy nas – spojrzała na męża, który w milczeniu przysłuchiwał się rozmowie – że nagle nabrało to takiego znaczenia, po tylu latach. Słyszałam, że ją zgwałcono. Tak było?

– Niestety, nie mogę zdradzać szczegółów śledztwa – odparł Sigurdur Oli. – I być może nie ma to żadnego znaczenia. Myślę, że nie powinniście państwo robić z tego sensacji. To znaczy w rozmowach między sobą. Czy wie pani o czymś, co mogłoby nam się przydać?

Małżonkowie spojrzeli po sobie.

– Robić z tego sensację? – powiedziała kobieta bez fałszywego zdziwienia w głosie. – Żadnej sensacji z tego nie robimy. Uważasz, Eyvi, że robimy z tego jakąś sensację? – Spojrzała na małżonka, który nie bardzo wiedział, jak się zachować. – Odpowiedz, stary! – warknęła, aż skulił się w sobie.

– Nie. Nie powiedziałbym.

Komórka Sigurdura Oliego zaczęła dzwonić. Nie nosił jej luzem w kieszeni płaszcza, jak Erlendur, lecz przechowywał w eleganckim etui przytroczonym do paska wyprasowanych na kant spodni. Przeprosił, wstał i odebrał telefon. Dzwonił Erlendur.

– Możesz spotkać się ze mną u Holberga? – zapytał.

– Co się dzieje?

– Dalsze czesanie – powiedział Erlendur i rozłączył się.

Kiedy Sigurdur Oli podjeżdżał pod dom w Nordurmyri, Erlendur i Elinborg byli już tam. Erlendur stał w drzwiach sutereny i palił papierosa, a Elinborg zaglądała do środka. W pierwszej chwili Sigurdur Oli pomyślał, że Elinborg kicha: wsunęła głowę w drzwi, wciągnęła powietrze przez nos, wypuściła je i jeszcze raz wciągnęła. Spojrzał pytająco na Erlendura, który wzruszył ramionami i wyrzucił niedopałek do ogrodu. Razem weszli do mieszkania.

– Jaki zapach tu czujesz? – spytał Erlendur Sigurdura Oliego i ten zrobił to, co przedtem Elinborg: odetchnął i wciągnął powietrze nosem. Chodzili po pomieszczeniach, obwąchując je. Tylko Erlendur tego nie robił, bo po latach palenia miał bardzo przytępiony węch.

– Za pierwszym razem, jak tu przyszłam, zdawało mi się, że w tym domu, a właściwie w tym mieszkaniu, muszą mieszkać koniarze. Zapach kojarzył mi się z końmi, butami do jazdy, uprzężą czy czymś takim. Końskim nawozem. No, po prostu ze stajnią. Zupełnie taki sam zapach jak w pierwszym mieszkaniu, które kupiliśmy z moim chłopem. Ale tam też nie mieszkali żadni koniarze. To był zapach brudu i wilgoci. Całymi latami woda ściekała z kaloryferów na wykładzinę i parkiet i nikt nic w tej sprawie nie robił. Potem wywaliło rurę odpływową i w mieszkaniu pojawiły się szczury. Kiedy hydraulicy sprzątali po sobie, zatkali dziurę pakułami i zalali betonem. Dlatego wcześniej bił stamtąd smród ścieków.

– No i co? – spytał Erlendur.

– Moim zdaniem to ten sam zapach, tylko że tu jest o wiele gorszy. Wilgoć, fekalia i szczury.

– Widziałem się z Marion Briem – powiedział Erlendur, niepewny, czy znają to nazwisko.

– Zna ekspertyzy na temat Nordurmyri i uważa, że chodzi o to, że cała dzielnica została wybudowana na podmokłym terenie.

Elinborg i Sigurdur Oli spojrzeli po sobie.

– Nordurmyri zawsze była czymś na kształt niezależnej osady w samym środku Reykjaviku – ciągnął Erlendur. – Domy wybudowano w czasie wojny i zaraz po jej zakończeniu. Kiedy uzyskaliśmy niepodległość, tutejsze ulice nazwano imionami bohaterów sag islandzkich: Gunnarsbraut, Skeggjagata i tak dalej. Zebrał się tu cały przekrój społeczeństwa, od ludzi dobrze sytuowanych, a nawet bogatych, zamieszkujących luksusowe rezydencje, po biedaków, których nie stać było nawet na łaty na portkach, a którzy wynajmowali tanie sutereny, takie jak ta. W dzielnicy mieszka wiele starszych osób, takich jak

Holberg, wynajmujących podobne piwnice. To wszystko wiem od Marion.

Erlendur przerwał na chwilę.

– Takie sutereny jak ta to cecha charakterystyczna Nordurmyri. Dawniej nikt w nich nie mieszkał, ale z czasem wielu właścicieli przebudowało je na mieszkania. Przed laty w takich suterenach mieściły się, jak to powiedziała Marion? Czeladnie. Wiecie, co to takiego?

Pokręcili głowami.

– Jesteście oczywiście zbyt młodzi – skwitował Erlendur, wiedząc, że oboje nie cierpią, kiedy tak mówi. – W takich norach były pokoje służby. Mieściły się w nich także pralnie, ubojnie i inne pomieszczenia do przygotowywania posiłków, spiżarnie, łaźnie i takie tam.

– I mamy nie zapominać, że to było bagno? – burknął ironicznie Sigurdur Oli.

– Chcesz nam powiedzieć coś ważnego? – spytała Elinborg.

– Pod tymi piwnicami są fundamenty... – rzekł Erlendur.

– A to rzeczywiście niezwykłe – mruknął Sigurdur Oli do Elinborg.

– ...jak pod każdym innym domem – ciągnął Erlendur, na którym kpiny Sigurdura Oliego najwyraźniej nie robiły wrażenia. – Gdybyście porozmawiali z hydraulikami, jak Marion Briem...

– Co to za jakaś modlitwa do Marion Briem? – rzucił Sigurdur Oli.

– ...dowiedzielibyście się, że od czasu do czasu wzywano ich do Nordurmyri z powodu awarii, jakie zdarzały się po latach, dziesiątkach lat od wybudowania tych domów. Nie wszędzie widać ich skutki. Najłatwiej zauważyć je na elewacjach niektórych domów. Wiele z nich otynkowano i wyraźnie widać, gdzie kończy się tynk i jak bardzo osunął się grunt, odsłaniając goły mur. Niekiedy nawet o pięćdziesiąt do osiemdziesięciu centymetrów. Tylko że grunt osuwa się także w środku.

Erlendur zauważył, że przestali się szyderczo uśmiechać.

– W handlu nieruchomościami nazywa się to wadą ukrytą. Kiedy grunt się osuwa, powstaje napięcie i pod podłogą pękają rury kanalizacyjne. Zanim się człowiek zorientuje, fekalia spływają wprost do fundamentów. Może to trwać długo, bo zapach nie przebija się przez wylewkę. Ale w wielu mieszkaniach na podłodze pojawiają się plamy wilgoci, bo w starych domach wodę z instalacji centralnego ogrzewania odprowadza się rurami kanalizacyjnymi, a jeśli rura jest pęknięta, woda wylewa się na fundament. Wtedy ciepła woda paruje i wydobywa się na powierzchnię. Parkiet puchnie.

Erlendurowi udało się wreszcie skupić ich uwagę.

– I to wszystko wiesz od... Marion? – spytał Sigurdur Oli.

– Wtedy trzeba zerwać podłogę – ciągnął Erlendur – dostać się do fundamentów i wymienić rurę. Hydraulicy powiedzieli Marion, że czasem po przebiciu wylewki młotem pneumatycznym albo wiertarką natrafiają na pustkę. Gdzieniegdzie wylewka jest cienka, a pod nią nie ma nic poza powietrzem. Grunt osunął się o pół albo nawet i cały metr. Wszystko przez to bagno.

Sigurdur Oli i Elinborg spojrzeli po sobie.

– Czy to znaczy, że pod tą podłogą jest pustka? – spytała Elinborg, stukając nogą w posadzkę.

Erlendur uśmiechał się.

– Marion udało się nawet znaleźć hydraulika, który pracował w tym domu w roku obchodów tysiącstulecia.

Wiele osób zapamiętało dobrze ten rok, a ten hydraulik doskonale pamięta, że był tu wzywany z powodu wilgotnej podłogi.

– Co chcesz przez to powiedzieć? – spytał Sigurdur Oli.

– Hydraulik zrywał tę podłogę. Wylewka nie jest zbyt gruba. Pod nią jest sporo pustej przestrzeni, a hydraulik nadal jest oburzony, że Holberg nie pozwolił mu skończyć zaczętej roboty.

– Jak to?

– Rozkuł podłogę i naprawił rurę, ale Holberg go wyrzucił i powiedział, że sam to skończy. I tak zrobił.

Stali w milczeniu. Wreszcie Sigurdur Oli nie wytrzymał.

– Marion Briem? – wyrzucił z siebie. – Marion Briem! – powtarzał, jakby nie kojarząc nazwiska. Erlendur miał rację. Był zbyt młody, by pamiętać Briem z pracy w policji. Zastanawiał się dłuższą chwilę i w końcu zapytał:

– Czekaj, Marion? Marion? Co za Marion? Co to za imię właściwie? To facet czy baba?

– Sam się nad tym czasami zastanawiam – odparł Erlendur i sięgnął po telefon komórkowy.

27

Policyjni technicy zaczęli od zerwania posadzek we wszystkich pokojach, kuchni, toalecie i małym korytarzu. Cały dzień zajęło uzyskanie zezwolenia na ten remont kapitalny. Erlendur przedstawił swoje argumenty na naradzie u naczelnika policji, a ten, wprawdzie z oporami, przyznał, że istnieje uzasadniona konieczność zerwania podłogi w mieszkaniu Holberga. Sprawę potraktowano priorytetowo ze względu na to, że w mieszkaniu popełniono zbrodnię.

Erlendur oznajmił, że jego zdaniem, jeśli Gretar żyje, to on może być mordercą Holberga, natomiast jeśli sprawdzi się podejrzenie Briem, Gretara będzie można wykluczyć, a jednocześnie zostanie rozwiązana tajemnica jego zaginięcia.

Wynajęto największą taksówkę bagażową i załadowano na nią wszystkie meble z mieszkania Holberga, poza wiszącymi szafkami i całym spoczywającym w nich dobytkiem. Kiedy samochód odjeżdżał, było już ciemno, wkrótce potem na podwórko zajechał ciągnik wyposażony w ogromny świder pneumatyczny. Grupa techników zebrała się przy budynku, po czym dołączyli do niej kolejni funkcjonariusze. Mieszkańców domu poproszono, by nie przeszkadzali.

Cały czas padało, tak jak w poprzednich dniach. Teraz jednak była to drobna mgiełka falująca na jesiennym wietrze, która osiadała na twarzy Erlendura, stojącego z boku z papierosem. Obok znajdowali się Sigurdur Oli i Elinborg. Dość liczna grupka ludzi zebrała się przed domem, nie podchodzili jednak zbyt blisko. W grupie byli reporterzy i operatorzy stacji telewizyjnych oraz fotografowie z prasy. Duże i małe samochody z logo rozmaitych mediów stały na terenie całej dzielnicy, a Erlendur, który zabronił policjantom wszelkich kontaktów z mediami, zastanawiał się, czy nie kazać ich usunąć.

Niebawem mieszkanie Holberga opustoszało zupełnie. Wielka bagażówka stała wciąż przed drzwiami, zastanawiano się bowiem, co zrobić z meblami. W końcu Erlendur rozkazał wywieźć wszystko do magazynów policji. Widział, jak wynoszono z mieszkania chodniki i dywany i załadowywano na pakę; w końcu bagażówka odjechała z hukiem.

Ragnar, szef techników, uścisnął Erlendurowi dłoń na powitanie. Liczył sobie około pięćdziesięciu lat, był grubawy, z czarnymi kędziorami sterczącymi na wszystkie strony. Kształcił się w Wielkiej Brytanii, czytał wyłącznie brytyjskie kryminały i był zagorzałym wielbicielem brytyjskich seriali kryminalnych.

– Ciekawe, co teraz dla nas szykują? – spytał i spojrzał w kierunku przedstawicieli mediów. W głosie można było wyczuć pewną wesołość. Strasznie mu się podobało, że będą zrywać podłogi w poszukiwaniu zwłok.

– I jak to wygląda? – spytał Erlendur.

– Wszędzie podłogi pomalowane są grubą warstwą jakiejś farby okrętowej – odparł Ragnar. – Nie sposób się zorientować, czy coś z nimi robiono. Nie widać żadnej świeżej łaty betonu czy czegoś, co mogłoby świadczyć o tym, że wylewkę sztukowano. Ostukujemy młotami całą podłogę, ale w zasadzie wszędzie dudni pustka. Nie wiem, czy to z powodu osunięcia się gruntu, czy z jakiegoś innego. W całym domu jest solidny, zrobiony we właściwych proporcjach beton. Mowy nie ma o żadnych alkaliach. Choć z drugiej strony na podłodze jest sporo plam wilgoci. Nie może wam pomóc ten hydraulik, z którym rozmawialiście?

– Jest w domu starców w Akureyri i twierdzi, że w tym życiu nie ma zamiaru tu przyjeżdżać. Ale dał nam dość szczegółowy opis miejsc, gdzie kuł wylewkę.

– Chcemy też włożyć kamerę do kanalizacji. Obejrzymy rurę, czy jest w porządku, sprawdzimy, gdzie ewentualnie była sztukowana.

– A ten cały świder pneumatyczny jest konieczny? – spytał Erlendur i skinął głową w kierunku ciągnika.

– Nie mam zielonego pojęcia. Mamy mniejsze wiertarki elektryczne, ale one nie poradzą sobie z mokrym gównem. Mamy także całkiem małe wiertarki i jeśli trafimy na pustą przestrzeń, możemy wywiercić otwór w podłodze i wpuścić tam małą kamerę, taką, jakich używa się do monitorowania ścieków.

– Miejmy nadzieję, że to wystarczy. Gorzej, jeśli będziemy musieli wjechać tym traktorem do środka.

– W każdym razie strasznie cuchnie w tej piwnicy – podsumował szef techników i ruszyli w kierunku sutereny. Trzej technicy ubrani w białe kombinezony, w gumowych rękawiczkach i wyposażeni w zwyczajne młotki marki Stanley, robili obchód mieszkania, ostukując betonową podłogę i zaznaczając niebieskim flamastrem miejsca, gdzie zdawało im się, że słyszą pusty odgłos.

– Według Państwowej Agencji Zasobów Mieszkaniowych piwnicę przebudowano w 1959 roku, przystosowując ją do zamieszkania – powiedział Erlendur. – Holberg kupił mieszkanie w 1962 i najprawdopodobniej od razu się wprowadził. I cały czas tu mieszkał.

Jeden z techników podszedł do nich i przywitał się z Erlendurem. Miał ze sobą plany techniczne domu, każdego piętra oddzielnie, podobnie jak sutereny.

– Toalety są w środkowej części domu. Rury odpływowe idą pionowo w dół z pięter do pomieszczenia w suterenie, w którym znajduje się ubikacja. Przed przebudową te rury były w tym samym miejscu, należy więc przypuszczać, że całe mieszkanie przebudowano, nie ruszając kibla. Odpływ z muszli łączy się z rurą odpływową z łazienki i cała instalacja biegnie w kierunku wschodnim pod częścią salonu, sypialnią i stamtąd w stronę ulicy.

– Nie ograniczajcie poszukiwań do rury klozetowej – upomniał go szef.

– Nie, ale wprowadziliśmy kamerę do rury odpływowej od strony ulicy. Przed chwilą powiedzieli mi, że rura jest pęknięta na odcinku pod sypialnią, i przyszło nam do głowy, żeby najpierw tam zajrzeć. To jest mniej więcej to miejsce, w którym wcześniej podobno zrywano podłogę.

Ragnar skinął głową i spojrzał na Erlendura, który wzruszył ramionami, jakby było mu wszystko jedno, co zrobią technicy.

– To nie może być zbyt stare pęknięcie – dodał szef. – I smród stamtąd musi się rozchodzić. Chcesz mi powiedzieć, że ten facet został tam pogrzebany ćwierć wieku temu?

– W każdym razie wtedy zniknął – odparł Erlendur.

Ich słowa zagłuszał łomot młotków, zlewający się w jeden huk, dudniący w pustych pomieszczeniach. Technik wyciągnął z czarnej torby wielkości niedużej walizki nauszniki i włożył je na uszy, następnie wyjął niewielką wiertarkę elektryczną i podłączył do gniazdka. Nacisnął kilka razy włącznik, jakby chciał ją wypróbować, po czym przytknął wiertło do podłogi i zaczął wiercić. Zrobił się tak potworny hałas, że pozostali technicy także włożyli nauszniki. Twardy beton jednak się nie poddał. Technik przestał wiercić i pokręcił głową.

– Musimy uruchomić traktor. – Twarz miał pokrytą drobniutkim betonowym pyłem. – I sprowadzić mi tu świder pneumatyczny. A twarze zakryć maskami. Co za kretyn wpadł na ten debilny pomysł? – warknął i splunął na podłogę.

– Nie sądzę, żeby Holberg użył ciągnika pod osłoną nocy – odezwał się szef.

– Nie musiał niczego robić pod osłoną nocy – odparł Erlendur. – Hydraulik wykuł mu dziurę w podłodze.

– Myślisz, że pogrzebał faceta na rurze odprowadzającej gówno?

– Zobaczymy. Może musiał jakoś przebudowywać fundamenty. A może to wszystko to jedno wielkie nieporozumienie.

Erlendur wyszedł na deszcz. Sigurdur Oli i Elinborg rozgościli się w jego aucie i pałaszowali hot dogi, po które Sigurdur Oli wyskoczył do pobliskiego sklepiku. Jeden hot dog czekał na Erlendura na desce rozdzielczej. Erlendur połknął go natychmiast.

– Jeśli znajdziemy tu zwłoki Gretara, to co nam to powie? – spytała Elinborg, wycierając usta.

– Chciałbym to wiedzieć – odpowiedział Erlendur zamyślony. – Chciałbym to wiedzieć.

W tym samym momencie do auta podszedł Hrolfur, ich bezpośredni przełożony, szef wydziału. Zapukał w szybę, otworzył drzwi i poprosił Erlendura na chwilę. Sigurdur Oli i Elinborg również wysiedli z wozu. Szef był tego dnia na zwolnieniu chorobowym, ale teraz wydawał się zdrowy jak byk. Był bardzo gruby i najwyraźniej źle to znosił; z natury leniwy, rzadko zgłaszał pomysły działań istotnych dla śledztwa. Co roku przez wiele dni przebywał na zwolnieniu.

– Dlaczego nie skontaktowano się ze mną w sprawie tej rozbiórki? – spytał, nie kryjąc wściekłości.

– Jesteś chory – odparł Erlendur.

– Brednie – rzekł Hrolfur. – Nie myśl, że możesz sobie kierować wydziałem według swojego widzimisię. Ja jestem twoim przełożonym. Takie działania masz konsultować ze mną, zanim zrobisz z siebie idiotę!

– Naprawdę sądziłem, że jesteś niezdrów. – Erlendur zrobił zdziwioną minę.

– Jakim prawem robisz osła z oficera policji państwowej? – syknął Hrolfur. – Co ci strzeliło do łba, że tu pod podłogą leży nieboszczyk? Nie masz na to żadnych poszlak. Absolutnie żadnych, poza jakimiś plotkami na temat fundamentów i smrodu. Czyś ty oszalał?

Sigurdur Oli podszedł do nich z wahaniem.

– Mam tu kobietę, z którą chyba powinieneś porozmawiać, Erlendur – powiedział. W ręku trzymał telefon pozostawiony przez Erlendura w aucie. – To sprawa osobista. Jest dość zdenerwowana.

Hrolfur odwrócił się do Sigurdura Oliego, kazał mu spadać i zostawić ich w spokoju.

Sigurdur Oli nie dał za wygraną.

– Erlendur, powinieneś z nią natychmiast porozmawiać – powtórzył.

– No co jest? Zachowujecie się, jakbym nie istniał! – wrzeszczał Hrolfur, tupiąc. – To jakiś spisek, do diabła?! Erlendur, jeśli mamy niszczyć ludziom fundamenty z powodu odoru w ich mieszkaniach, to niszczmy. To zupełnie bez sensu! Absurd!

– Ten ciekawy pomysł podsunęła mi Marion Briem – powiedział Erlendur ze spokojem. – I moim zdaniem jest wart sprawdzenia. Szef policji się ze mną zgadza. Wybacz proszę, że nie skontaktowałem się z tobą, ale cieszę się, że wyzdrowiałeś. I prawdę mówiąc, Hrolfur, wyglądasz niezwykle zdrowo. A teraz przepraszam.

Przeszedł obok Hrolfura, który gapił się na niego i Sigurdura Oliego, chcąc coś powiedzieć, ale nie wiedział co.

– Przyszła mi do głowy pewna myśl – rzekł po chwili Erlendur. – Już dawno powinienem był to zrobić.

– Co takiego? – spytał Sigurdur Oli.

– Zorientuj się w Wydziale do spraw Latarni Morskich i Portów, czy nie mają informacji na temat przypuszczalnego pobytu Holberga w Husaviku lub okolicy mniej więcej w 1960 roku.

– Nie ma sprawy. Masz, pogadaj z tą kobietą.

– Co to za kobieta? – spytał Erlendur i wziął telefon. – Nie znam żadnej kobiety.

– Połączono ją z twoja komórką. Pytała o ciebie w centrali. Powiedziano jej, że jesteś zajęty, ale nalegała.

W tym momencie ruszył pneumatyczny świder podłączony do ciągnika. Z sutereny dobiegł potworny jazgot i gęste tumany kurzu buchnęły z otwartych drzwi. Policja zasłoniła wszystkie okna, tak że niczego nie było widać. Wszyscy poza operatorem świdra pneumatycznego wyszli na zewnątrz i czekali nieopodal. Spoglądali na zegarki i zdawali się wymieniać uwagi na temat późnej pory. Wiedzieli, że nie pohałasują zbyt długo. Dom położony był w samym środku dzielnicy. Szybko więc będą musieli zakończyć prace i podjąć je na nowo następnego ranka albo zmienić sposób działania.

Erlendur szybko wsiadł z telefonem do samochodu i odciął się od hałasu. Od razu rozpoznał głos.

– On tu jest – odezwała się Elin, jak tylko się zorientowała, że Erlendur odebrał telefon. Wydawała się mocno zdenerwowana.

– Niech się pani uspokoi – powiedział Erlendur. – O kim pani mówi?

– Stoi przed domem na deszczu i obserwuje mnie – jej głos przeszedł w szept.

– Kto, Elin? Jest pani u siebie? W Keflaviku?

– Nie wiem, kiedy się zjawił, nie wiem, jak długo tak stoi. Dopiero przed chwilą go zauważyłam. Nie chcieli mnie z panem połączyć.

– Niezupełnie rozumiem. O kim pani mówi?

– O tym człowieku. To najwyraźniej jest ten potwór.

– Kto?

– No, ten bandyta, co napadł na Kolbrun!

– Na Kolbrun? O kim pani mówi?

– Ja wiem, że to niemożliwe. Ale on tam stoi.

– Nie pomieszało się pani coś?

– Tylko niech pan nie mówi, że zwariowałam. Doskonale wiem, co mówię.

– Jaki człowiek, który napadł na Kolbrun?

– Jaki człowiek? O co panu chodzi?

– O kim pani mówi?

– O HOLBERGU! – syknęła. – Stoi przed moim domem!

Erlendur milczał.

– Jest pan tam? – szepnęła Elin. – Co ma pan zamiar zrobić?

– Elin – powiedział Erlendur, ciężko akcentując każde słowo – to nie może być Holberg. Holberg nie żyje. To musi być ktoś inny.

– Niech pan do mnie nie mówi jak do dziecka. Stoi tu na deszczu i gapi się na mnie. Bydlę!

28

Połączenie zostało przerwane i Erlendur natychmiast uruchomił samochód. Sigurdur Oli i Elinborg przyglądali się, jak cofa przez tłum zgromadzony na ulicy i znika. Spojrzeli po sobie i wzruszyli ramionami. Dawno przestali rozumieć jego postępowanie.

Zanim się wydostał, udało mu się połączyć z policją w Keflaviku i wysłać funkcjonariuszy do Elin. Polecił im zatrzymać mężczyznę kręcącego się wokół jej domu. Miał być ubrany w niebieską kurtkę, dżinsy i białe adidasy. Elin zdążyła opisać wygląd podglądacza. Erlendur powiedział dyżurnemu, żeby nie włączał syreny ani koguta i zachowywał się tak cicho, jak to tylko możliwe, by nie spłoszyć podejrzanego.

– Coś się babie pomieszało – mruknął do siebie i wyłączył komórkę.

Jechał najszybciej, jak tylko pozwalał ruch. Minął Hafnafjordur i znalazł się na drodze do Keflaviku. Ruch był duży, widoczność kiepska, ale śmigał pomiędzy samochodami, a raz nawet wjechał na wysepkę, żeby wyprzedzić jakiś wóz. Zupełnie ignorował sygnalizację świetlną i w pół godziny dojechał do Keflaviku, korzystając z tego, że ostatnio policjanci ze śledczego zostali wyposażeni w zdejmowane niebieskie koguty, które w razie konieczności mogli umieścić na dachu nieoznakowanych samochodów. Swego czasu wyśmiał ten pomysł. Pamiętał, że widywał takie gadżety w serialach kryminalnych, ale absurdem wydawało mu się używanie ich w spokojnym Reykjaviku.

Przed domem Elin zastał dwa radiowozy. Ona sama czekała na niego w środku w asyście trzech funkcjonariuszy. Powiedziała, że facet rozpłynął się w ciemnościach na chwilę przedtem, nim policjanci zajechali przed dom. Pokazała miejsce, w którym stał, i gdzie pobiegł, ale go nie złapali. Nikogo też nie zauważyli. Byli całkiem bezradni, bo Elin nie chciała im powiedzieć, co to był za człowiek ani dlaczego jest niebezpieczny; wyglądało na to, że nie zrobił nic złego. Postał tylko chwilę na deszczu. Erlendur wyjaśnił im, że ten mężczyzna ma związek ze śledztwem prowadzonym w sprawie morderstwa w Reykjaviku. Poprosił, by dali mu znać, jeśli natkną się na kogoś podobnego do faceta opisanego przez Elin.

Elin była zdenerwowana. Erlendur postanowił czym prędzej pozbyć się policjantów z jej domu, co zresztą udało mu się bez specjalnych zabiegów. Oznajmili mu na stronie, że mają ważniejsze sprawy na głowie i nie będą słuchać jakichś babskich urojeń.

– Mogę przysiąc, że to on stał tu przed domem – powiedziała Elin, kiedy zostali sami. – Nie wiem, jak to możliwe, ale to był on!

Erlendur patrzył na nią, słyszał, co mówi, i wiedział, że Elin opowiada o tym z pełnym przekonaniem. Wiedział też, że ostatnio wiele przeszła.

– Elin, to się kupy nie trzyma. Holberg nie żyje. Widziałem go w prosektorium. – Po chwili wahania dodał: – Widziałem jego serce.

Elin spojrzała na niego.

– Było czarne? – spytała, a Erlendur przypomniał sobie słowa lekarza sądowego, że nie można rozróżnić, czy było to serce dobrego, czy złego człowieka.

– Lekarz powiedział, że mógłby dożyć stu lat – powiedział.

– Myśli pan, że zwariowałam – rzuciła Elin. – Myśli pan, że sobie to wszystko wymyśliłam. Że chcę w jakiś sposób ściągnąć na siebie zainteresowanie z powodu...

– Holberg nie żyje – przerwał jej Erlendur. – Co mam myśleć?

– W takim razie to był jego sobowtór – powiedziała Elin.

– Proszę mi go dokładnie opisać.

Elin wstała, podeszła do okna w salonie i pokazała palcem na deszcz.

– Stał tu, przy przejściu między domami, tym prowadzącym do ulicy. Nie ruszał się i obserwował mój dom. Nie wiem, czy mnie widział. Starałam się przed nim ukryć. Czytałam sobie, a kiedy zaczęło się ściemniać, wstałam zapalić światło i wtedy wyjrzałam przez okno. Był z gołą głową. Odniosłam wrażenie, że nie przeszkadza mu, że moknie w strugach deszczu. I czułam wyraźnie, że jest jakiś nieobecny.

Zamyśliła się.

– Miał ciemne włosy i wyglądał na jakieś czterdzieści lat. Średniego wzrostu.

– Elin – powiedział Erlendur. – Na dworze jest ciemno. Leje. Przez szybę prawie nic nie widać. Chodnik nie jest oświetlony. Pani używa okularów. Chce mi pani powiedzieć, że...

– Zaczynało zmierzchać i nie od razu sięgnęłam po telefon. Dobrze mu się przyjrzałam z tego okna, jak i z okna w kuchni. Minęło sporo czasu, nim się zorientowałam, że to Holberg albo ktoś podobny do niego. Chodnik jest nieoświetlony, ale ruch tu spory i za każdym razem, jak przejeżdżał samochód, oświetlał go. Wtedy wyraźnie widziałam jego twarz.

– Jest pani pewna?

– Wyglądał jak Holberg, kiedy był młodszy – powiedziała Elin. – Nie taki stary jak na zdjęciach w gazetach.

– Widziała pani Holberga, kiedy był młodszy?

– Tak, widziałam. Kiedyś niespodziewanie wezwano Kolbrun na przesłuchanie. Powiedzieli jej, że muszą uzyskać bardziej szczegółowe informacje na jakiś temat. Wszystko oczywiście kłamstwo. Miała się spotkać z kimś, kto się nazywał Marion Briem. Co to właściwie za imię? Marion Briem! Kazano jej przyjechać do Reykjaviku. Poprosiła, żebym z nią pojechała, i pojechałam. Miała się stawić o określonej godzinie, o ile pamiętam, rano. W komisariacie skierowano nas do jakiegoś pokoju, gdzie siedziałyśmy przez jakiś czas, a potem nagle otworzyły się drzwi i pojawił się Holberg, a za jego plecami Marion.

Umilkła.

– I co dalej? – spytał Erlendur.

– Siostra się załamała. Holberg się uśmiechnął i pokazał język, a Kolbrun chwyciła się mnie, jakby tonęła. Nie mogła złapać tchu. On zaczął się śmiać, a Kolbrun dostała ataku. Wywracała oczami, z jej ust leciała piana; potem upadła na podłogę. Holberga wyprowadzono, ale to wtedy widziałam tę bestię po raz pierwszy i jedyny, i nigdy nie zapomnę jego twarzy.

– I to tę twarz widziała pani dzisiaj wieczorem przez okno?

Elin skinęła głową.

– Bardzo się zlękłam, przyznaję, choć oczywiście wiem, że to nie był Holberg. Ale wyglądał dokładnie tak jak on.

Erlendur zastanawiał się, czy powiedzieć Elin o swoich ostatnich podejrzeniach.

Ważył w myślach, ile może jej zdradzić i czy to, co jej ewentualnie powie, rzeczywiście się potwierdzi. Siedzieli w milczeniu, a on roztrząsał wszystkie za i przeciw. Był wieczór. Nagle jego myśli pobiegły ku Evie Lind. Znów poczuł ból w piersi i dotknął tego miejsca, jakby dotyk miał uśmierzyć ból.

– Dobrze się pan czuje? – spytała Elin.

– Jest coś, nad czym ostatnio pracowaliśmy, ale nie mam pojęcia, czy wiąże się z naszą sprawą – powiedział Erlendur. – Ta koncepcja zakłada pewną wersję wydarzeń. Być może istnieje inna ofiara Holberga. Jeśli zatem Holberg zgwałcił inną kobietę, to nie możemy wykluczyć, że i tamta kobieta urodziła mu dziecko, jak Kolbrun. Zastanawiam się nad tą możliwością ze względu na list, który znaleźliśmy przy zwłokach. Nie można wykluczyć, że urodziła syna. Jeśli gwałt miał miejsce w 1964 roku, to dziecko miałoby dzisiaj około czterdziestu lat. Może to chłopiec. I może to właśnie on stał dziś przed pani domem.

Elin spojrzała nań zdumiona.

– Syn Holberga? Czy to możliwe?

– Mówi pani, że byli podobni jak dwie krople wody.

– Tak, ale...

– Tylko rozważam taką możliwość. Gdzieś w całej tej sprawie jest brakujące ogniwo i myślę, że może nim być właśnie ten człowiek.

– Ale dlaczego? Czego tu chciał?

– Nie jest to dla pani jasne?

– Co?

– Jest pani ciotką jego siostry – powiedział Erlendur.

Na twarzy Elin odbiło się zdziwienie.

– Audur była jego siostrą – jęknęła. – Ale skąd wie o mnie? Skąd wie, gdzie mieszkam? Jak może łączyć Holberga ze mną? Przecież nie pisano w gazetach o jego przeszłości, nie wspominano o gwałtach ani o tym, że miał córkę. Nikt nie wiedział o istnieniu Audur. Skąd ten człowiek może wiedzieć, kim jestem?

– Może odpowie na to, kiedy go odnajdziemy.

– Myśli pan, że to on jest zabójcą Holberga?

– Teraz pyta mnie pani, czy zamordował swojego ojca – powiedział Erlendur.

Elin zastanowiła się chwilę.

– Mój Boże – jęknęła Elin, gdy dotarło do niej znaczenie jej słów.

– Cóż – powiedział Erlendur. – Jeśli znowu zauważy go pani przed domem, proszę do mnie zadzwonić.

Elin wstała, podeszła do okna wychodzącego na przejście między domami i wyjrzała przez nie, jakby spodziewała się znów zobaczyć tego człowieka.

– Wiem, że kiedy zadzwoniłam, byłam trochę rozhisteryzowana, przez moment wydawało mi się, że to Holberg. Kiedy go zobaczyłam, poczułam się nieswojo. Ale nie bałam się. Byłam raczej wściekła. Coś dziwnego było w tym człowieku, w jego pozie, w zwieszonej głowie. Miał w twarzy jakiś smutek, jakiś żal. Pomyślałam, że chyba nie jest szczęśliwy. Nie może czuć się dobrze. Miał kontakt z ojcem? Wie pan coś o tym?

– Zasadniczo nie wiem w ogóle, czy ten człowiek istnieje – odpowiedział Erlendur. – To, co pani widziała, uprawdopodabnia tylko pewną teorię. Nie istnieją żadne dowody na jego istnienie. Holberg nie miał w domu żadnych jego zdjęć, na przykład z konfirmacji. Jednakże krótko przed morderstwem ktoś dzwonił do Holberga i te telefony wyprowadzały go z równowagi. Nic więcej nie wiemy.

Erlendur wyciągnął swoją komórkę i przeprosił Elin na chwilę.

– Coś nowego? – spytał, kiedy Sigurdur Oli odebrał.

– W coś ty nas, do diabła, wplątał!? – krzyczał Sigurdur Oli, nie kryjąc wściekłości. – Dowiercili się do rury kanalizacyjnej, a tam aż się roiło od ohydnego robactwa, miliony pełzających robali pod podłogą. Obrzydliwość. Gdzie ty jesteś, do cholery?

– W Keflaviku. Jakiś ślad Gretara?

– Nie, psiakrew, żadnych śladów żadnego Gretara. – Sigurdur Oli się rozłączył.

– I jeszcze jedna rzecz – powiedziała Elin – którą odkryłam dopiero teraz, jak mówił pan o pokrewieństwie z Audur. Widzę, że miałam rację. Nie mogłam się połapać, ale było coś w rysach twarzy tego człowieka, czego już nigdy nie spodziewałam się zobaczyć. Ślady przeszłości, których nigdy nie zapomniałam.

– Co takiego? – spytał Erlendur.

– To dlatego się go nie bałam.

– Co było w tych rysach?

– Nie zorientowałam się od razu. Ale przypominał mi Audur.

29

Sigurdur Oli włożył telefon komórkowy do etui przy pasku i ruszył z powrotem w kierunku domu. Wraz z kilkoma innymi policjantami był w mieszkaniu, kiedy wiertło przebiło płytę podłogową, wychynęło z niej i z otworu buchnął taki smród, że aż zwymiotował. Rzucił się do drzwi, podobnie jak inni, i myślał, że się udusi, nim zdąży zaczerpnąć świeżego powietrza.

Robotnik obsługujący świder powiększył otwór nad rurą kanalizacyjną. Kiedy już przebił się przez wylewkę, szło mu o wiele łatwiej. Sigurdur Oli nie potrafił określić, ile czasu minęło od chwili, gdy rura pękła. Fekalia musiały zajmować sporą przestrzeń pod podłogą. Z dziury unosiła się para. Skierował w głąb snop światła latarki i wyraźnie zobaczył, że grunt osunął się o dobre pół metra.

Fekalia wyglądały jak żywa maź, a jej powierzchnia pokryta była małymi, czarnymi robakami. Cofnął się o krok, kiedy zauważył jakieś zwierzę miotające się w świetle latarki.

– Uważajcie! – krzyknął i wybiegł z sutereny. – Tu się aż się roi od szczurów. Zaślepcie tę dziurę i zawołajcie kogoś do deratyzacji. Kończymy robotę! Natychmiast!

Nikt nie zaoponował. Ktoś przykrył dziurę płachtą brezentu i suterena w okamgnieniu opustoszała. Sigurdur Oli, znalazłszy się na zewnątrz, natychmiast zerwał z twarzy maskę i łapczywie wciągnął świeże powietrze. Pozostali uczynili to samo.

Erlendur dowiedział się o rezultacie wierceń w Nordurmyri w drodze z Keflaviku do domu. Wprawdzie wezwano na miejsce służby deratyzacyjne, ale prace śledcze miały zostać wznowione dopiero następnego ranka, po wybiciu wszelkiego robactwa i gryzoni. Sigurdur Oli był już w domu i właśnie wyszedł spod prysznica, kiedy zadzwonił do niego Erlendur, spragniony informacji. Elinborg też już była u siebie. Mieszkania Holberga podczas deratyzacji pilnowali ochroniarze. Przed domem przez całą noc stały dwa radiowozy.

Kiedy wrócił do domu, w drzwiach powitała go Eva Lind. Dochodziła dwudziesta druga. Panna młoda znikła. Przed wyjściem wspomniała, że chce porozmawiać ze swoim mężem i zbadać jego nastawienie. Nie wiedziała jeszcze, czy zdradzi mu prawdziwy powód ucieczki z wesela. Eva Lind zachęcała ją do tego, mówiąc, że nie ma co chronić starego zboczeńca, nawet jeśli jest jej ojcem. Zwłaszcza jeśli jest jej ojcem.

Usiedli w salonie. Erlendur opowiedział córce o swoim śledztwie. Dokąd doprowadziły go poszlaki i co mu się kołacze po głowie. Przy okazji chciał sam zrozumieć jakoś tę sprawę i ją ogarnąć, skonstruować wyraźniejszy obraz wydarzeń ostatnich dni. Opowiedział niemal o wszystkim: o odnalezieniu zwłok Holberga w suterenie, o zapachu w jego mieszkaniu, o liście znalezionym przy zwłokach, o starym zdjęciu w biurku, o pornografii na twardym dysku, o inskrypcji na nagrobku, o Kolbrun i jej siostrze Elin, o Audur i jej niewyjaśnionej śmierci, o śnie, który go prześladował, o Ellidim w więzieniu i zniknięciu Gretara, o Marion Briem, o poszukiwaniach drugiej ofiary Holberga i o człowieku przed domem Elin, hipotetycznym synu Holberga. Starał się opowiadać w sposób logiczny, roztrząsając różne możliwości, aż w końcu stracił wątek i umilkł.

Nie powiedział Evie Lind o tym, że zwłoki dziewczynki pozbawiono mózgu. Wciąż nie rozumiał, jak to się mogło stać.

Eva Lind słuchała, nie przerywając. Zauważyła, że ojciec podczas rozmowy gładzi się po klatce piersiowej. Czuła, że Erlendur bardzo przeżywa sprawę Holberga. Dostrzegła w nim zwątpienie, którego nigdy wcześniej nie zauważała. Czuła jego ból, kiedy mówił o dziewczynce. Jakby zapadał się w sobie, ściszał głos i stawał się jakiś odległy.

– Audur to ta dziewczynka, o której mówiłeś, kiedy dziś rano na mnie krzyczałeś? – spytała.

– Była, nie wiem, jak to określić, swego rodzaju darem od Boga dla swojej matki – odparł Erlendur. – Matka kochała ją nad życie. Wybacz, jeśli byłem za ostry. Nie chciałem, ale kiedy widzę, jak żyjesz, kiedy widzę tę twoją abnegację, brak szacunku dla samej siebie, kiedy widzę to zniszczenie, te szkody, które sama sobie wyrządzasz, a potem widzę małą trumnę wydobywaną z ziemi, to niczego już nie rozumiem. Nie rozumiem, co się dzieje, i najchętniej bym...

– Sprał mnie na kwaśnie jabłko – dokończyła Eva Lind.

Erlendur wzruszył ramionami.

– Nie wiem, co bym zrobił. Może najlepiej nic nie robić. Może najlepiej pozwolić życiu biec swoim torem. Zapomnieć o tym wszystkim. Zacząć robić coś sensownego.

Dlaczego człowiek miałby się tym zajmować? Grzebać w tym bagnie. Rozmawiać z takimi jak Ellidi. Układać się z takimi śmieciami jak Eddi. Przyglądać się uciechom takich Holbergów. Czytać raporty o gwałtach. Rozgrzebywać fundamenty pełne robactwa i gówna. Wykopywać małe trumienki.

Coraz szybciej pocierał klatkę piersiową.

– Człowiekowi się zdaje, że to nie będzie miało dla niego żadnych konsekwencji. Myśli, że jest dość silny, by stawić temu czoło. Że z upływem lat buduje wokół siebie jakiś pancerz i może patrzeć na to zepsucie z dystansu, udawać, że to go nie dotyczy, i trwać w takim przekonaniu. Ale tu nie ma dystansu. Nie ma pancerza. Nikt nie jest dość silny. Te okropności nachodzą człowieka jak zły duch, który gnieździ się w myślach i nie daje spokoju, dopóki człowiek nie uzna, że to życie jest takie zepsute. Człowiek zdążył już zapomnieć, jak żyją normalni ludzie. Na tym to polega. Zły duch został uwolniony, tłucze się człowiekowi po głowie i w końcu zobojętnia go na cudze cierpienie. – Erlendur westchnął ciężko. – Żyjemy w jednym wielkim bagnie.

Zamilkł, Eva Lind też nic nie mówiła.

Tak minęła długa chwila. Potem Eva Lind wstała, usiadła obok ojca, objęła go i mocno się do niego przytuliła. Słyszała, jak jego serce bije miarowo, kojąco jak zegar, i w końcu usnęła z łagodnym uśmiechem na ustach.

30

Około dziewiątej następnego dnia technicy i policjanci zebrali się znów przed domem Holberga. Było coraz ciemniej, niebo zasnuły ciężkie chmury i wciąż padało. W radiu podano, że opady w Reykjaviku zbliżają się do rekordowego poziomu, z roku 1926.

Oczyszczono już rurę ściekową i żadnych zwierząt, małych czy dużych, pod podłogą nie było. Dziurę w posadzce powiększono na tyle, że mogło tam teraz zejść dwóch ludzi naraz. Mieszkańcy domu stali stłoczeni w drzwiach sutereny. Dostali zgodę na wezwanie hydraulika. Miał naprawić rurę, jak tylko policja skończy swoją pracę.

Pusta przestrzeń wokół rury była dość mała. Jakieś trzy metry kwadratowe, zamknięta, bo nie wszędzie pod płytą podłogową grunt się osunął. Rura pękła w tym samym miejscu, co wcześniej. Widoczne były ślady dawnej naprawy, a pod rurą żwir był innego rodzaju niż wokół niej. Technicy zastanawiali się, czy jeszcze bardziej nie powiększyć dziury, nie wygarnąć żwiru z otworu, aby całkowicie opróżnić dziurę i dokładnie zbadać cały grunt. Po namyśle doszli jednak do wniosku, że jeśli usunie się całkowicie żwir z podłoża, płyta podłogowa się złamie. Postanowiono więc zastosować pewniejszą, choć wymagającą więcej zachodu metodę, polegającą na wywierceniu małych otworów i spuszczeniu przez nie niedużej kamery.

Widać, że znają się na robocie, pomyślał Sigurdur Oli.

Obserwował, jak technicy wiercą otwory w podłodze. Potem zamontowali dwa małe monitory podłączone do dwóch kamer, którymi dysponował wydział. Były to małe rurki z lampkami na końcach, które wsuwano do wywierconych otworów. Dziury wywiercono w miejscach, które uznano za bezpieczne, wpuszczono kamery sterowane pilotem i włączono oba monitory. Obraz, który się ukazał, był czarno-biały i zdaniem Sigurdura Oliego, który miał w domu niemiecki telewizor za pół miliona koron, bardzo niewyraźny.

Erlendur zjawił się na miejscu mniej więcej wtedy, gdy uruchamiano kamery. Chwilę później przyszła także Elinborg. Sigurdur Oli zauważył, że Erlendur ogolił się i włożył czyste ubranie. Co więcej, sprawiało ono wrażenie nawet wyprasowanego.

– Coś się dzieje? – spytał Erlendur i ku rozpaczy Sigurdura Oliego zapalił papierosa.

– Badają grunt kamerami – wyjaśnił Sigurdur Oli. – Możemy to śledzić na monitorach.

– A przy rurze kanalizacyjnej nic? – Erlendur zaciągnął się mocno.

– Robactwo i szczury, to wszystko.

– Ależ tu okropnie cuchnie – odezwała się Elinborg, wyjmując z torebki małą perfumowaną chusteczkę. Erlendur poczęstował ją papierosem, ale odmówiła.

– Holberg mógł wykorzystać dziurę, którą wybił hydraulik, żeby pochować Gretara pod podłogą – rzucił Erlendur. – Odkrył pustą przestrzeń pod płytą podłogową i spokojnie mógł wygarnąć żwir, żeby wepchnąć tam zwłoki Gretara.

Wszyscy zebrali się przed monitorami, nie bardzo rozumiejąc, co na nich widzą.

Mały punkcik świetlny przesuwał się po ekranie w górę, w dół i na boki. Czasami zdawało im się, że widzą coś, co kształtem przypomina płytę podłogową, czasem znów obraz na monitorze pokazywał chyba żwir. Grunt osunął się nierównomiernie. Gdzieniegdzie sięgał aż do podłogi, w innych miejscach pusta przestrzeń miała nawet i dobre osiemdziesiąt centymetrów.

Sporą chwilę stali, obserwując ruch kamer. W suterenie panował harmider, bo wciąż wiercono nowe otwory. Erlendur szybko stracił cierpliwość i wyszedł na zewnątrz. Wkrótce podążyła za nim Elinborg, a w końcu poddał się też Sigurdur Oli. Wsiedli do samochodu Erlendura. Opowiedział im, dlaczego poprzedniego wieczoru zniknął tak nagle i udał się do Keflaviku, ale w gruncie rzeczy nie mieli ochoty rozmawiać na ten temat.

– To oczywiście pasuje do listu od mordercy pozostawionego w Nordurmyri. A jeśli ten człowiek, którego widziała Elin w Keflaviku, jest tak podobny do Holberga, pasuje to do tezy, że Holberg miał drugie dziecko.

– Wcale nie musi być tak, że owocem gwałtu dokonanego przez Holberga jest syn – powiedział Sigurdur Oli. – Nie mamy niczego na potwierdzenie tej tezy, poza tym, że Ellidi słyszał o drugiej zgwałconej. To wszystko. A Ellidi to idiota.

– Nikt, kto znał Holberga i z kim rozmawialiśmy, nie wspomniał nawet, że miał syna – powiedziała Elinborg.

– Nikt, z kim rozmawialiśmy, nie znał w ogóle Holberga – podgrzał atmosferę Sigurdur Oli. – I w tym właśnie rzecz. Był samotnikiem, zadawał się tylko z kumplami z pracy, ściągał pornole z netu, przestawał z idiotami, jak Ellidi i Gretar. Nikt nic o nim nie wie.

– Mamy zacząć szukać ducha? – spytała Elinborg, a w jej oczach pojawił się błysk przekory. – Wykorzystać zdjęcie młodego Holberga, wyrzeźbić jego wizerunek w glinie i rozesłać do mediów?

– Zastanawia mnie jedna rzecz. – Erlendur nie zważał na żarty Elinborg. – Jeśli syn Holberga istnieje, to w jaki sposób dowiedział się o Elin, ciotce Audur? Czy w takim razie wie także o Audur, która była jego przyrodnią siostrą? Jeśli wie o istnieniu Elin, myślę, że wie także o Kolbrun i gwałcie. Nie wiem tylko skąd. Szczegóły tamtego zdarzenia nie były opisywane w prasie. Skąd on czerpie te wszystkie informacje?

– Może wydusił to z Holberga, zanim go zamordował? – zasugerował Sigurdur Oli.

– To nie jest prawdopodobne?

– Może go torturował i siłą wyciągnął z niego te informacje? – rzekła Elinborg.

– Przede wszystkim nie wiemy, czy facet w ogóle istnieje – powiedział Erlendur. – Elin była bardzo zdenerwowana. Nie wiemy, czy to on zamordował Holberga. Nie wiemy w ogóle, czy wiedział o miejscu zamieszkania swego ojca, jeśli już zakładamy, że dowiedział się o gwałcie. Ellidi twierdzi, że przed Kolbrun Holberg zgwałcił jakąś inną kobietę. Jeśli owocem tego gwałtu było dziecko, to wątpię, by matka ujawniła, kto jest ojcem. Nie złożyła doniesienia na policji. W naszych aktach nie ma nic na temat innych gwałtów popełnionych przez Holberga. Musimy jeszcze tylko znaleźć tę kobietę, jeśli ona w ogóle istnieje...

– I rozwalamy fundamenty domów, poszukując człowieka, który najprawdopodobniej nie ma z tą sprawą nic wspólnego – odezwał się Sigurdur Oli.

– Do cholery, co to za żarty? – spytał Erlendur, podnosząc głos. – Czy istnieje możliwość, żeby wydusić z was choć jedno zdanie, które nie poraża dowcipem?

– Może pod podłogą wcale nie ma szczątków Gretara? – rzekła Elinborg.

– Jak to? – spytał Erlendur.

– Chcesz powiedzieć, że nadal żyje? – zdziwił się Sigurdur Oli.

– Mogę sobie wyobrazić, że wiedział wszystko o Holbergu – odparła Elinborg. – Wiedział o jego córce, inaczej by nie sfotografował jej grobu. Na pewno wiedział, w jaki sposób została poczęta. Jeśli Holberg miał drugie dziecko, syna, to z pewnością o nim też wiedział.

Erlendur i Sigurdur Oli patrzyli na nią z rosnącym zainteresowaniem.

– Być może Gretar nadal jest wśród nas – kontynuowała. – I ma kontakt z synem... I to by wyjaśniało, skąd syn wie o Elin i Audur.

– Ale Gretar zniknął ćwierć wieku temu i od tego czasu słuch o nim zaginął – powiedział Sigurdur Oli.

– To, że zniknął, wcale nie musi znaczyć, że nie żyje – odparła Elinborg.

– Tak że... – zaczął Erlendur, ale Elinborg mu przerwała:

– Uważam, że nie możemy go eliminować. Dlaczego nie założyć, że Gretar wciąż żyje? Ciała nigdy nie znaleziono. Mógł wyjechać z kraju. Zresztą co do niego wystarczyłoby, żeby wyjechał na prowincję. On nikogo nie obchodzi. Nikt za nim nie tęskni.

– Nie znam takiego przypadku – powiedział Erlendur.

– Jakiego? – spytał Sigurdur Oli.

– Żeby zaginiony pojawił się po dwudziestu pięciu latach. Każde zaginięcie w tym kraju jest ostateczne. Nikt nie zjawia się nagle po takim czasie. Nigdy.

31

Erlendur zostawił ich w Nordurmyri, a sam udał się na ulicę Baronsstigur, by pomówić z lekarzem sądowym. Ten kończył autopsję Holberga, kiedy wszedł Erlendur. Właśnie okrywał ciało. Szczątków Audur nigdzie nie było.

– Znalazł pan już mózg dziewczynki? – spytał natychmiast lekarz.

– Nie – odparł Erlendur.

– Rozmawiałem z pewną profesor, moją starą przyjaciółką z uniwersytetu, i przedstawiłem jej tę sprawę. Mam nadzieję, że nie masz nic przeciwko temu. Wcale jej nie zdziwiło to nasze małe odkrycie. Czytał pan opowiadanie Halldora Laxnessa?

– O Nebuchadenesie? Ostatnimi dniami często mi się przypomina – powiedział Erlendur.

– Zdaje się, że zatytułowane jest *Lilja*, prawda? Czytałem je bardzo dawno. Opowiada o studentach medycyny, którzy ukradli zwłoki, a do trumny włożyli kamienie. Fabuła opowiadania jest prosta. Kiedyś specjalnie tego nie pilnowano, tak jak to opisał Laxness. Zwłoki ludzi, którzy umierali w szpitalach, poddawane były sekcji, chyba że na to się nie zgodzili, a korzystali na tym studenci. Czasem pobierano próbki, od niedużych skrawków tkanki do całych organów. Potem wszystko wkładano na miejsce i grzebano zwłoki. Teraz oczywiście wygląda to zupełnie inaczej. Nie przeprowadza się już sekcji, chyba że za zgodą rodziny, i nie usuwa się organów w celach naukowych czy szkoleniowych, chyba że pod ścisłym rygorem. Myślę, że już niczego się nie kradnie.

– Myśli pan, że nie?

Lekarz wzruszył ramionami.

– Nie mówimy chyba o pobieraniu organów do przeszczepów, co? – spytał Erlendur.

– To zupełnie inna sprawa. Przeważnie ludzie są gotowi pomagać innym, jeśli chodzi o ratowanie życia.

– A gdzie jest to muzeum organów?

– W tym gmachu mamy tysiące preparatów – odparł lekarz sądowy. – Tu, przy Baronsstigur. Największa część nosi nazwę Kolekcja Dungala; to największy zbiór organów w kraju.

– Może mi je pan pokazać? – poprosił Erlendur. – Ma pan jakiś wykaz z wyszczególnieniem, skąd pochodzą te preparaty?

– Nie jest to wszystko zbyt dokładnie opisane. Już szukałem naszej zguby, ale bez skutku.

– To gdzie on jest?

– Powinien pan pogadać z panią profesor i wysłuchać, co ma do powiedzenia. Zdaje mi się, że na uniwersytecie mają jakieś listy.

– Dlaczego od razu mi pan tego nie powiedział? – spytał Erlendur. – Jak tylko pan odkrył, że ktoś zabrał mózg? Wiedział pan o tym?

– Niech pan z nią pogada i wraca. Ja chyba już i tak zbyt dużo powiedziałem.

– Czy na uniwersytecie znajduje się szczegółowy opis zbiorów?

– Z tego, co wiem, to tak – odparł lekarz. Podał Erlendurowi imię pani profesor i kazał zostawić się w spokoju.

– Słyszał pan o Prosektorni? – spytał Erlendur.

– Jedną z sal w tym gmachu nazywano Prosektornią – rzekł lekarz. – Ale już ją zamknięto. Proszę mnie nie pytać, co się stało z preparatami, bo nie mam zielonego pojęcia.

– Trudno panu o tym mówić?

– Dosyć.

– Co?

– Dosyć.

Pani profesor, dziekan wydziału lekarskiego Uniwersytetu Islandzkiego, miała na imię Hanna. Patrzyła na Erlendura znad biurka niczym na wrzód, który natychmiast trzeba usunąć z gabinetu. Była od niego nieco młodsza, bardzo zdecydowana i energiczna, na pytania odpowiadała szybko i krótko, zdawała się nie cierpieć zbędnego gadulstwa i niepotrzebnego przeciągania rozmowy. Kiedy Erlendur zaczął rozwodzić się na temat przyczyn wizyty, dość obcesowo poprosiła, by przeszedł do rzeczy. Komisarz uśmiechnął się do siebie. Kobieta od razu przypadła mu do gustu, choć wiedział, że rozmowa z nią nie będzie łatwa. Była bez makijażu, ubrana w ciemny kostium, o krótko ostrzyżonych włosach, poważna i pewna siebie. Erlendur pomyślał, że chciałby zobaczyć, jak się uśmiecha. To marzenie się nie spełniło.

Przeszkodził jej w zajęciach. Zapukał do drzwi sali wykładowej i wszedł. Ona poprosiła grzecznie, żeby poczekał do końca zajęć. Zanim ostatecznie drzwi się otworzyły, Erlendur przez kwadrans czekał na korytarzu niczym wagarowicz. Hanna wypadła na korytarz i idąc obok Erlendura, poleciła, by szedł za nią. Ledwo nadążał. Zupełnie jakby dwa jej kroki przypadały na jeden jego.

– Nie wiem, czego chce ode mnie policja śledcza – rzuciła i odwróciła się, jakby chcąc sprawdzić, czy Erlendur dotrzymuje jej kroku.

– Zaraz to wyjaśnię – odparł Erlendur, ledwie chwytając oddech.

– Mam nadzieję – mruknęła Hanna, wpuszczając go do gabinetu.

Kiedy komisarz wyłuszczył powód swojej wizyty, milczała chwilę, zamyślona. Erlendurowi udało się powściągnąć nieco jej niecierpliwość, gdy opowiedział o Audur, jej matce, autopsji, diagnozie lekarskiej i skradzionym mózgu.

– Mówił pan, że w którym szpitalu leżała? – spytała w końcu.

– W szpitalu w Keflaviku. Skąd bierzecie państwo organy do celów naukowych?

Hanna zdumiona patrzyła na Erlendura.

– Nie rozumiem, do czego pan zmierza.

– Wykorzystujecie ludzkie organy do celów naukowych – powiedział Erlendur. – Nazywacie je preparatami. Nie znam się na tym, ale pytanie jest niezwykle proste: skąd je bierzecie?

– Myślę, że nie muszę się panu z tego tłumaczyć – odparła i ostentacyjnie zaczęła przeglądać papiery na biurku.

– To dla nas dość istotne – dodał Erlendur. – Dla policji. Musimy wiedzieć, czy mózg jeszcze istnieje. Prawdopodobnie figuruje w waszym spisie. Swego czasu był badany, ale nie umieszczono go z powrotem w czaszce. Być może istnieje jakieś bardzo proste wytłumaczenie. Może zbadanie guza wymagało więcej czasu, a ciało należało pogrzebać. Uniwersytet i szpitale to najbardziej oczywiste miejsca, w których przechowuje się organy. Może się pani upierać, a ja mogę zrobić wszystko, aby pani, uniwersytetowi i szpitalom uprzykrzyć życie. To zdumiewające, jak człowiekowi może się rozwiązać język podczas rozmowy z łowcami sensacji z mediów.

Hanna zmierzyła Erlendura długim spojrzeniem, a on odpłacił jej pięknym za nadobne.

– Nielotna wrona zdycha z głodu – rzekła w końcu.

– A latająca żre – dopowiedział Erlendur.

– Tak naprawdę to jedyne zasady obowiązujące w tych sprawach, ale chyba pan rozumie, że nic więcej na ten temat powiedzieć nie mogę. To bardzo drażliwy temat.

– Nie traktuję tej sprawy jak przestępstwa – odparł Erlendur. – Nie wiem nawet, czy mamy tu do czynienia z jakąś kradzieżą organów. Nie interesuje mnie, co robicie ze zwłokami, jeśli mieści się to w granicach przyzwoitości.

Hanna jeszcze bardziej sposępniała.

– Jeżeli medycyna tego potrzebuje, to z pewnością da się to usprawiedliwić. Ja muszę odnaleźć określony organ pochodzący od określonej osoby, żeby jeszcze raz go przebadać i jeśli się da, prześledzić losy tego organu od chwili, gdy został pobrany, po dziś dzień. Jeśli mi się to uda, będę niezwykle wdzięczny. Dla mnie samego są to informacje prywatne.

– Prywatne?

– Nie zależy mi na tym, by to się rozniosło. Musimy odzyskać organ, jeśli to możliwe. Zastanawiałem się, czy nie wystarczyło pobrać próbki, czy koniecznie trzeba było usunąć cały mózg.

– Nie znam oczywiście tego konkretnego przypadku, ale dziś sekcje zwłok podlegają bardziej rygorystycznym przepisom niż dawniej – odpowiedziała Hanna po namyśle. – Jeśli działo się to w latach sześćdziesiątych, niewykluczone, że mogło się tak zdarzyć. Mówi pan, że dziewczynkę pokrojono wbrew woli matki. Nie jest to przypadek odosobniony. Dziś natychmiast po śmierci pyta się krewnych, czy zgadzają się na sekcję. Jeśli nie wyrażają zgody, postępuje się zgodnie z ich wolą. Chyba że w absolutnie wyjątkowych wypadkach. I tu taki przypadek miał miejsce. Śmierć dziecka jest największą tragedią. Nie da się opisać cierpienia ludzi, którzy tracą dziecko, toteż zrozumiałe, że w takich okolicznościach prośba o zgodę na sekcję może być źle odebrana... – Mamy trochę danych w komputerze – podjęła po chwili. – Inne przechowujemy w archiwum w tym budynku. Prowadzimy dość dokładną ewidencję. Największy zbiór szpitalny mieści się przy Baronsstigur. Zdaje pan sobie chyba sprawę, że większość zajęć prowadzi się poza budynkiem uniwersytetu, w szpitalach. Tam studenci zdobywają praktyczną wiedzę medyczną.

– Lekarz sądowy nie chciał mi pokazać zbiorów – poskarżył się Erlendur. – Powiedział, żebym najpierw porozmawiał z panią. Czyżby to zależało od uniwersytetu?

– Chodźmy – rzekła Hanna, uchylając się od odpowiedzi. – Zobaczymy, co kryją komputery.

Wstała, Erlendur poszedł w jej ślady. Otworzyła drzwi do przestronnej sali i wystukała kod wyłączający alarm. Podeszła do biurka i włączyła komputer. Erlendur rozejrzał się po pokoju. Nie było tu okien, a pod ścianami stały rzędy szafek z szufladami na akta. Hanna poprosiła o dane osobowe Audur i datę jej śmierci, po czym wprowadziła je do komputera.

– Tu nic nie ma – powiedziała zamyślona, patrząc w skupieniu na monitor. – Dane w komputerze sięgają roku osiemdziesiątego czwartego. Wprowadzamy teraz do bazy komputerowej wszystkie dane od chwili założenia wydziału lekarskiego, ale na razie dalej nie doszliśmy.

– A więc zostały nam szuflady – powiedział Erlendur.

– Właściwie nie mam czasu – mruknęła Hanna i spojrzała na zegarek. – Muszę wracać na wykład.

Przemknęła obok Erlendura, szybko rozglądając się po regałach i czytając tabliczki informacyjne. Gdzieniegdzie wyciągała szufladę i kartkowała akta, ale szybko znów ją zamykała. Erlendur domyślił się, że akta są posegregowane w porządku alfabetycznym, ale nie miał pojęcia, co zawierają.

– Przechowujecie tu karty chorobowe? – spytał.

Hanna jęknęła.

– Tylko niech mi pan nie mówi, że jest pan od inspektora ochrony danych osobowych. – Westchnęła ciężko i z trzaskiem zasunęła kolejną szufladę.

– Tak tylko pytam – bąknął Erlendur.

Hanna wyciągnęła kolejne akta i przeczytała napis na teczce.

– Tu mamy coś na temat pobierania wycinków – oznajmiła. – Tysiąc dziewięćset sześćdziesiąt osiem. Jest kilka imion. Ale nic, co by pana interesowało. – Schowała teczkę do szuflady i zatrzasnęła ją z hukiem. Wyciągnęła następną. – Tu jest ich więcej – dodała. – Zaraz. Mamy tu imię Audur i imię jej matki. Jest!

Szybko przejrzała papiery.

– Pobrano jeden organ do zbadania – powiedziała jakby do siebie. – W szpitalu w Keflaviku. Zgoda krewnych... żadnej informacji. Nie ma tu nic na temat wykorzystania do celów naukowych.

Zamknęła teczkę.

– Już nie istnieje.

– Mogę zobaczyć? – spytał Erlendur, nie kryjąc podniecenia.

– To panu nic nie da – odparła Hanna, schowała akta do szuflady i zamknęła ją. – Powiedziałam panu wszystko, co chciał pan wiedzieć.

– Co tam jest napisane? Co pani przede mną ukrywa?

– Nic – odrzekła Hanna. – Muszę już wracać na salę.

– Wobec tego załatwię nakaz i wrócę tu później. I dobrze pani radzę, żeby te akta były na swoim miejscu – rzucił Erlendur i ruszył do wyjścia. Hanna patrzyła za nim.

– Obiecuje pan, że te informacje dalej się nie rozejdą? – odezwała się, kiedy Erlendur był już prawie za drzwiami.

– Już to powiedziałem. Te informacje są wyłącznie na mój własny użytek.

– A więc proszę – zgodziła się Hanna, otworzyła szufladę i podała mu teczkę.

Erlendur zamknął drzwi, wziął teczkę i pogrążył się w lekturze. Hanna wyciągnęła paczkę papierosów i zapaliła, czekając, aż Erlendur zakończy lekturę. Zignorowała tabliczkę z zakazem palenia i po chwili pokój wypełnił się dymem.

– Kto to jest Eydal?

– Jeden z naszych najznakomitszych naukowców.

– I co tu jest takiego, czego nie chciała mi pani pokazać? Nie mogę porozmawiać z tym człowiekiem?

Hanna nie odpowiedziała.

– O co tu chodzi? – spytał Erlendur.

Hanna westchnęła.

– Z tego co wiem, przechowuje u siebie jakieś organy – odparła w końcu.

– Ten człowiek kolekcjonuje organy? – zdziwił się Erlendur.

– Ma ich trochę, mały zbiór.

– Kolekcjoner organów?

– Nic więcej nie wiem – odparła Hanna.

– Możliwe, że ma u siebie mózg tej małej – powiedział Erlendur. – Tu jest napisane, że wziął jej mózg do zbadania. To dla was jakiś kłopot?

– Jest jednym z naszych czołowych naukowców – powtórzyła Hanna przez zęby.

– On przechowuje mózg czteroletniej dziewczynki u siebie na kominku! – wrzasnął Erlendur.

– Nie spodziewam się, że zrozumie pan sposób myślenia naukowców – rzekła Hanna.

– A co tu jest do rozumienia?

– Nie powinnam była tu pana wpuszczać – syknęła.

– Już to gdzieś słyszałem – odrzekł z uśmiechem Erlendur.

32

Elinborg odnalazła kobietę z Husaviku.

Miała jeszcze do sprawdzenia dwa nazwiska ze swojej listy i zostawiła Sigurdura Oliego w Nordurmyri razem z ekipą techniczną. Pierwsza z kobiet zareagowała w sposób, z jakim Elinborg spotykała się często: z wielkim, dziwnie nienaturalnym zdziwieniem. Pewnie słyszała już tę historię, może nawet kilka razy. Powiedziała, że spodziewała się kogoś z policji. Natomiast druga kobieta, ostatnia z listy Elinborg, nie chciała z nią rozmawiać. Nie zamierzała jej wpuścić do domu. Oświadczyła, że nie wie, o czym Elinborg mówi, i nie może jej pomóc.

Ale wyczuwało się w niej jakieś wahanie. Elinborg miała wrażenie, że kobieta odgrywa przygotowaną wcześniej rolę. Zachowywała się tak, jakby się spodziewała tej wizyty, ale w przeciwieństwie do innych kobiet, nie zdradzała żadnej ciekawości. Za to natychmiast chciała uwolnić się od policjantki.

Elinborg czuła, że oto odnalazła tę, której szukali. Ponownie zajrzała w akta. Kobieta miała na imię Katrin i była kierowniczką jednej z filii Biblioteki Miejskiej. Zamężna. Mąż był menedżerem w dużej agencji reklamowej. Miała sześćdziesiąt lat. Trójkę dzieci. Sami chłopcy, urodzeni między rokiem 1958 a 1962. W tym właśnie roku wyprowadziła się z Husaviku i od tego czasu mieszkała w Reykjaviku.

Elinborg ponownie nacisnęła dzwonek.

– Myślę, że powinna pani ze mną porozmawiać – powiedziała, kiedy tylko Katrin otworzyła drzwi po raz drugi.

Kobieta spojrzała na nią.

– W niczym nie mogę wam pomóc – burknęła ostro. – Wiem, o co wam chodzi. Dostawałam okropne telefony. Nie wiem o żadnym gwałcie. Mam nadzieję, że to pani wystarczy. Proszę mnie nie nachodzić.

Zaczęła zamykać drzwi.

– Mnie to może wystarczy, ale komisarzowi Erlendurowi, prowadzącemu śledztwo w sprawie zabójstwa Holberga, o którym pani pewnie słyszała, na pewno nie. Następnym razem, kiedy pani otworzy, to on będzie tu stał i nigdzie się nie ruszy. Nie pozwoli sobie zatrzasnąć drzwi przed nosem. A jeśli będzie pani stawiać opór, wezwie panią na komisariat.

– Proszę mnie zostawić w spokoju! – Katrin zamknęła drzwi.

Zostawiłabym, gdybym tylko mogła, pomyślała Elinborg. Wyciągnęła komórkę i zadzwoniła do Erlendura, który właśnie wychodził z uniwersytetu. Powiedział, że będzie za dziesięć minut.

Pod domem Katrin nigdzie nie zauważył Elinborg, ale spostrzegł jej samochód na podjeździe. Był to dom jednorodzinny w dzielnicy Vogar, piętrowy, z podwójnym garażem. Erlendur zadzwonił do drzwi. Ku jego zdziwieniu otworzyła mu Elinborg.

– Wydaje mi się, że znalazłam tę kobietę – szepnęła i wpuściła Erlendura do środka. – Przed chwilą wyszła i zaprosiła do środka. I przeprosiła za swoje zachowanie.

Woli raczej porozmawiać z nami tutaj niż na komisariacie. Słyszała plotki na temat gwałtu i spodziewała się nas.

Elin wprowadziła Erlendura do salonu, gdzie czekała Katrin. Podała mu rękę, usiłując się uśmiechnąć, lecz nie bardzo jej to wyszło. Była gustownie ubrana, w szarą spódnicę i białą bluzkę, miała proste, gęste włosy do ramion, uczesane z przedziałkiem z boku. Wysoka, o szczupłych nogach, wąskich ramionach i ładnej twarzy, na której malował się niepokój.

Erlendur rozejrzał się po salonie. Zauważył książki w przeszklonych szafkach. Obok jednej z biblioteczek stał piękny sekretarzyk, stary, lecz dobrze utrzymany zestaw wypoczynkowy zajmował centralne miejsce w salonie, a w jednym kącie przygotowano stolik dla palaczy. Na ścianach wisiały obrazy. Niewielkie akwarele w gustownych ramach, fotografie rodzinne. Przyjrzał się im lepiej. Wszystkie były stare. Trzej chłopcy z rodzicami. Najświeższe przedstawiały uroczystość konfirmacji, można było zatem przypuszczać, że nie zrobili matury, nie ukończyli studiów ani się nie pożenili.

– Mamy zamiar poszukać czegoś mniejszego – powiedziała Katrin, widząc, że Erlendur się rozgląda. – Dla nas to już za duża landara, ten dom.

Erlendur skinął głową.

– Pani mąż jest w domu?

– Albert będzie dopiero późnym wieczorem. Jest za granicą. Mam nadzieję, że skończymy rozmowę, zanim wróci.

– Możemy usiąść? – spytała Elinborg. Zmieszana Katrin poprosiła, by usiedli. Sama zajęła miejsce na kanapie, a Elinborg i Erlendur na skórzanych fotelach naprzeciwko.

– Czego właściwie państwo ode mnie chcecie? – spytała Katrin, patrząc na nich na zmianę.

– Nie bardzo rozumiem, skąd ja w tym wszystkim. Ten człowiek nie żyje. To nie moja sprawa.

– Holberg był gwałcicielem – odparł Erlendur. – Zgwałcił kobietę z Keflaviku, i ta zaszła w ciążę. Kiedy zaczęliśmy baczniej mu się przyglądać, dowiedzieliśmy się, że już wcześniej dokonał gwałtu, że ofiara pochodzi z Husaviku i jest w podobnym wieku jak tamta. Niewykluczone, że Holberg gwałcił też później, tego nie wiemy, ale musimy odnaleźć ofiarę z Husaviku. Holberg został zamordowany w swoim domu i podejrzewamy, że klucz do zagadki tkwi w jego niechlubnej przeszłości.

Oboje, Erlendur i Elinborg, zauważyli, że monolog ten nie wywarł żadnego wrażenia na Katrin. Nie zdziwiła się, słysząc o gwałtach popełnianych przez Holberga czy o córce, którą spłodził, i nie wypytywała ani o kobietę z Keflaviku, ani o jej córkę. Erlendur znów zabrał głos.

– Nie jest pani zdziwiona – powiedział.

– Nie – odrzekła Katrin. – A co ma mnie dziwić?

– Co może nam pani powiedzieć o Holbergu? – spytał Erlendur po krótkiej pauzie.

– Od razu go poznałam na zdjęciach w gazetach – powiedziała Katrin i ostatnia nuta oporu znikła z jej głosu. – Chociaż bardzo się zmienił – dodała niemal szeptem.

– Mieliśmy te zdjęcia w aktach – wyjaśniła Elinborg. – Zrobił je do zawodowego prawa jazdy, które niedawno odnawiał. Był kierowcą ciężarówki. Jeździł po całym kraju.

– Swego czasu powiedział mi, że jest prawnikiem w Reykjaviku.

– Wówczas pracował chyba w Wydziale do spraw Latarni Morskich i Portów – dodał Erlendur.

– Dopiero co skończyłam dwadzieścia lat. Mieliśmy już z Albertem dwóch synów, kiedy to się stało. Bardzo wcześnie zamieszkaliśmy razem. W tym czasie Albert był akurat na morzu. Nie zdarzało się to często. Prowadził mały sklep i był agentem ubezpieczeniowym.

– Wie, co się stało? – spytał Erlendur.

Katrin zawahała się przez moment.

– Nie, nigdy mu o tym nie mówiłam. I byłabym bardzo wdzięczna, gdybyście państwo zatrzymali to dla siebie.

Zapadła cisza.

– Nie mówiła pani nikomu o tym, co się stało? – odezwał się po chwili Erlendur.

– Nikomu o tym nie mówiłam. – Urwała.

Erlendur i Elinborg czekali.

– Nadal się o to obwiniam. Mój Boże – westchnęła. – Wiem, że nie powinnam. Wiem, że to nie moja wina. Minęło czterdzieści lat, a ja wciąż się oskarżam, choć wiem, że nie powinnam. Czterdzieści lat.

Czekali nadal.

– Nie wiem, o jakie szczegóły państwu chodzi. Co z tego jest dla was ważne. Jak już mówiłam, Albert był na morzu. Ja wyszłam zabawić się z przyjaciółkami i na zabawie spotkałyśmy tych mężczyzn.

– Mężczyzn? – wtrącił Erlendur.

– Holberga i jeszcze jednego. Nigdy się nie dowiedziałam, jak mu było na imię. Pokazał mi mały aparat fotograficzny, który miał ze sobą. Rozmawiałam z nim o zdjęciach. Poszli z nami do domu mojej przyjaciółki i tam bawiliśmy się dalej. Na zabawę poszłyśmy we cztery. Dwie z nas były zamężne. Po chwili powiedziałam, że chcę iść do domu, a on zaproponował, że mnie odprowadzi.

– Holberg? – spytała Elinborg.

– Tak, Holberg. Podziękowałam, pożegnałam się z dziewczynami i poszłam sama. Nie miałam daleko. Ale kiedy otworzyłam drzwi, mieszkaliśmy w małym domku przy nowej ulicy, którą właśnie rozbudowywano, nagle wyrósł za moimi plecami. Powiedział coś, czego nie dosłyszałam, wepchnął mnie do środka i zamknął drzwi. Nie wiedziałam, jak się zachować. Nie wiedziałam: bać się czy dziwić. No i nie byłam całkiem trzeźwa. A przecież w ogóle nie znałam tego człowieka, nigdy wcześniej go nie widziałam.

– To dlaczego obwinia pani siebie? – spytał Erlendur.

– Wygłupiałam się trochę na zabawie – powiedziała Katrin po chwili. – Poprosiłam go do tańca. Nie wiem, dlaczego to zrobiłam. Trochę wypiłam, a nigdy nie miałam mocnej głowy. Bawiłam się dobrze z przyjaciółkami, może zachowałam się prowokacyjnie. Beztrosko. Nietrzeźwo.

– Nie może się pani obwiniać... – zaczęła Elinborg.

– Cokolwiek byście państwo powiedzieli, i tak mi nie pomożecie – odezwała się Katrin cicho i spojrzała na Elinborg. – Więc proszę mi nie mówić, co mogę, a czego nie mogę. To na nic.

– I od razu się do nas przyczepił – podjęła po chwili. – Był nawet sympatyczny. Dowcipny, wiedział, jak nas rozśmieszyć. Bawił się z nami i bawił się nami. Potem przypomniało mi się, że wypytywał o Alberta i dowiedział się, że jestem sama w domu. Ale robił to tak, że ani przez chwilę nie podejrzewałam, o co mu chodzi.

– Z grubsza był to ten sam *modus operandi*, co w Keflaviku, kiedy Holberg zgwałcił tamtą kobietę – powiedział Erlendur. – Tyle że ona pozwoliła mu się odprowadzić. Potem zapytał, czy może skorzystać z telefonu, zaatakował ją w kuchni, zaciągnął do sypialni i tam zgwałcił.

– Nagle stał się zupełnie innym człowiekiem. Ohydnym. Co on wygadywał! Zdarł ze mnie płaszcz, mówił okropne rzeczy. Był bardzo podniecony. Próbowałam przemówić mu do rozsądku, ale bez skutku, a kiedy zaczęłam wołać o pomoc, rzucił się na mnie i uciszył. Potem zaciągnął mnie do sypialni...

Zebrała resztki odwagi i opowiedziała, co zrobił Holberg, krok po kroku, niczego nie ukrywając. Nie zapomniała niczego, co wydarzyło się tamtego wieczoru. Przeciwnie, pamiętała każdy szczegół. Mówiła beznamiętnie, jakby czytała suche fakty z gazety. Opowiadała to wszystko po raz pierwszy, a przez lata tak się od tego zdystansowała, że Erlendur miał wrażenie, iż opisuje coś, co przydarzyło się innej kobiecie. Nie jej samej, lecz jakiejś innej. Gdzie indziej. W innym czasie. W innym życiu.

Raz w trakcie tej opowieści Erlendur się skrzywił, a Elinborg cicho zaklęła.

Katrin umilkła.

– Dlaczego nie oskarżyła pani tego bydlaka? – spytała Elinborg.

– To był potwór. Zagroził, że jeśli o tym opowiem, a policja go aresztuje, to wróci i mnie załatwi. I co gorsza, powiedział, że jeśli zrobię z tego sprawę, on będzie twierdził, że to ja go zaprosiłam do siebie do domu, bo chciałam się z nim przespać. Użył oczywiście innych słów, ale zrozumiałam, o co mu chodzi. Był strasznie silny, ale nie zostawił mi na ciele żadnych śladów. Pilnował się. Potem zaczęłam się nad tym zastanawiać. Uderzył mnie kilka razy w twarz, ale nigdy mocno.

– Kiedy to było? – spytał Erlendur.

– W sześćdziesiątym pierwszym roku. Pod koniec. Jesienią.

– I nie było żadnych reperkusji? Nigdy więcej nie widziała pani Holberga albo...

– Nie. Po tym nigdy go nie widziałam. Aż do chwili, gdy zobaczyłam jego zdjęcie w gazetach.

– Wyprowadziła się pani z Husaviku?

– Właściwie i tak mieliśmy taki zamiar. Albert zawsze o tym mówił. A po tym wydarzeniu nie byłam już temu przeciwna. Mieszkańcy Husaviku to dobrzy ludzie i dobrze się tam mieszkało, ale od tamtego czasu nigdy tam nie wróciłam.

– Miała pani wtedy dwójkę dzieci, synów, jak mi się zdaje – powiedział Erlendur i kiwnął głową w stronę zdjęć z konfirmacji – a potem urodziła pani trzeciego syna... kiedy?

– Dwa lata później – odparła Katrin.

Erlendur patrzył na nią i po raz pierwszy w czasie ich rozmowy wiedział, że skłamała.

33

Dlaczego odpuściłeś akurat w tym momencie? – spytała Elinborg ostro, gdy znaleźli się na ulicy.

Nie potrafiła ukryć zdziwienia, kiedy Erlendur nagle podziękował Katrin, że im pomogła, dodając, że wie, jak trudno jej o tym mówić, i dopilnuje, by nic z tego, o czym im powiedziała, dalej się nie rozeszło. Elinborg opadła szczęka. Przecież rozmowa dopiero się rozpoczęła.

– Zaczynała kłamać – odparł Erlendur. – To dla niej ciężka próba. Ale jeszcze się z nią spotkamy. Musimy założyć podsłuch na jej telefon i postawić przed domem samochód, żeby wiedzieć, dokąd chodzi i kogo przyjmuje. Zaangażujemy taki sprzęt, jakbyśmy śledzili dilera narkotyków. Musimy się dyskretnie dowiedzieć, co robią jej synowie, zdobyć ich aktualne zdjęcia, jeśli to możliwe, dotrzeć do ludzi, którzy ją znali w Husaviku, a nawet pamiętają tamten wieczór. No, to może przesada. Poprosiłem już Sigurdura Oliego, żeby skontaktował się z Wydziałem do spraw Latarni Morskich i Portów i sprawdził, w jakim okresie Holberg pracował w Husaviku. Może już to załatwił. Zdobądź akt ślubu Katrin i Alberta i dowiedz się, kiedy ze sobą zamieszkali.

Erlendur wsiadł do samochodu.

– I jeszcze jedno, Elinborg, będziesz mogła przyjechać ze mną na następną rozmowę z Katrin.

– Jak można zrobić coś tak potwornego jak to, co opisała? – spytała Elinborg, wciąż przeżywając opowieść Katrin.

– Myślę, że jeśli chodzi o Holberga, wszystko jest możliwe – odparł Erlendur.

Pojechał do Nordurmyri. Sigurdur Oli jeszcze się tam kręcił. Uzyskał informację na temat przychodzących rozmów telefonicznych, które Holberg przeprowadził w weekend, kiedy został zamordowany. Dwa połączenia były z jego miejsca pracy, a trzy z telefonów publicznych w centrum miasta: dwa z Laekjargata, a jedno z budki telefonicznej przy placu Hlemmur.

– Coś jeszcze?

– Tak, pornografia na twardym dysku jego komputera. Specjaliści obejrzeli sporą część tych materiałów i są zdegustowani. To coś potwornego. Najgorsze, co można sobie wyobrazić i co można znaleźć w necie, również zwierzęta i dzieci. Niezły zbok był z tego faceta. Nasi nie mieli nawet ochoty oglądać tego do końca.

– Może niepotrzebnie narażamy ich na takie przykrości – powiedział Erlendur.

– Nie wiem – odrzekł Sigurdur Oli – ale daje nam to jakieś pojęcie o tym, jak ohydnym, zepsutym zwyrodnialcem był ten cały Holberg.

– Chcesz przez to powiedzieć, że zasłużył na to, by dostać śmiertelny cios w łeb? – spytał Erlendur.

– A ty jak uważasz?

– Kontaktowałeś się z Wydziałem do spraw Latarni Morskich i Portów w sprawie Holberga?

– Nie.

– No to jazda.

– Czy on do nas macha? – spytał Sigurdur Oli. Siedzieli w aucie przed domem Holberga. Jeden z techników w białym kombinezonie wyszedł z sutereny, stanął w drzwiach i kiwał na nich, aby podeszli. Wydawał się podekscytowany. Wysiedli z samochodu, weszli do sutereny, a technik doprowadził ich do jednego z monitorów. Trzymał w ręku niedużego pilota i powiedział, że obsługuje kamerę, która została wprowadzona pod podłogę w rogu salonu.

Patrzyli w monitor, ale nie zauważyli nic interesującego. Obraz był bardzo gruboziarnisty, źle oświetlony, niewyraźny i bezbarwny. Widzieli żwir i płytę podłogową, ale poza tym nic niezwykłego. Minęła dobra chwila, aż wreszcie technik nie wytrzymał.

– To jest tutaj – powiedział i wskazał na górną krawędź obrazu w monitorze. – Przy samej płycie podłogowej.

– Co? – spytał Erlendur, niczego nie widząc.

– Nie widzicie? – zdziwił się technik.

– Czego? – spytał Sigurdur Oli.

– Obrączki – odrzekł technik.

– Obrączki?

– To, co znaleźliśmy pod płytą podłogową, to najwyraźniej jakaś obrączka. Nie widzicie jej?

Wbijali wzrok w monitor, aż wreszcie dostrzegli jakiś kształt, który mógł być obrączką. Był bardzo niewyraźny, jakby coś rzucało na niego cień. Nic więcej nie zauważyli.

– Coś ją chyba zasłania – powiedział Sigurdur Oli.

– To może być folia budowlana – odparł technik. Coraz więcej osób zbierało się przed monitorem. – Ale równie dobrze może to być ludzki palec. A w samym rogu leży coś, co powinniśmy sobie lepiej obejrzeć.

– Rozbijcie płytę – polecił Erlendur. – Zobaczymy, co to jest.

Technicy wzięli się do roboty. Zaznaczyli miejsce w salonie i zaczęli kruszyć płytę dużym świdrem pneumatycznym. Suterenę wypełnił drobny betonowy pył. Erlendur i Sigurdur Oli zasłonili twarze gazą. Stali nad technikami i obserwowali, jak powiększa się otwór w podłodze. Płyta i wylewka miały jakieś piętnaście do dwudziestu centymetrów grubości i minęło trochę czasu, nim wiertło młota je przebiło.

Kiedy w końcu to się udało, otwór zaczął się szybko powiększać. Gruz natychmiast zmiatano i wkrótce ukazała się folia, wyraźnie widoczna na ekranie monitora. Erlendur spojrzał na Sigurdura Oliego, ten skinął głową.

Coraz wyraźniej było widać folię. Erlendur był pewien, że to gruba folia budowlana.

Nic jednak nie było poprzez nią widać. Zapomniał już o hałasie panującym w suterenie, wszechobecnym smrodzie i pyle unoszącym się w powietrzu. Sigurdur Oli zdjął gazę z twarzy, żeby lepiej widzieć. Pochylił się nad technikami, którzy w pocie czoła powiększali otwór.

– A więc tak wygląda wykopywanie mumii w Egipcie? – rzucił, żeby rozluźnić nieco atmosferę.

– Obawiam się tylko, że ten tu to żaden faraon – odparł Erlendur.

– Czy to możliwe, że odnaleźliśmy Gretara pod podłogą u Holberga? – spytał Sigurdur Oli, nie kryjąc podniecenia. – Kurwa, po ćwierćwieczu! Co za geniusz!

– Jego matka miała rację – powiedział Erlendur.

– Matka Gretara?

– Zupełnie jakby go skradziono, powiedziała.

– Zapakowano w folię i pogrzebano pod podłogą.

– Marion Briem – mruknął do siebie Erlendur i pokręcił głową.

Technicy przeszli na wiertarki udarowe, podłoga rozpadła się wreszcie, a otwór powiększał się, dopóki foliowy całun nie ukazał się w całej okazałości. Był długi na wysokość człowieka. Technicy naradzali się, jak rozpakować folię. W końcu postanowili wyjąć zawinięte zwłoki w całości i nie dotykać ich, dopóki nie zostaną przewiezione do kostnicy przy Baronsstigur, gdzie można się będzie nimi zająć, nie ryzykując utraty ewentualnych dowodów.

Postawili obok otworu nosze, przywiezione poprzedniego dnia. Dwaj spróbowali podnieść zwłoki, lecz te okazały się zbyt ciężkie. Kolejni dwaj pośpieszyli im z pomocą. Wreszcie udało się podnieść zwłoki i ułożyć je na noszach.

Erlendur podszedł, pochylił się i usiłował dojrzeć coś poprzez folię. Wydawało mu się, że widzi zarys twarzy, sczerniałej i gnijącej, zęby i kawałek nosa. Wyprostował się.

– Wcale nie wyglądają tak źle – powiedział.

– Co to jest? – zapytał raptem Sigurdur Oli, zaglądając do dziury.

– Co takiego? – Erlendur nie zrozumiał.

– To filmy? – spytał Sigurdur Oli.

Erlendur przysunął się bliżej, przykucnął nad otworem i zauważył, że pod plastikowym całunem na wpół przysypane żwirem leżą błony fotograficzne. Wiele metrów filmów porozrzucanych pod podłogą. Może uda się zbadać, co na nich uwieczniono.

34

Katrin nie opuszczała domu do końca dnia. Nikt jej też nie odwiedził i nie korzystała z telefonu. Wieczorem pod dom zajechał dżip, wysiadł z niego mężczyzna ze średnich rozmiarów walizką i wszedł do środka. Zapewne był to Albert, jej mąż. Miał wszak wrócić z podróży służbowej do Niemiec późnym popołudniem.

Dwaj policjanci w cywilu w nieoznakowanym wozie policyjnym czuwali przed domem. Telefon był na podsłuchu. Namierzono dwóch starszych synów Katrin, ale nie udało się odnaleźć najmłodszego. Rozstał się z żoną i mieszkał w niedużym mieszkaniu w dzielnicy Smaibudahverfi, które wyglądało na opuszczone. Przed jego domem także wystawiono czujkę. Policja zbierała o nim informacje. Wszystkie komisariaty w kraju otrzymały jego dane. Niestety, nie udało się wymyślić powodu, by dać komunikat do mediów.

Erlendur zajechał na podjazd przed prosektorium przy Baronsstigur. Tam zostało przetransportowane ciało człowieka, uważanego za Gretara. Lekarz sądowy, ten sam, który przeprowadził autopsję Holberga i Audur, usunął folię. Ukazały się zwłoki mężczyzny z głową wykręconą do tyłu, otwartymi ustami, jakby wydawał krzyk rozpaczy, i ramionami ułożonymi wzdłuż ciała. Skóra była wyschnięta, twarda i zszarzała, a gdzieniegdzie na nagim ciele rozlewały się spore plamy rozkładowe. Głowa wyglądała na poważnie uszkodzoną, długie, bezbarwne włosy zakrywały twarz.

– Wyjął z niego wnętrzności – odezwał się lekarz sądowy.

– Kto?

– Ten, kto go przechowywał. To bardzo rozsądne, jeśli ktoś chce u siebie trzymać trupa. Z powodu odoru. Owinięty w folię, powoli wysychał. Jeśli o to chodzi, to zachował się w dobrym stanie.

– Jaka była przyczyna zgonu?

– Głowę miał owiniętą w worek foliowy, co może oznaczać, że został uduszony, ale muszę to dokładniej zbadać. Później panu powiem. Wszystko wymaga czasu. Wie pan, kto to taki? Był dość cherlawy, biedaczek.

– Mam pewne podejrzenia – odparł Erlendur.

– Rozmawiał pan z profesor?

– Urocza pani.

– Prawda?

W biurze czekał na Erlendura Sigurdur Oli. Oznajmił, że muszą zaraz pójść do laboratorium, udało się bowiem zrobić powiększenia z kilku fragmentów filmów znalezionych w mieszkaniu Holberga. Erlendur streścił mu rozmowę z Katrin.

Szef techników Ragnar czekał na nich w swoim gabinecie z kilkoma filmami na biurku i odbitkami, które udało się powiększyć.

– Udało nam się wywołać tylko te trzy – poinformował – i tak naprawdę to nie wiem, co przedstawiają. W sumie było siedem dwudziestoczteroklatkowych błon Kodaka. Trzy były zupełnie czarne i nie wiemy, czy zostały naświetlone, a z jednej udało nam się powiększyć tę odrobinę materiału, którą tu mamy. Kojarzycie to, co widać na tych zdjęciach?

Erlendur i Sigurdur Oli oglądali zdjęcia. Wszystkie czarno-białe. Dwa były do połowy czarne, tak jakby migawka nie otworzyła się do końca, a fotografowany obiekt nieostry i niewyraźny, i nie mogli się połapać, co przedstawiają. Trzecie i ostatnie wywołano w całości. Było dość wyraźne i przedstawiało człowieka robiącego sobie zdjęcie przed lustrem. Aparat był mały i płaski, u góry miał przymocowaną sześcienną lampę błyskową z czterema żarówkami. Błysk flesza oświetlał człowieka w lustrze, ubranego w dżinsy, koszulę i wiatrówkę.

– Pamiętacie te kostki fleszowe? – odezwał się Erlendur jakby z tęsknotą w głosie. – Co za rewolucja.

– Pamiętam je dobrze – odparł Ragnar, który był w wieku Erlendura. Sigurdur Oli patrzył na nich, kręcąc głową.

– Czy tak wyglądałby autoportret? – spytał Erlendur.

– Trudno zobaczyć jego twarz, bo zasłania ją aparat – odrzekł Sigurdur Oli – ale najprawdopodobniej jest to sam Gretar.

– Poznajecie otoczenie? – spytał Ragnar. – Na tyle, na ile je widać?

W lustrze, za plecami fotografa, można było dostrzec coś, co wyglądało na salon. Erlendur rozpoznał oparcie krzesła, a nawet stół, dywan na podłodze, kawałek czegoś, co mogło być sięgającą do podłogi zasłoną, ale reszta była bardzo niewyraźna. Oświetlony był głównie człowiek w lustrze, wnętrze poza nim tonęło w mroku.

Długo przyglądali się fotografii. W końcu Erlendur wypatrzył coś w ciemnościach po lewej stronie fotografa, jakiś kształt; mógł to nawet być profil, brwi i nos. Może tylko tak mu się wydawało? Światło odbijało się nierówno i układ cieni pobudził jego wyobraźnię.

– Nie możemy powiększyć tego fragmentu? – spytał Ragnara, wpatrzonego w to samo miejsce. On także niczego nie widział. Sigurdur Oli zbliżył zdjęcie do oczu, ale nie dostrzegł tego, co Erlendur.

– To zrobimy od ręki – odparł zapytany. Opuścili gabinet i udali się do laboratorium.

– Czy na kliszy są jakieś odciski palców? – spytał Sigurdur Oli.

– Tak – odrzekł Ragnar. – Dwa, te same, co na zdjęciu z cmentarza. Gretara i Holberga.

Zdjęcie zostało zeskanowane, obraz ukazał się na wielkim monitorze, podejrzany fragment powiększony. To, co na zdjęciu było tylko nierówną plamą światła, nagle zmieniło się w niezliczoną ilość punkcików i wypełniło cały ekran. Teraz nawet Erlendur nie potrafił dostrzec tego, co jak mu się zdawało, zauważył wcześniej. Technik przez chwilę stukał w klawiaturę, wpisywał komendy, a obraz zmniejszał się i gęstniał. Po jakimś czasie punkciki stopniowo jęły się układać w jakiś wzór, aż w końcu ukazał się zarys ludzkiej twarzy. Był bardzo niewyraźny, ale Erlendur był przekonany, że na zdjęciu rozpoznaje Holberga.

– Czyż to nie nasz wieprz? – spytał Sigurdur Oli.

– Mamy tu coś więcej – odparł technik i jeszcze wyostrzył obraz.

Ukazały się fale, które Erlendur uznał za długie kobiece włosy, i zaczął się pojawiać drugi profil, mniej wyraźny. Erlendur wpatrywał się w ekran, aż wydało mu się, że widzi na zdjęciu Holberga rozmawiającego z kobietą. Uświadomiwszy to sobie, doznał dziwnego *déjà vu*. Miał ochotę krzyknąć do kobiety, żeby uciekała z mieszkania, ale natychmiast zrozumiał, że jest za późno. O całe dziesięciolecia.

Zadzwonił telefon, ale nikt się nie poruszył. Erlendur pomyślał w pierwszej chwili, że to aparat na biurku.

– To twój – uświadomił mu Sigurdur Oli.

Trochę trwało, zanim Erlendur w końcu wygrzebał komórkę z kieszeni marynarki.

Dzwoniła Elinborg.

– Co ty się tam tak opieprzasz? – spytała.

– Przejdź z łaski swojej do rzeczy – poprosił Erlendur.

– Do rzeczy? A coś ty taki zestresowany?

– Nigdy nie powiesz normalnie tego, co masz do powiedzenia.

– Chodzi o chłopaków Katrin – wyjaśniła Elinborg. – Czy raczej mężczyzn, przecież wszyscy są już dorośli.

– Co z nimi?

– Wszyscy są w porządku, prawdopodobnie, tylko że jeden z nich pracuje w dość interesującym miejscu. Uważałam, że powinieneś się od razu dowiedzieć, ale skoro się tak złościsz i nie potrafisz chwilę pogadać, to po prostu zadzwonię do Sigurdura Oliego.

– Elinborg!

– Co, kochanie?

– Mój Boże, kobieto – wybuchnął Erlendur i spojrzał na Sigurdura Oliego. – Powiesz mi w końcu, o co chodzi?

– Synek pracuje w De Code Genetics – wycedziła Elinborg.

– Co?

– Pracuje w De Code Genetics.

– De Code... jaki synek?

– Najmłodszy. Pracuje przy ich nowej bazie danych. Przy drzewach genealogicznych i chorobach: islandzkie rodowody i choroby dziedziczne, choroby genetyczne. Jest ekspertem od islandzkich chorób dziedzicznych.

35

Erlendur wrócił do domu późnym wieczorem. Następnego dnia planował wczesną wizytę u Katrin, chciał jej przedstawić swoje podejrzenia. Miał nadzieję, że szybko uda się odnaleźć jej syna. Gdyby poszukiwania się przedłużyły, istniało ryzyko przecieku do mediów, a tego za wszelką cenę chciał uniknąć.

Evy Lind nie było w domu. Ale posprzątała kuchnię po porannym wybuchu ojca. Erlendur włożył do mikrofalówki jedno z dwóch dań, które kupił w sklepie nocnym, i wcisnął start. Przypomniał sobie, jak kilka dni temu, kiedy tak samo stał przy kuchence, Eva Lind oznajmiła mu, że spodziewa się dziecka. Miał wrażenie, że minął cały rok od chwili, kiedy próbowała naciągnąć go na pieniądze i nie chciała niczego wyjaśnić. Wciąż męczyły go koszmary senne. Rzadko nic mu się nie śniło, a kiedy się budził, pamiętał jedynie luźne fragmenty, ale teraz po przebudzeniu czuł się jakoś nieswojo i nie mógł się pozbyć tego uczucia. Co gorsza, wciąż dokuczał mu ból w klatce piersiowej; był jak swędzenie, którego nie można podrapać.

Myślał o Evie Lind i dziecku, o Kolbrun i Audur, o Katrin i jej synu, o Holbergu, Gratarze i Ellidim w więzieniu, i o dziewczynie z Gardarbaer i jej rodzicach, o sobie i własnych dzieciach, o synu Sindrim, którego właściwie nigdy nie widywał, i znów o Evie, która szukała z nim kontaktu, a on się nad nią znęcał, bo nie podobało mu się to, co córka robi. Ale to ona miała rację. Jakie on ma prawo ją karcić?

Myślał o matkach i córkach, i ojcach, i synach, i matkach, i synach, i ojcach, i córkach, i niechcianych dzieciach, i dzieciach, które umierały w tej małej społeczności, na Islandii, gdzie wszyscy wydawali się spokrewnieni lub skoligaceni.

Jeśli Holberg był ojcem najmłodszego syna Katrin, to czy ten zamordował swego ojca? Wiedział, że Holberg jest jego ojcem? Jak do tego doszło? Czy Katrin mu to wyznała? Kiedy? Dlaczego? Czy cały czas o tym wiedział? Czy wiedział o gwałcie? Czy Katrin powiedziała mu, że Holberg ją zgwałcił i że on jest tego owocem? Jakie to uczucie? Jak czuje się człowiek, kiedy się dowiaduje, że nie jest tym, za kogo się uważał? Że jest nie tym, kim jest? Że nie jest synem człowieka, którego uważał za ojca, lecz kogoś innego, o kim nie wiedział nawet, że istnieje. Człowieka, który stosuje przemoc i gwałci?

Jak to jest? – myślał Erlendur. Jak człowiek radzi sobie z czymś takim? Idzie na spotkanie ze swoim ojcem i morduje go? A potem pisze: *ja to on*?

A jeśli Katrin nie opowiedziała mu o Holbergu, to w jaki sposób odkrył prawdę? Erlendur obracał to pytanie na wszystkie strony. Im dłużej myślał o sprawie i analizował różne hipotezy, tym częściej przychodziło mu na myśl drzewko życzeń z Gardarbaer. Syn miał tylko jedną inną możliwość dotarcia do prawdy i Erlendur postanowił to nazajutrz zbadać.

I co takiego wiedział Gretar? Dlaczego musiał umrzeć? Szantażował Holberga? Wiedział o dokonanych przez niego gwałtach i chciał to wyjawić? Robił zdjęcia Holbergowi? Co to za kobieta jest z Holbergiem na fotografii? Kiedy zrobiono to zdjęcie? Gretar zniknął latem, podczas obchodów tysiącstulecia, więc musiało być zrobione przed jego zniknięciem. Erlendur zastanawiał się, czy są jeszcze jakieś ofiary Holberga, które nigdy się nie ujawniły.

Usłyszał zgrzyt klucza w zamku i wstał. Wróciła Eva Lind.

– Spotkałam tę dziewczynę i odprowadziłam do Gardarbear – powiedziała do wychodzącego z kuchni Erlendura. Zamknęła za sobą drzwi. – Oświadczyła staremu, że oskarży go o te wszystkie lata molestowania seksualnego. Jej mama kompletnie się załamała. A potem poszłyśmy.

– Do męża?

– Tak, do ich małego, słodkiego mieszkanka – odparła Eva Lind i zrzuciła buty w przedpokoju. – Z początku był trochę wściekły, ale uspokoił się, kiedy mu o wszystkim opowiedziałyśmy.

– Jak to przyjął?

– To fajny gość. Kiedy wychodziłam, wybierał się do Gardarbaer pogadać ze starym.

– Brawo.

– Myślisz, że oskarżenie tego zboczeńca coś da? – spytała Eva Lind.

– To są trudne sprawy. Faceci wszystkiego się wypierają i uchodzi im to jakoś na sucho. Pytanie tylko, co powie matka. Może powinna porozmawiać ze Stowarzyszeniem Pomocy Kobietom Wykorzystywanym Seksualnie. A co u ciebie?

– Wszystko w porządku.

– Zastanawiałaś się nad badaniami prenatalnymi, czy jak to się tam nazywa? – spytał Erlendur. – Mógłbym tam z tobą pójść.

– W swoim czasie.

– Poważnie?

– No.

– To dobrze – podsumował Erlendur.

– A ty co porabiałeś? – spytała Eva Lind i włożyła do mikrofalówki drugie danie.

– Ostatnio nie myślę o niczym innym, tylko o dzieciach – powiedział Erlendur. – I o drzewku życzeń, które jest jakby rodzajem drzewa genealogicznego; zawiera różne ważne dla nas informacje, jeśli tylko wiemy, czego mamy szukać. I zastanawiam się także nad modą na kolekcjonerstwo. Jak leciała ta piosenka o dzisiejszych czasach?

Eva Lind spojrzała na ojca. Wiedział, że córka zna się na współczesnej muzyce.

– Chodzi ci o to, że dzisiejsze czasy to chabeta – powiedziała.

– Z pustym i zakutym łbem – dodał Erlendur.

– A serce szronem skute.

– Więc mózg samotnie mknie – dokończył Erlendur. Włożył kapelusz i powiedział, że zaraz wraca.

36

Hanna uprzedziła doktora, że Erlendur przyjdzie wieczorem, i oczekiwał go. Mieszkał w okazałym domu w starej części Hafnafjordur i powitał Erlendura w progu. Słodycz i uprzejmość wymalowane na twarzy. Niski, łysy jak kolano, tłuste cielsko opięte grubym szlafrokiem. Hedonista, pomyślał Erlendur, z wiecznie różową, nieco kobiecą twarzą. Był w trudnym do odgadnięcia wieku, mógł mieć koło sześćdziesiątki. Podał Erlendurowi suchą jak papier dłoń i zaprosił go do środka.

Erlendur usiadł na ogromnej, purpurowej skórzanej sofie i podziękował, kiedy gospodarz zaproponował mu drinka. Lekarz zajął fotel naprzeciw i czekał, aż Erlendur zacznie rozmowę. Ten rozglądał się po salonie, dużym, udekorowanym obrazami i dziełami sztuki, i zastanawiał się, czy lekarz mieszka samotnie. Zapytał o to.

– Zawsze mieszkałem sam – odparł gospodarz. – Bardzo mi to odpowiada i zawsze tak mieszkałem. Powiada się, że mężczyźni, którzy osiągnęli mój wiek, żałują, iż nie założyli rodziny i nie doczekali się potomstwa. Moi koledzy na światowych konferencjach wymachują zdjęciami odchowanych wnuków, ale mnie nigdy nie zależało na założeniu rodziny. Nigdy nie interesowały mnie dzieci.

Był szczery, wymowny i przyjaźnie nastawiony, jakby Erlendur był jego zaufanym powiernikiem. Najwyraźniej uważał, że wyświadcza mu zaszczyt. Na Erlendurze jednak nie zrobiło to wrażenia.

– Ale najwyraźniej interesują pana organy w słojach – odezwał się prowokująco.

Lekarz nie dał zbić się z pantałyku.

– Hanna mnie uprzedziła, że jest pan wściekły – powiedział. – Nie wiem, co pana tak irytuje. Nie robię nic, co byłoby bezprawne. Tak, mam mały zbiór organów. Większość z nich przechowuję w formalinie, w słojach. Trzymam je tu w domu. Kiedy postanowiono je zlikwidować, zabrałem je do siebie. Przechowuję też próbki, tkanki.

Umilkł.

– Pewnie chce pan wiedzieć dlaczego – podjął po chwili, ale Erlendur pokręcił głową.

– Pytanie, które chciałem panu zadać, brzmi: ile organów pan ukradł? – powiedział. – Ale możemy dojść do niego później.

– Żadnych organów nie ukradłem – odparł lekarz, wolno gładząc łysinę. – Nie rozumiem pańskiego nastawienia. Nie ma pan nic przeciwko temu, żebym nalał sobie kieliszeczek sherry? – Wstał. Erlendur odczekał, aż podejdzie do barku i naleje sobie kieliszek. Ponownie zaproponował gościowi drinka, lecz ten znów podziękował. Lekarz umoczył grube wargi w trunku. Po jego nalanej twarzy widać było, że delektuje się smakiem.

– Na co dzień ludzie się nad tym nie zastanawiają – odezwał się w końcu. – Bo też nie ma specjalnego powodu. W naszym świecie wszystko, co martwe, pozostaje bezużyteczne. Martwe ciało także. Więc nie należy mieć żadnych wyrzutów sumienia. Dusza już uleciała. Została tylko ziemska powłoka, a ziemska powłoka to nic. Musi pan spojrzeć na to z medycznego punktu widzenia. Ciało nic nie znaczy, rozumie pan?

– Dla pana ma ono najwyraźniej duże znaczenie. Kolekcjonuje pan jego części.

– Za granicą uczelnie kupują organy do celów naukowych – ciągnął lekarz. – Ale u nas się to nie zdarza. Tu się prosi o pozwolenie na sekcję w każdym przypadku z osobna i czasem się występuje o usunięcie organu, choć to niekoniecznie wiąże się z przyczyną śmierci. Bardzo rzadko uzyskuje się zgodę. W większości przypadków chodzi o osoby starsze. Nikt nie kradnie organów.

– Ale nie zawsze tak było? – drążył Erlendur.

– Nie wiem dokładnie, jak to wyglądało dawniej. Oczywiście nie było aż tak dużego nadzoru jak teraz. Ja po prostu tego nie wiem. Nie wiem, o co ma pan do mnie pretensje. Pamięta pan sprawę z Francuzami? Fabryka samochodów używała zwłok do testowania bezpieczeństwa, również ciał dzieci. Na nich może się pan oburzać. Organy kupuje się i sprzedaje na całym świecie. Nawet zabija się dla organów. To, co ja tu zebrałem, nie ma nic wspólnego z żadnym przestępstwem.

– Ale po co to panu? – zapytał Erlendur. – Co pan z nimi robi?

– Badam, to oczywiste – rzekł lekarz i upił łyk sherry. – Oglądam pod mikroskopem. Jak każdy kolekcjoner. Filateliści oglądają stemple pocztowe. Bibliofile oglądają stare wydania książek. Miłośnicy astronomii badają cały wszechświat. A ja wciąż oglądam swój mikrokosmos.

– A zatem pańskie hobby to badania; ma pan warunki, żeby badać próbki czy organy, które pan zebrał?

– Tak.

– Tu w domu?

– Tak. Jeśli próbki są dobrze zakonserwowane, zawsze można je badać. Kiedy człowiek dostaje jakieś nowe informacje na dany temat albo chce zbadać coś szczególnego, są jak znalazł. Jak znalazł.

Lekarz zamilkł.

– Pyta pan o Audur – odezwał się po chwili.

– Pan ją znał? – spytał Erlendur, nie kryjąc zdziwienia.

– Wie pan, że gdyby nie zrobiono jej sekcji i nie usunięto mózgu, być może nigdy nie dowiedzielibyście się, co było przyczyną jej śmierci? Wie pan o tym. Zbyt długo leżała w ziemi. Po trzydziestu latach w piachu nie dałoby się precyzyjnie zbadać mózgu. I w ten oto sposób to, co budzi w panu tak gwałtowną odrazę, staje się źródłem informacji. Chyba zdaje pan sobie z tego sprawę.

Lekarz zamyślił się na chwilę.

– Słyszał pan o Ludwiku XVII? Był synem Ludwika XVI i Marii Antoniny. Osadzony w więzieniu podczas rewolucji francuskiej, został stracony w wieku dziesięciu lat.

– Kto?

– Ludwik XVII.

– Ludwik?

– Było o tym w „Wiadomościach" jakiś rok temu, może trochę więcej niż rok. Uczeni francuscy doszli do wniosku, że umarł, a nie, jak twierdzili niektórzy, uciekł z więzienia. Wie pan, jak do tego doszli?

– Nie wiem w ogóle, o czym pan mówi – odparł Erlendur.

– Swego czasu wyjęto mu serce i przechowywano w formalinie. Teraz uczeni przeprowadzili testy DNA oraz inne i doszli do wniosku, że niektórzy jego rzekomi potomkowie kłamią co do swego pokrewieństwa z rodziną królewską. W ogóle nie byli z księciem spokrewnieni. A wie pan, kiedy zmarł młody delfin?

– Nie.

– Ponad dwieście lat temu. W roku 1795. Formalina to szczególny płyn.

Erlendur zastanowił się nad słowami lekarza.

– A co pan wie o Audur?

– To i owo.

– Jak jej mózg znalazł się w pańskich zbiorach?

– Przez osoby trzecie – odparł lekarz. – Ale chyba nie mam ochoty rozwodzić się na temat szczegółów.

– Z Prosektorni?

– Tak.

– Dostał pan całą kolekcję?

– Co nieco. Nie ma powodu traktować mnie jak przestępcę.

Erlendur zamyślił się.

– Zna pan przyczynę śmierci Audur?

Lekarz patrzył na niego i znów upił łyk sherry.

– Prawdę mówiąc, tak – powiedział w końcu. – Zawsze bardziej pociągały mnie badania niż praktyka lekarska. Ta moja mania zbieracza pozwoliła mi powiązać jedno z drugim, choć oczywiście na niewielką skalę.

– Akta sądowe z Keflaviku wspominają jedynie o guzie mózgu, ale nie ma w nich żadnych szczegółów.

– Widziałem te akta. Raport z sekcji jest bardzo pobieżny, sporządzony go na kolanie. Ja zbadałem rzecz dokładniej i uważam, że znam odpowiedzi na niektóre pańskie pytania.

Erlendur pochylił się do przodu.

– I? – spytał.

– Choroba dziedziczna. Występująca u kilku rodów w tym kraju. Przypadek był bardzo skomplikowany, a pomimo szczegółowych analiz długo nie miałem pewności. W końcu uznałem, że najprawdopodobniej guz jest skutkiem choroby dziedzicznej, znanej jako neurofibromatoza. Nie sądzę, by pan o niej słyszał. Objawy choroby nie muszą być widoczne. W niektórych przypadkach ludzie mogą umrzeć, nie mając w ogóle żadnych widocznych objawów. Tak zwani nosiciele bezobjawowi. Ale najczęściej symptomy choroby ujawniają się bardzo wcześnie i przeważnie są to rozrzucone po całym ciele znamiona i narośle.

Lekarz znów umoczył usta w kieliszku.

– Ci z Keflaviku nie opisali nic takiego w raporcie, ale też chyba nie wiedzieli, czego mają szukać.

– Mówili krewnym o plamach na skórze.

– Poważnie? Diagnoza nie zawsze musi być pewna.

– Czy córka może dziedziczyć tę chorobę po ojcu?

– Całkiem możliwe. Ale dziedziczenie nie ogranicza się tylko do tego. Jedna i druga płeć może być zarówno nosicielem, jak i chorować na tę chorobę. Podobno jeden z jej objawów występował u tak zwanego Człowieka Słonia. Widział pan film?

– Nie – odparł Erlendur.

– Czasami choroba objawia się przerostem kości, co powoduje zniekształcenia, jak w wypadku Człowieka Słonia. Są jednak tacy, którzy utrzymują, że Człowiek Słoń nie miał nic wspólnego z tą chorobą. Ale to zupełnie inna historia.

– Dlaczego zaczął pan szukać tej choroby? – przerwał lekarzowi Erlendur.

– Specjalizuję się w chorobach mózgu – odrzekł doktor. – Ta dziewczynka to jeden z najbardziej interesujących przypadków, jakie znam. Zapoznałem się z wszystkimi raportami na jej temat. Okazały się niezbyt dokładne. Jej lekarz domowy był kiepski, a w owym czasie, o ile się orientuję, bardzo nadużywał alkoholu. Ale zostawmy to.

Ten facet w jednym miejscu pisze o gruźlicy mózgu, a tak niekiedy w dawnych czasach opisywano tę chorobę. I od tego wyszedłem. Raport koronera z Keflaviku też nie był zbyt precyzyjny, o czym już mówiliśmy. Znaleźli guz i na tym poprzestali.

Lekarz wstał i podszedł do dużej szafy bibliotecznej w salonie. Wyjął z niej czasopismo medyczne i podał Erlendurowi.

– Nie jestem pewien, czy wszystko pan z tego zrozumie, ale napisałem krótki artykuł na temat moich badań, który opublikowano w dość uznanym piśmie medycznym.

– Napisał pan pracę naukową na temat Audur? – spytał Erlendur.

– Dzięki niej zrozumieliśmy tę chorobę. Zarówno dla mnie, jak i dla medycyny Andur okazała się bardzo istotna. Chyba nie będzie pan zawiedziony.

– Jej ojciec może być nosicielem – powiedział Erlendur, wciąż usiłując się zorientować w tym, co usłyszał. – I przekazał chorobę swojej córce. Gdyby miał syna, to on by nie zachorował, czy tak?

– Niekoniecznie – odparł lekarz – ale mógłby być jej nosicielem, jak ojciec.

– Czyli że..?

– Gdyby miał dziecko, to ono mogłoby zachorować.

Erlendur znów się zastanowił.

– Zresztą powinien pan porozmawiać z tymi z De Code Genetics – zasugerował lekarz. – Są specjalistami od genetyki.

– Co? – spytał Erlendur.

– Niech pan porozmawia z De Code Genetics. To nasza współczesna „prosektornia". Oni znają odpowiedź. Co jest? Co pana tak dziwi? Zna pan tam kogoś?

– Nie – odparł Erlendur – ale wkrótce poznam.

– Chce pan zobaczyć Audur? – spytał lekarz.

Erlendur zrazu nie zrozumiał, o co mu chodzi.

– Chodzi panu o...?

– Mam tu na dole małe laboratorium. Zapraszam na krótką wycieczkę.

Erlendur zawahał się.

– No dobrze – zdecydował się.

Wstali i Erlendur poszedł za lekarzem w dół wąskimi schodami. Doktor włączył światło i ich oczom ukazało się śnieżnobiałe, nieduże laboratorium wyposażone w mikroskopy, komputery, probówki i sprzęt, którego przeznaczenia Erlendur nie znał.

Pamiętał uwagę na temat kolekcjonerów z przeczytanej kiedyś książki. Kolekcjonerzy budują swój własny świat. Tworzą wokół siebie swój mikrokosmos, wybierają z rzeczywistości określone symbole i z nich czynią najważniejszych mieszkańców stworzonego przez siebie świata. Holberg też był kolekcjonerem. Zbierał pornografię. Z tego stworzył swój prywatny świat, tak jak lekarz z organów.

– Jest tutaj – powiedział doktor.

Podszedł do wielkiej, starej, drewnianej szafy, jedynej rzeczy niepasującej do sterylnego wnętrza, otworzył ją i wyjął szklany słój z pokrywą. Ostrożnie postawił go na stole i w silnym świetle jarzeniowym Erlendur zobaczył mały mózg dziecka pływający w mętnej formalinie.

Wyszedł od lekarza z małą skórzaną teczką zawierającą cząstkę Audur. Jadąc do domu opustoszałymi ulicami, myślał o Prosektorni. Miał nadzieję, że jego szczątki nigdy nie będą przechowywane w laboratoriach. Kiedy zajechał przed swój blok, wciąż padał deszcz. Wyłączył silnik, zapalił papierosa i patrzył w noc.

Spojrzał na czarną teczkę na siedzeniu obok kierowcy.

Miał zamiar złożyć Audur do grobu w całości.

37

Policjanci obserwujący tego wieczoru dom Katrin zobaczyli, jak Albert, trzaskając drzwiami, wypada z domu, wściekły wsiada do samochodu i odjeżdża. Zauważyli także, że miał ze sobą tę samą torbę podróżną, co wcześniej. Nie zaobserwowali nikogo podejrzanego, kto by się kręcił w pobliżu, nie widzieli też Katrin.

Z dzielnicy ściągnięto samochód patrolowy, który pojechał za Albertem do hotelu Esja, gdzie ten zatrzymał się na noc.

Następnego dnia o ósmej rano Erlendur zjawił się przed domem Katrin w towarzystwie Elinborg. Wciąż padało. Słońce nie pokazywało się już od wielu dni. Trzy razy musieli naciskać dzwonek, nim w końcu usłyszeli hałas wewnątrz i drzwi się otworzyły. Na progu stanęła Katrin. Uwadze Elinborg nie umknęło, że ma na sobie ten sam strój, co poprzedniego dnia, i że musiała płakać. Świadczyły o tym zaczerwieniona twarz i spuchnięte oczy.

– Przepraszam najmocniej – powiedziała Katrin, jakby nieobecna. – Musiałam zasnąć w fotelu. Która godzina?

– Możemy wejść? – spytał Erlendur.

– Nigdy nie mówiłam Albertowi o tym, co się stało – powiedziała i nie zapraszając ich, cofnęła się do mieszkania. Erlendur i Elinborg spojrzeli po sobie i ruszyli za nią.

– Wczoraj wieczorem ode mnie odszedł – wyjaśniła Katrin. – Która właściwie godzina? Musiałam chyba zasnąć w fotelu. Albert był wściekły. Nigdy wcześniej nie widziałam go w takim stanie.

– Może się pani skontaktować z kimś ze swojej rodziny? – spytała Elinborg. – Z kimś, kto by tu przyszedł i został z panią? Z synami na przykład?

– Nie, Albert wróci i wszystko będzie w porządku. Nie chcę niepokoić chłopców. Wszystko będzie w porządku. Albert wróci.

– To dlaczego tak się zdenerwował? – spytał Erlendur. Katrin usiadła na sofie, a Erlendur i Elinborg naprzeciwko, tak jak poprzednio.

– Tak, strasznie się wściekł. On, który z reguły jest spokojny. Albert to dobry człowiek, taki dobry człowiek, zawsze był dla mnie taki dobry. Jesteśmy dobrym małżeństwem. Zawsze byliśmy szczęśliwi.

– Może woli pani, żebyśmy przyszli później? – spytała Elinborg. Erlendur spojrzał na nią ze złością.

– Nie – odparła Katrin – wszystko w porządku. Wszystko będzie dobrze. Albert wróci. Tylko musi się uspokoić. Mój Boże drogi, tak mi ciężko. Powinnam mu o tym powiedzieć od razu, powiedział. Nie mógł zrozumieć, jak mogłam to ukrywać przez cały ten czas. Krzyczał na mnie. – Spojrzała na nich. – Nigdy wcześniej na mnie nie krzyczał.

– Sprowadzę pani tu lekarza – powiedziała Elinborg, wstając. Erlendur nie wierzył własnym uszom.

– Nie, wszystko w porządku – odrzekła Katrin. – Nie trzeba. Jestem tylko trochę rozkojarzona, bo spałam. Wszystko będzie dobrze. Proszę usiąść, kochanie. Wszystko będzie dobrze.

– Co pani powiedziała Albertowi? – spytał Erlendur. – Opowiedziała mu pani o gwałcie?

– Przez całe lata chciałam to zrobić, ale nie mogłam się zdobyć. Nie powiedziałam nikomu. Starałam się o tym zapomnieć, udawać, że to się nigdy nie stało. Często było mi bardzo trudno, ale jakoś się udawało. Ale zjawiliście się wy i nie mogłam postąpić inaczej. Potrzebowałam ulgi. I jakoś poczułam się po tym lepiej. Tak jakbyście zdjęli ze mnie ciężkie brzemię; wiedziałam, że mogę o tym mówić i postępuję słusznie. Nawet po całych latach milczenia.

Umilkła.

– Zdenerwował się dlatego, że nie powiedziała mu pani wcześniej o gwałcie? – spytał Erlendur.

– Tak.

– Nie przekonało go pani tłumaczenie? – spytała Elinborg.

– Powiedział, że od razu powinnam mu była o tym powiedzieć. To oczywiście zrozumiałe. Powiedział, że zawsze był wobec mnie uczciwy i nie zasłużył sobie na to.

– Niezupełnie to rozumiem – wtrącił Erlendur. – Z tego, co pani mówi, Albert jawi się jako człowiek bardzo honorowy. Sądziłbym raczej, że będzie się starał panią pocieszyć, że będzie z panią, a nie że trzaśnie drzwiami.

– Wiem – odparła Katrin. – Może źle mu to przedstawiłam.

– Akurat – odezwała się Elinborg, nie kryjąc oburzenia. – A jak się dobrze przedstawia takie sprawy?

Katrin pokręciła głową.

– Nie wiem. Mój Boże, nie wiem.

– Powiedziała mu pani całą prawdę? – spytał Erlendur.

– Powiedziałam mu to, co państwu.

– Nic więcej?

– Nie – odparła Katrin.

– Tylko o gwałcie?

– Tylko – powtórzyła Katrin. – Tylko! Jakby to nie było dość! Jakby to nie było dość, że usłyszał ode mnie, że zostałam zgwałcona, a on o tym nie wiedział. To nie jest dość?

Zapadła cisza.

– Nie powiedziała mu pani o waszym najmłodszym synu? – przerwał jej w końcu Erlendur.

Katrin spojrzała na niego i nagle w jej oczach zapłonęła złość.

– Co z naszym najmłodszym synem? – spytała powoli.

– Dała mu pani na imię Einar – odparł Erlendur, który wcześniej zapoznał się z zebranymi przez Elinborg informacjami na temat rodziny Katrin.

– Co z Einarem?

Erlendur patrzył na nią uważnie.

– Jest pani synem – powiedział. – Ale nie jest synem swego ojca.

– O czym pan mówi? Nie jest synem swego ojca? Oczywiście, że jest synem swego ojca! Jak można nie być synem swego ojca?

– Przepraszam, nie wyraziłem się dość precyzyjnie. Nie jest synem tego człowieka, którego uważał za ojca – wyjaśnił Erlendur wolno. – Jest synem człowieka, który panią zgwałcił. Synem Holberga. Powiedziała pani o tym mężowi? Czy to dlatego wybiegł, trzaskając drzwiami?

Katrin milczała.

– Powiedziała mu pani całą prawdę?

Patrzyła na Erlendura, który odniósł wrażenie, że nadal będzie obstawać przy swojej wersji. Po chwili jednak zauważył, że jej wargi się rozluźniły, ramiona opadły.

Zamknęła oczy, skurczyła się na sofie i wybuchnęła płaczem. Elinborg zmierzyła Erlendura wściekłym spojrzeniem, lecz on pozwolił się Katrin wypłakać.

– Opowiedziała mu pani o Einarze? – spytał, widząc, że już się trochę uspokoiła.

– Nie uwierzył – odparła.

– Że Einar to nie jego syn?

– Einara i Alberta łączy, zawsze łączył, szczególnie bliski związek. Od dnia, w którym chłopak przyszedł na świat. Albert kocha również pozostałych dwóch naszych synów, ale Einara szczególnie. Od samego początku. Jest naszym najmłodszym dzieckiem i Albert zawsze się z nim bawił.

Urwała.

– Może to właśnie dlatego nigdy mu o tym nie mówiłam – podjęła po chwili. – Wiedziałam, że Albert tego nie wytrzyma. Mijały lata, a ja zachowywałam się, jakby nic się nie stało. Nic nie mówiłam. I wszystko było dobrze. Holberg pozostawił ranę, ale dlaczego nie miałam pozwolić jej zabliźnić się spokojnie? Dlaczego miałby jeszcze zniszczyć naszą wspólną przyszłość? To był mój sposób na zmaganie się z tą okropnością.

– Od razu pani wiedziała, że Einar jest synem Holberga? – spytał Erlendur.

– Równie dobrze mógł być synem Alberta – odparła krótko.

– Zorientowała się pani, że jest podobny do Holberga – podsumował Erlendur.

Spojrzała na niego.

– Skąd pan to wszystko wie? – spytała.

– Podobny jest do Holberga, prawda? – powiedział Erlendur. – Do młodego Holberga. Widziano go w Keflaviku, a kobieta, która go widziała, myślała, że to sam Holberg.

– Jest między nimi pewne podobieństwo.

– Skoro nigdy nie powiedziała pani synowi i pani mąż też o tym nie wiedział, to dlaczego doszło do tak drastycznej scysji między panią a Albertem? Jaki był jej powód?

– Jaka kobieta w Keflaviku? – zainteresowała się Katrin. – Jaka kobieta mieszkająca w Keflaviku rozpoznała Holberga? Mieszkał tam z jakąś kobietą?

– Nie – odparł Erlendur, zastanawiając się, czy powiedzieć jej o Kolbrun i Audur.

Wiedział, że prędzej czy później dowie się o nich, i nie widział specjalnego powodu, by nie wyjawić prawdy już teraz. Wcześniej opowiadał jej o gwałcie w Keflaviku, a teraz podał imię ofiary Holberga i opowiedział o Audur, która zmarła jako dziecko po długiej, ciężkiej chorobie. Opowiedział, jak znaleźli zdjęcie grobu w biurku Holberga i jak zaprowadziło ich ono do Keflaviku i Elin. I jaka była reakcja policji na oskarżenie Holberga przez Kolbrun.

Katrin słuchała w skupieniu. Kiedy Erlendur mówił o śmierci Audur, w jej oczach pojawiły się łzy. Opowiedział także o Gretarze, człowieku z aparatem, którego widziała w towarzystwie Holberga, i o tym, że zniknął bez śladu i odnalazł się zabetonowany pod podłogą w suterenie Holberga.

– To jest to całe zamieszanie w Nordurmyri, o którym mówili w „Wiadomościach"? – spytała.

Erlendur skinął głową.

– Nie wiedziałam, że Holberg zgwałcił inne kobiety – powiedziała Katrin. – Myślałam, że ja jestem jedyna.

– Wiemy o was dwóch – wyjaśnił Erlendur. – Ale mogło być ich więcej. Nie wiadomo, czy to kiedykolwiek zostanie wyjaśnione.

– W takim razie Audur była przyrodnią siostrą Einara – rzekła Katrin w zamyśleniu. – Biedne dziecko.

– Na pewno pani o niej nie wiedziała? – spytał Erlendur.

– Oczywiście, że tak – odparła. – Nie miałam pojęcia.

– Einar wie – powiedział Erlendur. – Odszukał Elin w Keflaviku.

Katrin milczała, postanowił więc ponowić pytanie.

– Jeśli pani syn o niczym nie wiedział i nigdy nie powiedziała pani o tym mężowi, to w jaki sposób Einar nagle teraz odkrył prawdę?

– Nie wiem – odrzekła Katrin. – Zaraz, a proszę mi powiedzieć, na co zmarło to biedne dziecko?

– Wie pani, że syn jest podejrzany o dokonanie zabójstwa Holberga? – zapytał Erlendur, zamiast odpowiedzieć. Starał się być delikatny. Katrin zareagowała spokojnie, jakby wcale nie zdziwiona, że jej syn jest podejrzany o morderstwo.

– Mój syn nie jest żadnym mordercą – powiedziała cicho. – Nigdy nie mógłby nikogo zabić.

– Istnieje duże prawdopodobieństwo, że to on uderzył Holberga w głowę. Może nie miał zamiaru pozbawić go życia. Najprawdopodobniej uczynił to w afekcie. Zostawił dla nas wiadomość. Oto jej treść: *ja to on*. Rozumie pani?

Katrin milczała.

– Wiedział, że Holberg jest jego ojcem? Wiedział, co Holberg zrobił? Poszedł spotkać się ze swoim ojcem? Wiedział o Audur i Elin? Skąd?

Katrin spuściła wzrok.

– Gdzie jest teraz pani syn? – spytała Elinborg.

– Nie wiem – odparła Katrin cicho. – Nie kontaktował sie ze mną od kilku dni. – Spojrzała na Erlendura. – Nagle dowiedział się o Holbergu. Domyślił się, że coś jest nie tak. Zdobył te informacje w firmie, w której pracuje – wyjaśniła. – Powiedział mi, że już się nie da niczego utrzymać w tajemnicy. Że to wszystko mają w bazie danych.

38

A więc w taki sposób zdobył informacje na temat swego prawdziwego ojca? – rzekł Erlendur.

– Doszedł do wniosku, że nie może być synem Alberta – wyszeptała Katrin.

– Ale jak to się stało? – spytał Erlendur. – Czego szukał? Dlaczego sprawdzał siebie w bazie danych? Przypadek?

– Nie – odparła Katrin. – To nie był żaden przypadek.

Elinborg miała już dość. Najchętniej przerwałaby przesłuchanie i pozwoliła Katrin odpocząć. Wstała, mówiąc, że musi przynieść sobie wody, i dała Erlendurowi znak, by poszedł za nią. Wyszli razem do kuchni. Tam Elinborg oświadczyła, że Katrin dość już się nacierpiała i na razie powinni dać jej spokój i poradzić, by skontaktowała się z adwokatem, zanim powie cokolwiek więcej. Powinni odłożyć dalsze przesłuchanie do popołudnia, porozmawiać z jej rodziną i poprosić kogoś, by tu przy niej czuwał. Erlendur zapewnił ją, że Katrin nie została aresztowana, o nic nie jest podejrzana, i że to nie jest formalne przesłuchanie, lecz raczej zbieranie informacji. W tej chwili Katrin jest bardzo chętna do współpracy. I dlatego powinni kontynuować.

Elinborg kręciła głową.

– Kuj żelazo, póki gorące – podsumował Erlendur.

– Ale ty bredzisz! – syknęła Elinborg.

W drzwiach kuchni pojawiła się Katrin i zapytała, czy mogą powrócić do rozmowy. Jest gotowa wyznać prawdę i tym razem niczego nie ukrywać.

– Chcę, żeby to się skończyło – powiedziała.

Elinborg spytała, czy chce się skontaktować z adwokatem, ale Katrin odmówiła.

Powiedziała, że nie zna żadnego, bo nigdy nie musiała korzystać z pomocy prawnej. Nie wie nawet, jak się to robi.

Czując na sobie pełne wyrzutu spojrzenie Elinborg, komisarz ruszył za Katrin do salonu. Wszyscy usiedli i Katrin rozpoczęła swoją opowieść.

Tego ranka Albert leciał za granicę. Wstali wcześnie rano. Zaparzyła kawę. Po raz kolejny rozmawiali o sprzedaży domu i kupnie czegoś mniejszego. Często podejmowali ten temat, ale nigdy nie wprowadzili słów w czyn. Może obawiali się takiej zmiany, ostatnio jednak zaczęli dojrzewać do tej decyzji. Nie uważali, że są starzy, ale nie potrzebowali już tak dużo przestrzeni do życia. Albert powiedział, że po powrocie porozmawia z agentem nieruchomości. Potem odjechał dżipem.

Katrin wróciła do łóżka. Do pracy szła dopiero za dwie godziny. Nie mogła jednak zasnąć. Przewracała się w łóżku do ósmej i wreszcie wstała. Była w kuchni, kiedy usłyszała, że wszedł Einar. Miał swój komplet kluczy.

Od razu zauważyła, że jest podminowany. Nie wiedziała dlaczego. Powiedział, że nie spał całą noc. Chodził po salonie tam i z powrotem i nie chciał usiąść.

– Wiedziałem, że coś tu nie gra – powiedział i spojrzał z wściekłością na matkę. – Cały czas to wiedziałem!

Nie rozumiała, dlaczego jest zdenerwowany.

– Wiedziałem, że coś w tym całym bagnie jest nie tak – niemal krzyknął.

– O czym ty mówisz, kochanie? – spytała, wciąż nie do końca zdając sobie sprawę, co się z nim dzieje. – Co nie jest tak?

– Złamałem kod – powiedział. – Złamałem zasady, żeby się dostać do bazy. Chciałem się dowiedzieć, w których rodach w Islandii występuje ta choroba. U naszych przodków nie występuje. Ani u taty, ani u twoich. Dlatego to nie gra. Rozumiesz? Rozumiesz to, co mówię?

W kieszeni płaszcza Erlendura zadzwonił telefon komórkowy. Erlendur przeprosił Katrin, przeszedł do kuchni i odebrał. Dzwonił Sigurdur Oli.

– Ta stara z Keflaviku cię szuka.

– Stara? Masz na myśli Elin?

– Tak, Elin.

– Rozmawiałeś z nią?

– Tak – odparł Sigurdur Oli. – Powiedziała, że musi z tobą rozmawiać, i to natychmiast.

– Wiesz, o co jej chodzi?

– Absolutnie nie chciała mi tego powiedzieć. Jak wam leci?

– Dałeś jej numer mojej komórki?

– Nie.

– Jak jeszcze raz zadzwoni, to jej podaj. – Erlendur przerwał połączenie. Katrin i Elinborg czekały na niego w salonie. – Przepraszam – powiedział do Katrin. Ta wróciła do opowieści.

Einar miotał się po salonie. Katrin usiłowała go uspokoić i zrozumieć, dlaczego syn jest tak zdenerwowany. Usiadła i poprosiła, by też usiadł, ale on nie słuchał. Wciąż biegał po pokoju. Wiedziała, że od dawna życie go nie rozpieszcza, a rozstanie z żoną przygnębiło go jeszcze bardziej. Żona od niego odeszła. Chciała zacząć wszystko od nowa. Nie chciała dać się wpędzić w wieczną żałobę.

– Powiedz mi, co się dzieje? – poprosiła Katrin.

– Dużo, mamo, tak bardzo dużo.

Potem padło pytanie, na które czekała całe te lata.

– Kto jest moim ojcem? – zapytał syn, zatrzymując się przed nią gwałtownie. – Kto jest moim prawdziwym ojcem?

Patrzyła na niego zaskoczona.

– Już nie mamy tajemnic, mamusiu – powiedział.

– Czego się dowiedziałeś? – spytała. – Co ty takiego zrobiłeś?

– Wiem, kto nie jest moim ojcem – odparł. – I to jest mój tata. Słyszysz?! – wrzasnął. – Tata nie jest moim ojcem! A skoro tak, to kim jestem? Skąd się wziąłem? I moi bracia: okazało się nagle, że jesteśmy braćmi przyrodnimi. Dlaczego nigdy mi nic nie powiedziałaś? Dlaczego okłamywałaś mnie przez całe lata? Dlaczego?

Patrzyła na niego ze łzami w oczach.

– Zdradzałaś tatę? – spytał. – Możesz mi powiedzieć. Nikomu nie powiem. Zdradzałaś go? Nikt poza nami nie musi o tym wiedzieć, ale ja muszę usłyszeć to od ciebie. Musisz powiedzieć mi prawdę. Skąd się wziąłem?

Urwał.

– Adoptowaliście mnie? Jestem sierotą? Czym jestem? Kim jestem? Mamo?

Katrin zalała się łzami. Syn patrzył na nią i jej płacz zdawał się go trochę uspokajać.

Minęła długa chwila, zanim się zorientował, co zrobił. W końcu usiadł obok matki i objął ją. Przez jakiś czas siedzieli w milczeniu, po czym zaczęła mu opowiadać *o nocy w Husaviku, kiedy jego ojciec był na morzu, a ona poszła się zabawić z przyjaciółkami i spotkała Holberga, i jak Holberg wtargnął do jej domu.*

Syn słuchał, nie przerywając.

Powiedziała mu, że Holberg ją zgwałcił i że jej groził, więc postanowiła urodzić dziecko i nigdy nie mówić nikomu, co się wydarzyło. Ani ojcu, ani jemu. I wszystko jakoś się układało. Żyli szczęśliwie. Nie pozwoliła, by Holberg zabrał jej radość życia. Nie udało mu się zniszczyć jej rodziny.

Opowiedziała, jak żyła z świadomością, że on, Einar, jest synem człowieka, który ją zgwałcił. Ale nie wpłynęło to w żaden sposób na jej miłość do niego, kochała go równie mocno jak pozostałych synów i wiedziała, że Albert szczególnie go faworyzuje. I tak oto Einar nigdy nie cierpiał za to, co uczynił Holberg. Nigdy.

Minęło kilka minut, zanim dotarło do niego to, co powiedziała.

– Wybacz – odezwał się w końcu. – Nie chciałem na ciebie krzyczeć. Myślałem, że zdradziłaś tatę i stąd się wziąłem. Nie wiedziałem o gwałcie.

– Oczywiście, że nie – odrzekła. – Skąd miałeś wiedzieć? Do dziś nigdy nikomu o tym nie mówiłam.

– Powinienem był wziąć pod uwagę również i tę możliwość – powiedział. – Wybacz. Strasznie musiałaś się czuć przez wszystkie te lata.

– Nie powinieneś o tym myśleć – odparła. – Nie powinieneś płacić za to, co zrobił Holberg.

– Już za to zapłaciłem, mamo – powiedział. – Cierpienie bez końca. I nie tylko ja. Dlaczego nie dokonałaś aborcji? Co cię powstrzymało?

– Mój Boże, nie mów tak, Einar. Nigdy tak nie mów.

Katrin umilkła.

– Nigdy nie zastanawiała się pani nad aborcją? – spytała Elinborg.

– Przez cały czas. Bez przerwy. Dopóki nie było za późno. Jak tylko się okazało, że jestem w ciąży, codziennie to rozważałam. Nawet rozmawiałam o tym z lekarzem, który mnie badał, ale mi odradził. Ojcem równie dobrze mógł być Albert. I pewno to przesądziło sprawę. A po porodzie wpadłam w depresję. Byłam w lecznicy psychiatrycznej. Po trzech miesiącach poczułam się na tyle dobrze, że mogłam opiekować się chłopcem, i od tej chwili cały czas go kocham.

Erlendur odczekał chwilę i podjął:

– Dlaczego pani syn zaczął szukać choroby dziedzicznej w bazie danych DeCode Genetics?

Katrin spojrzała na niego.

– Na co zmarła ta dziewczynka w Keflaviku? – spytała.

– Na guza mózgu – odparł Erlendur. – Nerwiakowłókniakowatość.

Po twarzy Katrin spływały łzy. Westchnęła ciężko.

– To pan nie wie? – spytała.

– Czego nie wiem?

– Nasze szczęście umarło trzy lata temu – wyjaśniła. – W niezrozumiały sposób. Zupełnie niezrozumiały.

– Wasze szczęście? – spytał Erlendur.

– Nasze małe kochanie – powiedziała. – Córeczka Einara. Umarła. Biedne dziecko.

39

Zapanowała śmiertelna cisza.

Katrin siedziała ze spuszczoną głową. Elinborg przeniosła wzrok z niej na Erlendura. Czuła się jak sparaliżowana. Erlendur patrzył przed siebie, myśląc o Evie Lind. Co teraz robi? Czy jest w domu? Odczuł nagłą potrzebę porozmawiania z córką. Zapragnął ją przytulić, wziąć w ramiona i nie wypuszczać, póki jej nie powie, jak wiele dla niego znaczy.

– Nie wierzę – szepnęła Elinborg.

Erlendur spojrzał na nią. Potem przeniósł wzrok na Katrin.

– Pani syn jest nosicielem, prawda? – odezwał się.

– Tego słowa użył – odparła Katrin. – Nosiciel. Obaj są nosicielami. On i Holberg. Powiedział, że odziedziczył to po człowieku, który mnie zgwałcił.

– A oni nie chorowali – podsumował Erlendur.

– Wygląda na to, że na chorobę zapadają wyłącznie dziewczynki – powiedziała Katrin. – Mężczyźni noszą ją w sobie, ale nie mają objawów. Czy jak to tam się nazywa. Nie znam się na tym. Mój syn to zrozumiał. Starał się mi to wytłumaczyć, ale nie wiedziałam, o co mu chodzi. Był bardzo przejęty. I ja oczywiście też.

– I doszedł do tego, korzystając z bazy danych, która właśnie powstaje – powiedział Erlendur.

Katrin skinęła głową.

– Nie rozumiał, dlaczego biedne dziecko zapadło na tę chorobę, i ciągle szukał jej przyczyn w mojej rodzinie i rodzinie Alberta. Rozmawiał z krewnymi i nie można go było powstrzymać. Myśleliśmy, że to jego sposób na pokonanie bólu po stracie dziecka. To nieustanne poszukiwanie przyczyny. Szukanie odpowiedzi tam, gdzie jak sądziliśmy, żadnej odpowiedzi nie ma. Jakiś czas temu Laura i on się rozeszli. Nie mogli już być ze sobą i postanowili się rozstać na jakiś czas, ale nie sądzę, aby to się kiedykolwiek zmieniło.

Katrin zamilkła.

– I potem znalazł odpowiedź – dokończył Erlendur.

– Był pewien, że Albert nie jest jego ojcem. Mówił, że to niemożliwe w świetle danych, które wydobył z bazy. Dlatego przyszedł do mnie. Myślał, że został poczęty na skutek mojej zdrady. Albo że został adoptowany.

– Odnalazł Holberga w bazie?

– Chyba nie. Ani wcześniej, ani później. Dopiero jak mu o nim powiedziałam. To takie bezsensowne. Absurdalne! Mój syn sporządził listę swoich prawdopodobnych ojców i był na niej Holberg. Na podstawie bazy danych o chorobie i danych osobowych zlokalizował chorobę i doszedł do wniosku, że nie może być synem swojego ojca. Że jest wyjątkiem. Mutantem.

– Ile lat miała jego córka?

– Siedem lat, biedactwo.

– I przyczyną jej śmierci był guz mózgu, prawda? – zapytał Erlendur.

– Tak – odparła Katrin.

– Umarła na tę samą chorobę, co Audur. Nerwiakowłókniaka.

– Tak, to ta sama choroba. Matka Audur musiała czuć się strasznie; najpierw Holberg, a potem śmierć dziecka.

Erlendur zawahał się przez chwilę.

– Kolbrun, jej matka, popełniła samobójstwo trzy lata po śmierci córki – wydusił z siebie w końcu.

– Mój Boże! – jęknęła Katrin.

– Gdzie jest teraz pani syn? – zapytał Erlendur.

– Nie wiem – odparła Katrin. – Martwię się, że może zrobić sobie coś złego. Strasznie to przeżywa. Potwornie.

– Myśli pani, że skontaktował się z Holbergiem?

– Nie mam pojęcia. Wiem tylko, że nie jest mordercą. Tyle wiem.

– Uważa pani, że jest podobny do swego ojca? – zapytał Erlendur, spoglądając na zdjęcia z konfirmacji.

Katrin milczała.

– Widziała pani jakieś podobieństwo między nimi? – powtórzył Erlendur.

– Co ci jest, człowieku? – skoczyła na niego Elinborg. Miała dość. – Nie wydaje ci się, że trochę przesadzasz?

– Przepraszam – powiedział Erlendur do Katrin. – To oczywiście nie ma żadnego związku ze śledztwem. Moje przeklęte wścibstwo. Była pani niezwykle pomocna i jeśli to może być dla pani jakimś pocieszeniem, to myślę, że niewiele osób w pani sytuacji zdobyłoby się na taką konsekwencję i siłę, i potrafiłoby w milczeniu dźwigać cały ten ciężar.

– Nic się nie stało – zwróciła się Katrin do Elinborg. – Dzieci dziedziczą cechy wielu przodków. Nigdy w moim chłopcu nie widziałam Holberga. Nigdy. Powiedział, że to nie moja wina. Einar mi to powiedział. Że nie ponoszę żadnej winy za to, jak zmarła nasza dziewczynka.

Umilkła.

– Co będzie z Einarem? – spytała po chwili. Nie było w niej już ani śladu oporu. Żadnych kłamstw. Tylko rezygnacja.

– Musimy go znaleźć – odrzekł Erlendur. – Porozmawiać z nim i posłuchać, co ma do powiedzenia.

Oboje z Elinborg wstali. Erlendur włożył kapelusz. Katrin siedziała na sofie bez ruchu.

– Jeśli pani chce, mogę pogadać z Albertem – zadeklarował Erlendur. – Noc spędził w hotelu „Esja". Od wczoraj obserwowaliśmy pani dom na wypadek, gdyby pojawił się pani syn. Mogę wytłumaczyć mężowi, co się dzieje. Zrozumie.

– Dziekuję bardzo – odrzekła Katrin – ale sama do niego zadzwonię. Wiem, że wróci. Musimy być razem ze względu na naszego chłopca. – Podniosła wzrok. – Przecież to nasz syn – powiedziała. – Zawsze nim będzie.

40

Erlendur nie spodziewał się zastać Einara w domu. Mężczyzna wynajmował niewielkie mieszkanie przy Storagerdi i tam udali się wraz z Elinborg od Katrin. Wybiło południe i panował spory ruch. Po drodze Erlendur przez telefon streścił Sigurdurowi Oliemu rozmowę z Katrin. Teraz musieli rozesłać list gończy za Einarem. Znaleźć jego fotografię, nadającą się do publikacji w gazetach i pokazania w telewizji razem z krótkim rysopisem. Umówili się na spotkanie w Storagerdi. Kiedy dojechali na miejsce, Erlendur wysiadł z auta, a Elinborg pojechała dalej.

Erlendur czekał chwilę na Sigurdura Oliego. Mieszkanie znajdowało się na niskim parterze w trzyrodzinnym domu, a wchodziło się doń wprost z ulicy. Zadzwonili do drzwi i energicznie pukali, ale bez skutku.

Odwiedzili także pozostałe piętra. Okazało się, że Einar wynajmuje małe lokum od właściciela jednego z mieszkań. Ten akurat wpadł do domu na lunch i chętnie zszedł na dół oraz wpuścił ich do mieszkania. Twierdził, że nie widział swego lokatora od kilku dni, jeśli nie od tygodnia; opisał go jako człowieka spokojnego. Einar był niekłopotliwym sąsiadem, w terminie płacił czynsz, toteż właściciel nie pojmował, czego może chcieć od niego policja. Aby uniknąć niepotrzebnych wyjaśnień, Sigurdur Oli odrzekł, że jest poszukiwany przez rodzinę, która chce się dowiedzieć, gdzie mógł zniknąć.

Właściciel mieszkania nie pytał o nakaz rewizji. Wprawdzie go nie mieli, ale później, jeszcze tego dnia, powinni byli go otrzymać.

Znalazłszy się w mieszkaniu, poprosili, by właściciel zostawił ich samych. Wszystkie okna były szczelnie zasłonięte, więc panował tu mrok. Garsoniera była bardzo mała. Salonik, sypialnia, kuchnia i niewielka łazienka. Na podłodze dywany, poza łazienką i kuchnią. Tam położono wykładzinę. W saloniku stał telewizor, przed nim sofa. Zamiast odsłonić okna Erlendur zapalił światło.

Osłupiali patrzyli na ściany salonu. Pokryte były słowami, które tak dobrze znali z mieszkania Holberga, wypisanymi długopisem, flamastrami, sprayem. Trzy słowa, które jeszcze niedawno wydawały się Erlendurowi niezrozumiałe.

Ja to ON.

Weszli dalej.

Po całym mieszkaniu były porozrzucane dzienniki i czasopisma, krajowe oraz zagraniczne; książki, które Erlendur uznał za naukowe, leżały w stosach na podłodze w salonie i sypialni. Pomiędzy nimi walały się sporych rozmiarów albumy fotograficzne. W kuchni natrafili na opakowania po fast foodach.

– Ojcostwo Islandczyków – odezwał się Sigurdur Oli, wkładając gumowe rękawiczki. – Czy kiedykolwiek możemy być go pewni?

Erlendur pomyślał o badaniach genetycznych. Niedawno zaczęto w De Code Genetics zbierać dane chorobowe wszystkich mieszkańców kraju, zarówno tych jeszcze żyjących, jak i dawno zmarłych, i budować z nich bazę danych zawierającą szczegółowe informacje dotyczące zdrowia całego narodu. Bazę tę uczyniono kompatybilną z bazą zawierającą dane genealogiczne każdego Islandczyka, sięgające średniowiecza; mówiono o poszukiwaniu drzewa genealogicznego narodu. Badania miały na celu prześledzenie, w jaki sposób choroby przenoszą się w rodzinach, zbadanie ich pod kątem genetycznym i znalezienie metod leczenia. Mówiło się o homogenicznym narodzie i niewielkiej domieszce obcej krwi, stąd wyciągnięto wniosek, że Islandczycy stanowią idealny materiał do badań genetycznych.

Firma i ministerstwo zdrowia, które udzieliło zezwolenia na gromadzenie danych, gwarantowały, że nikt niepowołany nie włamie się do bazy. Informacje znajdujące się w niej zabezpieczono specjalnym kodem, który miał być nie do złamania.

– Przejmujesz się ojcostwem? – spytał Erlendur. Też włożył gumowe rękawiczki i ostrożnie wszedł do salonu. Podniósł jeden z albumów ze zdjęciami i przewracał jego karty. Album był stary.

– Wszyscy zawsze mówili, że nie jestem podobny ani do mamy, ani do taty, ani do nikogo w rodzinie.

– Zawsze tak podejrzewałem – odparł Erlendur.

– Co? O co ci chodzi?

– Że jesteś kundel.

– Fajnie, że odzyskałeś poczucie humoru – odparł Sigurdur Oli. – Ostatnio byłeś dość tajemniczy.

– Jakie poczucie humoru? – zdziwił się Erlendur.

Przeglądał zdjęcia. Były stare, czarno-białe. Zdawało mu się, że na niektórych rozpoznaje matkę Einara. W takim razie mężczyzną na zdjęciach musiał być Albert, a trójka chłopców – synami. Einar był najmłodszy. Zdjęcia zrobiono w święta Bożego Narodzenia, w wakacje, na niektórych uwieczniono sceny z codziennego życia; zrobione zostały na ulicy lub w kuchni. Chłopcy mieli na sobie wzorzyste swetry zrobione na drutach, jakie Erlendur pamiętał z tamtych lat. Sprzed 1970 roku. Starsi bracia nosili już długie włosy. Cykl zdjęć z zagranicy. Tivoli, Kopenhaga, jak zdawało się Erlendurowi.

Na ostatnich kartach albumu chłopcy byli już dorośli, włosy mieli jeszcze dłuższe, byli w marynarkach z szerokimi klapami i butach na podwyższonym obcasie. Katrin miała utapirowane włosy. Tu i ówdzie zaczęły się pojawiać zdjęcia kolorowe. Albert wyraźnie łysiał. Erlendur odszukał Einara i zauważył, jak bardzo jest niepodobny do braci i rodziców. Pozostali dwaj chłopcy mieli regularne rysy po rodzicach, zwłaszcza po ojcu. Einar był brzydkim kaczątkiem.

Odłożył stary album i wziął nowszy. Te zdjęcia Einar sam zrobił własnej rodzinie. Nie obejmowały równie długiej historii. Einar chyba właśnie poznał swoją przyszłą żonę. Zdjęcia przedstawiały zapewne okres narzeczeński. Młodzi podróżowali po kraju. Odwiedzili brzegi Hornstrandir. Pustynię Thorsmoerk. Źródła Herdubreid. Czasem pojawiali się na rowerach. Czasem podróżowali starym autem. Zdjęcia z pól namiotowych. Erlendur doszedł do wniosku, że zostały zrobione w połowie lat osiemdziesiątych.

Szybko przerzucił karty, odłożył album i podniósł z podłogi następny, na oko najnowszy. Tu zobaczył małą dziewczynkę na szpitalnym łóżku, z ramionami podłączonymi do kroplówki i maską tlenową zasłaniającą buzię. Miała zamknięte oczy i była otoczona aparaturą medyczną. Wyglądało to na oddział intensywnej terapii. Wolno przewrócił kartę.

Z zamyślenia wyrwał go dzwonek komórki. Odłożył album, nie zamykając go jednak. Dzwoniła Elin z Keflaviku. Była bardzo zdenerwowana.

– Był u mnie dziś rano – powiedziała bez wstępów.

– Kto?

– Brat Audur. Einar. Usiłowałam się do pana dodzwonić. Był u mnie dziś rano i opowiedział o wszystkim, biedaczek. Stracił swoją córkę zupełnie tak samo jak Kolbrun. Wiedział, na co zmarła Audur. To rodzinna choroba Holberga.

– Gdzie on teraz może być? – spytał Erlendur.

– Był okropnie załamany – powiedziała Elin. – Może zrobić jakieś głupstwo.

– Co, jakie głupstwo?

– Powiedział, że to już koniec.

– Jaki koniec?

– Tego nie powiedział. Powiedział tylko, że to już koniec.

– Wiesz, gdzie się teraz podziewa?

– Mówił, że wraca do Reykjaviku.

– Do Reykjaviku? A dokąd?

– Tego nie mówił.

– A mówił, co ma zamiar zrobić?

– Nie – odparła Elin. – Nic nie mówił. Niech pan go znajdzie, zanim zrobi jakieś głupstwo. Jest w okropnym stanie, biedak. To straszne. Potworne. Mój Boże, nigdy się z czymś takim nie zetknęłam.

– Z czym?

– Jest taki podobny do swojego ojca. Podobny do Holberga jak lustrzane odbicie i nie potrafi z tym żyć. Nie potrafi. Nie po tym, co usłyszał... co Holberg zrobił jego matce. Powiedział, że ten potwór jest zamknięty w jego ciele. Że w jego żyłach płynie krew Holberga, a on nie wytrzyma tego.

– O co mu chodzi?

– Zupełnie, jakby nienawidził samego siebie – powiedziała Elin. – Mówi, że już nie jest tym, kim był, tylko kimś innym, i obwinia się o to, co się stało. Nieważne, co mówiłam, i tak mnie nie słuchał.

Erlendur spojrzał do albumu, na dziewczynkę w szpitalnym łóżku.

– A dlaczego chciał się z panią spotkać?

– Chciał się dowiedzieć o Audur. Wszystkiego. Jaka była. Jak umarła. Powiedział, że ja jestem jego nową rodziną. Wyobraża pan to sobie?

– Ciekawe, dokąd poszedł? – rzekł Erlendur, patrząc na zegarek.

– Na miłość boską, niech się pan postara go znaleźć, zanim będzie za późno.

– Zrobimy, co w naszej mocy – odparł Erlendur i chciał się już pożegnać, ale wyczuł w Elin jakieś wahanie. – Co, jeszcze coś? – spytał.

– Widział, jak wykopujecie Audur – powiedziała Elin.

– Widział to?

– Wtedy mnie odnalazł, pojechał za nami na cmentarz i widział, jak wyjmujecie trumienkę z ziemi.

41

Erlendur kazał rozszerzyć poszukiwania Einara. Jego zdjęcie rozesłano do wszystkich komisariatów w Reykjaviku i okolicach oraz do największych miejscowości w kraju; do mediów wysłano list gończy. Komisarz polecił zachować ostrożność, by nie spłoszyć poszukiwanego; w razie ustalenia miejsca jego pobytu należało natychmiast skontaktować się z Erlendurem i nie wszczynać żadnych działań. Erlendur odbył też krótką rozmowę z Katrin, która powiedziała, że nie wie, gdzie przebywa jej syn. Obaj starsi synowie byli akurat u niej. Wyjawiła im prawdę. Oni także nie wiedzieli, gdzie przebywa ich brat. Albert przez cały dzień siedział w swoim pokoju w hotelu „Esja". Zadzwonił dwa razy do swojej firmy.

– Co za cholerna tragedia – mamrotał Erlendur pod nosem, jadąc rano do biura. W mieszkaniu Einara nie znaleźli niczego, co mogłoby świadczyć o tym, gdzie ten się ukrywa.

Rozdzielili między siebie zadania. Elinborg i Sigurdur Oli rozmawiali z byłą żoną Einara, a Erlendur pojechał do siedziby De Code Genetics. Nowo wybudowany gmach firmy stał przy Vesturlandsvegur. Czteropiętrowy. Doskonale strzeżony wewnątrz. Dwaj ochroniarze przyjęli

Erlendura w elegancko urządzonej recepcji. Oczywiście uprzedził o swojej wizycie i prezes zgodziła się poświęcić mu kilka minut.

Pani prezes była jedną z właścicielek firmy. Ukończyła genetykę w Wielkiej Brytanii i Stanach Zjednoczonych. To ona zaproponowała Islandię jako najodpowiedniejsze miejsce do prowadzenia badań genetycznych, mających w przyszłości umożliwić produkcję leków. Przy wykorzystaniu bazy danych można było usystematyzować wszystkie karty pacjentów z całego kraju, zgromadzić je w jednym zbiorze i posegregować według rodzajów chorób, co ułatwiłoby wyodrębnianie genów odpowiedzialnych za dane choroby.

Karitas przyjęła Erlendura w swoim gabinecie. Miała około pięćdziesięciu lat, kruczoczarne włosy i przyjazny uśmiech na ustach. Była niższa, niż przypuszczał Erlendur, który widział ją w telewizji. Sprawiała wrażenie szczerej. Poprosiła Erlendura, by usiadł, i spytała, czego policja śledcza szuka w jej firmie. Oglądając wiszące na ścianach obrazy współczesnych malarzy, powiedział bez ogródek, że istnieje podejrzenie o dokonanie włamania do bazy danych i kradzież informacji mogących zaszkodzić osobom, których dotyczą. Sam nie wiedział dokładnie, o czym mówi, ale ona chyba tak. Ku uldze Erlendura nie próbowała wykrętów, chociaż on spodziewał się oporu, jakiejś zmowy milczenia.

– Sprawa jest bardzo delikatna ze względu na dane osobowe – podsumowała pani prezes, jak tylko Erlendur skończył swoje pokrętne wyjaśnienia – i dlatego muszę prosić, by zostało to wyłącznie między nami. Od jakiegoś czasu wiemy, że ktoś dostał się nielegalnie do naszej bazy danych. Przeprowadziliśmy nawet wewnętrzne śledztwo. Wszystkie ślady prowadzą do pewnego biologa, z którym nie udało nam się rozmówić, bo wygląda na to, że zapadł się pod ziemię.

– Einar?

– Tak, o niego chodzi. Wciąż jeszcze tworzymy tę bazę, jeśli mogę się tak wyrazić, ale co oczywiste, nie chcemy, by się rozniosło, że można złamać kod i do woli buszować w danych. Rozumie pan? Chociaż tak naprawdę nie chodzi o kody dostępu.

– Dlaczego nie złożyliście państwo w tej sprawie doniesienia na policję?

– Jak mówiłam, chcieliśmy załatwić to sami. Sprawa jest kłopotliwa przede wszystkim dla nas. Ludzie wierzą, że informacje gromadzone w bazie nie staną się tajemnicą poliszynela, nie będą wykorzystywane do jakichś podejrzanych celów czy że ktoś ich po prostu nie ukradnie. Społeczeństwo jest wyjątkowo wyczulone na tę kwestię, jak pan pewnie zauważył, i chcieliśmy po prostu uniknąć histerii.

– Histerii?

– Czasem mam wrażenie, że cały naród jest przeciwko nam.

– Ale czy on złamał kod? Dlaczego mówi pani, że tu nie chodzi o kod dostępu?

– Proszę nie robić z tego sprawy kryminalnej. Nie, nie złamał żadnego kodu. W zasadzie nie. Podszedł do tego inaczej.

– Co zrobił?

– Uruchomił program badawczy, na który nie uzyskał zgody. Sfałszował podpisy. Na przykład mój. Stworzył pozory, jakoby firma prowadziła badania nad dziedzicznością choroby nowotworowej, na której ślady można trafić w kilku islandzkich rodach. Oszukał Radę Informatyczną, która jest swego rodzaju jednostką nadzorującą bazę. Oszukał Radę do spraw Etyki i Nauki. Wszystkich nas tutaj oszukał.

Umilkła na chwilę i spojrzała na zegarek. Wstała, zadzwoniła do sekretarki, poleciła jej przełożyć następne spotkanie o dziesięć minut i wróciła do Erlendura.

– Proces decyzyjny do tej pory wyglądał w ten sposób... – zaczęła.

– Proces? – przerwał Erlendur.

Karitas spojrzała na niego zamyślona. W kieszeni Erlendura odezwał się telefon. Przeprosił i odebrał. Dzwonił Sigurdur Oli.

– Technicy przetrząsają mieszkanie Einara w Storagerdi – powiedział. – Dzwoniłem do nich i nie znaleźli niczego specjalnego poza tym, że Einar jakieś dwa lata temu załatwił sobie pozwolenie na broń.

– Pozwolenie na broń? – powtórzył Erlendur.

– Mamy to w naszych aktach. Ale to nie wszystko. Ma sztucer. Pod jego łóżkiem znaleźliśmy odpiłowaną lufę.

– Lufę?

– Odpiłował lufę.

– To znaczy...?

– Niektórzy tak robią. Obrzyn. To ułatwia strzelenie do samego siebie.

– Myślisz, że jest aż tak niebezpieczny?

– Jak go znajdziemy – powiedział Sigurdur Oli – będziemy musieli postępować z nim bardzo ostrożnie. Nie sposób przewidzieć, co zrobi ze strzelbą.

– Nie sądzę, żeby miał zamiar zabijać – odparł Erlendur, wstając i odwracając się plecami do Karitas, by móc swobodniej rozmawiać.

– Dlaczego nie?

– Bo już by użył tej broni – szepnął Erlendur. – Przeciwko Holbergowi. Nie sądzisz?

– Ja tam nic nie wiem.

– Do zobaczenia. – Erlendur wyłączył telefon i usiadł, ponownie przepraszając.

– Do tej pory sposób podejmowania decyzji wyglądał tak – podjęła spokojnie Karitas. – Występujemy do zainteresowanych osób o pozwolenie na rozpoczęcie badań naukowych, jak w wypadku Einara badań nad dziedzicznością określonej choroby. Otrzymujemy listę z zakodowanymi danymi osobowymi tych, którzy chorują na daną chorobę lub istnieje prawdopodobieństwo, że są jej nosicielami, i porównujemy ją z zakodowaną listą koligacji rodzinnych. I z tego powstaje zakodowane drzewo genealogiczne.

– Jak drzewko życzeń – wtrącił Erlendur.

– Co?

– Nic takiego, proszę mówić dalej.

– Rada Informatyczna rozkodowuje listę z danymi personalnymi osób, na których chcemy skupić nasze badania, wybiera tak zwaną grupę reprezentatywną, składającą się zarówno z chorych, jak i ich krewnych, i tworzy listę uczestników na podstawie numerów pesel. Rozumie pan?

– I w taki sposób Einar wszedł w posiadanie imion i numerów pesel wszystkich osób, które chorowały na tę chorobę wiele pokoleń wstecz?

Skinęła głową.

– To wszystko przechodzi przez Radę Informatyczną?

– Nie wiem, jak głęboko chce pan w to wnikać. Współpracujemy z lekarzami w różnych instytutach. To oni przekazują Radzie Informatycznej imiona pacjentów, ta zaś koduje nazwiska i numery pesel i przesyła je dalej, do centrali De Code Genetics. Mamy specjalny program do wyszukiwania krewnych i przodków, który szereguje pacjentów według stopnia pokrewieństwa. Ten program pozwala nam wyselekcjonować pacjentów, którzy dostarczą najwięcej informacji podczas poszukiwania genu odpowiedzialnego za występowanie danej choroby. Osoby z tej grupy są następnie proszone o wzięcie udziału w badaniach. Istota genetyki polega na tym, że daje ona szansę na określenie, czy dana choroba jest dziedziczna, jeżeli można wytypować optymalną grupę do badań. Genetyka bardzo ułatwia poszukiwania genów odpowiedzialnych za choroby.

– Jedyne, co Einar musiał zrobić, to udawać, że tworzy grupę do badań, i w ten sposób dotarł do danych osobowych. Wszystko dzięki pomocy Rady Informatycznej.

– Łgał i oszukiwał, i w ten sposób mu się to udało.

– Rozumiem, że ta sprawa może wam przysporzyć kłopotów.

– Einar jest jedną z najważniejszych osób w firmie i jednym z naszych najzdolniejszych naukowców. Prawdziwym ekspertem – powiedziała prezes. – Dlaczego to zrobił?

– Stracił córkę – wyjaśnił Erlendur. – Nie wiedziała pani o tym?

– Nie – odparła z wzrokiem wbitym w Erlendura.

– Od ilu lat tutaj pracuje?

– Od dwóch.

– To stało się trochę wcześniej.

– W jaki sposób ją stracił?

– Choroba dziedziczna. On był nosicielem, ale nie miał żadnych informacji o tym, by w jego rodzinie ktoś na nią chorował.

– Niewłaściwie ustalone ojcostwo? – spytała.

Erlendur nie odpowiedział. Uważał, że i tak już powiedział za dużo.

– I to jest właśnie główny problem przy konstruowaniu tego typu bazy danych na podstawie więzów krwi – powiedziała Karitas. – Choroby bowiem mają to do siebie, że przypadkowo ześlizgują się z drzewa genealogicznego i pojawiają tam, gdzie się ich najmniej spodziewamy.

Erlendur wstał.

– I państwo przechowujecie te wszystkie tajemnice – powiedział. – Stare tajemnice rodzinne. Tragedie, smutek, śmierć, wszystko pedantycznie posegregowane w komputerze. Sagi rodzinne i historie pojedynczych ludzi. Historie moje i pani. Przechowujecie całą tajemnicę i możecie ją ujawnić, kiedy tylko zechcecie. Prosektornia całego narodu.

– Nie rozumiem, o czym pan mówi – odrzekła Karitas. – Prosektornia?

– Aha, jasne – podsumował Erlendur i pożegnał się.

42

Wieczorem, kiedy Erlendur wrócił do siebie, jeszcze nie udało się zlokalizować Einara. Cała jego rodzina zgromadziła się w domu rodziców. Albert wymeldował się z hotelu późnym popołudniem i udał do domu po pełnej emocji rozmowie telefonicznej z Katrin. Byli tam już obaj starsi synowie wraz z żonami i niebawem dołączyła do nich była żona Einara. Elinborg i Sigurdur Oli rozmawiali z nią wcześniej, lecz powiedziała, że nie ma pojęcia, gdzie Einar może się podziewać. Nie kontaktował się z nią mniej więcej od pół roku.

Eva Lind wróciła do domu zaraz po Erlendurze, a on ze szczegółami opowiedział jej o śledztwie. Odciski palców znalezione w mieszkaniu Holberga były identyczne z odciskami Einara zebranymi w jego mieszkaniu w Storagerdi.

W końcu poszedł poznać swojego ojca i wyglądało na to, że go zamordował.

Erlendur opowiedział też córce o Gretarze. Jedyne prawdopodobne wytłumaczenie jego zniknięcia było takie, że w jakiś sposób szantażował Holberga, być może za pomocą zdjęć. Wprawdzie nie bardzo było wiadomo, co przedstawiają, ale materiały, które udało im się zgromadzić, mogły dowodzić, iż Gretar dokumentował fotograficznie wszelkie poczynania Holberga, może nawet gwałty, o których policja nie wiedziała, a które już nigdy nie zostaną ujawnione. Zdjęcie grobu Audur świadczyło o tym, że Gretar wiedział, co się wydarzyło, oraz że gromadził informacje na temat Holberga, kto wie, czy nie w celu wyłudzenia od niego pieniędzy.

Rozmawiali długo, a deszcz dudnił o szyby i wył jesienny wiatr. Eva Lind zapytała Erlendura, dlaczego wciąż odruchowo pociera klatkę piersiową. Powiedział jej o bólu w płucach. Wysunął przypuszczenie, że to wina starego materaca, ale ona kazała mu iść do lekarza. Odmówił.

– Jak to nie, pójdziesz do lekarza? – spytała, a Erlendur natychmiast pożałował, że powiedział jej o bólu.

– To nic takiego – odparł.

– Dużo dzisiaj wypaliłeś?

– O co ci chodzi?

– Moment! Czujesz ból w piersiach, kopcisz jak komin, poruszasz się jedynie samochodem, żywisz gotowym gównem i nie chcesz dać się zbadać! A mnie potrafisz tak zmieszać z błotem, że beczę jak mała smarkula. Nie uważasz, że to chore? Wszystko z tobą w porządku?

Eva Lind wstała i nachyliła się nad ojcem jak gromowładny bóg, ten zaś usiłował odwrócić wzrok i niczym zbity pies gapił się w przestrzeń.

Boże drogi, myślał.

– Pójdę się zbadać – ustąpił w końcu.

– Pójdę się zbadać! Pójdziesz się zbadać! – krzyknęła Eva Lind. – Powinieneś to zrobić już dawno. Stary pierdoła!

– Już jutro – odparł i spojrzał na córkę.

– Trzymam cię za słowo – powiedziała.

Erlendur kładł się do łóżka, kiedy zadzwonił telefon. Dzwonił Sigurdur Oli z informacją, że policja otrzymała meldunek o włamaniu do kostnicy przy Baronsstigur.

– Kostnica przy Baronsstigur – powtórzył. – Właśnie dostaliśmy meldunek. Zadzwonili do mnie, a ja powiedziałem, że skontaktuję się z tobą. Przyczyny włamania nieznane. Czy jest tam coś więcej poza zwłokami?

Eva Lind spała już w salonie, kiedy Erlendur włożył płaszcz, kapelusz i spojrzał na zegarek. Dochodziła północ. Zamknął ostrożnie drzwi, by nie obudzić córki, szybko zbiegł po schodach i wsiadł do samochodu.

Kiedy zajechał pod kostnicę, trzy radiowozy stały już przed budynkiem, błyskając światłami. Rozpoznał samochód Sigurdura Oliego, a gdy wchodził do gmachu, zauważył samochód lekarza sądowego skręcający w ulicę z piskiem opon na mokrym asfalcie. Lekarz nie wyglądał na zadowolonego. Erlendur szybko ruszył długim korytarzem; krzątali się tam policjanci oraz Sigurdur Oli, który nagle wyszedł z prosektorium.

– Nie widać, by czegokolwiek brakowało – powiedział na widok Erlendura sunącego jak burza korytarzem.

– Powiedz mi, co się stało – powiedział Erlendur i wszedł za nim do prosektorium.

Stoły były puste, szafki pozamykane. Żadnych śladów włamania.

– W całym korytarzu było mnóstwo śladów obuwia, ale w większości zdążyły wyschnąć – odparł Sigurdur Oli. – Budynek podłączony jest do systemu alarmowego; alarm odzywa się w centrali, i to stamtąd skontaktowano się z nami jakieś piętnaście minut temu. Wygląda na to, że włamywacz wybił szybę na zapleczu i otworzył zamek. Nic trudnego. I jak tylko wszedł, natychmiast zadziałały czujniki ruchu. Nie miał zbyt wiele czasu na plądrowanie.

– Na pewno dość – rzekł Erlendur.

Dołączył do nich lekarz sądowy, najwyraźniej mocno zdenerwowany.

– Kto, u diabła, włamuje się do kostnicy? – jęknął.

– Gdzie są zwłoki Holberga i Audur? – spytał Erlendur.

– To ma jakiś związek z zabójstwem Holberga? – zapytał lekarz.

– Być może – odparł Erlendur. – Szybko, szybko, szybko.

– Zwłoki przechowujemy tu – odrzekł patolog. Ruszyli za nim w kierunku chłodni, którą otworzył.

– Nigdy nie zamykacie tych drzwi na klucz? – zapytał Sigurdur Oli.

– A kto kradnie zwłoki? – wyrzucił z siebie lekarz i stanął jak wryty, zajrzawszy do chłodni.

– No co jest? – spytał Erlendur.

– Nie ma dziewczynki – odparł lekarz, jakby nie wierząc własnym oczom. Przeszedł szybko przez pomieszczenie, otworzył schowek w głębi i zapalił w nim światło.

– Co? – zapytał Erlendur.

– Jej trumna także zniknęła – odpowiedział lekarz. Przeniósł wzrok z Sigurdura Oliego na Erlendura i z powrotem. – Mieliśmy już dla niej nową trumnę. Kto mógł to zrobić? Komu mógł przyjść do głowy równie zboczony pomysł?

– Na imię mu Einar – odparł Erlendur. – I nie ma w tym żadnego zboczenia!

Odwrócił się na pięcie. Sigurdur Oli starał się dotrzymać mu kroku. Pędem opuścili gmach kostnicy.

43

Tej nocy na drodze do Keflaviku panował niewielki ruch, więc Erlendur jechał z największą szybkością, na jaką mógł się zdobyć niewielki dziesięcioletni japoński samochód. Deszcz mocno bębnił o przednią szybę, a wycieraczki nie nadążały ze zbieraniem wody. Erlendur przypomniał sobie, jak po raz pierwszy jechał na spotkanie z Elin kilka dni temu. Zanosiło się na to, że nigdy nie przestanie lać.

Kazał Sigurdurowi Oliemu postawić policję w Keflaviku w stan gotowości i dopilnować, by policjanci ze stolicy przybyli im z pomocą. Miał się także skontaktować z Katrin, matką Einara, i poinformować ją o rozwoju wydarzeń. Sam zamierzał pojechać prosto na cmentarz w nadziei, że znajdzie tam Einara z doczesnymi szczątkami Audur. Był pewien, że Einar chce ponownie pochować przyrodnią siostrę.

Podjechawszy pod bramę cmentarza w Sandgerdi, zauważył samochód z otwartymi drzwiami po stronie kierowcy i tylnymi po stronie pasażera. Wyłączył silnik, wysiadł z auta na deszcz i obejrzał wóz. Wyprostował się i nasłuchiwał przez chwilę, ale słyszał jedynie deszcz walący pionowo w ziemię. Nie wiało. Spojrzał w czarne niebo. W oddali zauważył światło, a kiedy omiótł wzrokiem cmentarz, dostrzegł mdły blask w miejscu, gdzie znajdował się grób Audur.

Zdawało mu się, że przy grobie coś się poruszyło.

I zobaczył małą białą trumnę.

Zaczął się ostrożnie skradać w kierunku człowieka, którym jak sądził, był Einar. Źródłem mdławego światła była silna latarnia gazowa, ustawiona na ziemi przy trumnie. Erlendur wolno wślizgnął się w krąg światła i został zauważony. Mężczyzna podniósł głowę, odrywając się od wykonywanej czynności i spojrzał Erlendurowi prosto w oczy.

Komisarz widział zdjęcia Holberga z młodości. Podobieństwo było uderzające. Czoło niskie i wypukłe, brwi grube, blisko osadzone oczy, wydatne kości policzkowe, szczupła twarz, lekko wystające zęby. Nos wąski, podobnie jak wargi, wystająca broda i długa szyja.

Przez chwilę patrzyli sobie w oczy.

– Kim pan jest? – spytał Einar.

– Komisarz Erlendur. Prowadzę sprawę Holberga.

– Dziwi się pan, jaki jestem do niego podobny? – znów zapytał Einar.

– Owszem, jest pewne podobieństwo – przytaknął Erlendur.

– Wie pan, że zgwałcił moją matkę – powiedział Einar.

– To nie pańska wina – odparł Erlendur.

– Był moim ojcem.

– To też nie pańska wina.

– Nie powinien pan był tego robić – powiedział Einar, wskazując na trumnę.

– Musiałem – rzekł Erlendur. – Doszedłem do wniosku, że zmarła na tę samą chorobę, co pańska córka.

– Złożę ją z powrotem tam, gdzie jej miejsce – oznajmił Einar.

– Proszę bardzo. – Erlendur przysunął się bliżej trumny. – Na pewno to też zechce pan złożyć w grobie. – Podał mu czarną skórzaną teczkę, którą woził w samochodzie od czasu odwiedzin u kolekcjonera.

– Co to jest? – spytał Einar.

– Choroba – odparł Erlendur.

– Nie rozumiem...

– To jest organ Audur. Moim zdaniem powinniśmy złożyć go przy niej.

Erlendur patrzył to na teczkę, to na Einara, nie bardzo wiedząc, co dalej robić. Przysunął się jeszcze bliżej, do samej trumny, tak że już tylko ona ich rozdzielała, po czym cofnął się na poprzednie miejsce.

– Ja się każę skremować – oznajmił nagle Einar.

– Ma pan całe życie, by to załatwić – odpowiedział Erlendur.

– Właśnie, życie. – Głos Einara stał się szorstki. – Co to jest? Co znaczy życie, kiedy ma się siedem lat? Może mi pan to powiedzieć? Co to jest za życie?

– Nie mogę tego powiedzieć – odparł Erlendur. – Ma pan przy sobie strzelbę?

– Rozmawiałem z Elin – rzekł Einar wymijająco. – Pewnie pan o tym wie. Rozmawialiśmy o Audur. O mojej siostrze. Wiedziałem o niej, ale nie miałem pojęcia, że jest moją siostrą. O tym dowiedziałem się dopiero później. Widziałem, jak ją ekshumowaliście. Świetnie rozumiałem Elin, kiedy chciała się na pana rzucić.

– Skąd pan wiedział o Audur?

– Z bazy. Odnalazłem wszystkich, którzy umarli na tę chorobę. Wtedy jeszcze nie wiedziałem, że jestem synem

Holberga i że Audur jest moją siostrą. Później się o tym dowiedziałem. Skąd się wziąłem. Kiedy spytałem mamę. – Spojrzał na Erlendura. – Kiedy się dowiedziałem, że jestem nosicielem.

– A jak pan połączył Holberga i Audur?

– Poprzez chorobę. Tę konkretną odmianę. Tego rodzaju guz mózgu jest bardzo rzadki.

Einar milczał przez chwilę, po czym zaczął opowiadać, w sposób uporządkowany i bez dygresji, beznamiętnie, tak jakby przygotował się do tego, że będzie musiał zdać dokładny raport ze swoich poczynań. Mówił cicho, monotonnie, czasem jego głos przechodził w szept. Deszcz dudnił o ziemię i bębnił o trumnę, a pusty dźwięk rozchodził się w ciemnościach.

Mówił o tym, jak jego córka nagle, ni z tego, ni z owego, zachorowała w wieku czterech lat. Trudno było ustalić, co jej jest, i minęły długie miesiące, zanim lekarze doszli do wniosku, że chodzi o rzadką chorobę układu nerwowego. Uważano, że choroba jest dziedziczna i występuje w określonych rodzinach, ale dziwne było to, że choroba ta nie występowała u przodków ani ze strony jej matki, ani ojca. Chodziło więc o jakiś wyjątek lub odmianę, której lekarze nie potrafili określić. A może wystąpiła jakaś mutacja?

Rodzicom powiedziano, że ognisko choroby jest w mózgu dziecka i w ciągu kilku lat może doprowadzić do śmierci. Zaczął się okres, którego Einar, jak powiedział, nie jest w stanie opisać.

– Ma pan dzieci? – zapytał.

– Dwoje – odpowiedział Erlendur. – Chłopaka i dziewczynkę.

– Myśmy mieli tylko ją – rzekł Einar. – I rozstaliśmy się, kiedy odeszła. W jakiś sposób nic nas z sobą nie łączyło poza żałobą, wspomnieniami i walką o jej życie w szpitalu. Kiedy tego też zabrakło, nasze życie jakby się skończyło. Jakby nic nie zostało.

Umilkł i przymknął oczy, jakby morzył go sen. Strugi deszczu spływały mu po twarzy.

– Byłem jednym z pierwszych pracowników nowej firmy – odezwał się po chwili. – Kiedy dostaliśmy zgodę na stworzenie bazy danych i zaczęliśmy nad nią pracować, wydawało mi się, że znów zbudziłem się do życia. Nie umiałem się pogodzić z wyrokiem lekarzy. Musiałem poszukać wyjaśnienia. Znów zbudziła się we mnie ciekawość, jakim też zrządzeniem losu ta choroba zaatakowała moją córkę, jak to w ogóle było możliwe. Baza danych dotyczących chorób połączona jest z ogromną bazą danych rodowych i istnieje możliwość zestawienia tych danych, a jeśli człowiek wie, czego szukać, i zna kody dostępu, może się dowiedzieć, gdzie występują ogniska choroby, i przeanalizować drzewa genealogiczne. Można nawet znaleźć wyjątki. Wyjątki takie jak ja. I Audur.

– Rozmawiałem z Karitas w De Code Genetics – powiedział Erlendur. Zastanawiał się, jak trafić do swojego rozmówcy. – Opisała mi pańskie oszustwo. Dla nas jest to coś zupełnie nowego. Człowiek nie do końca rozumie, co można zrobić ze zgromadzonymi informacjami. Co one zawierają i co można z nich wyczytać.

– Zacząłem już coś podejrzewać. Lekarze mojej córki mieli określoną teorię na temat dziedziczności choroby. Najpierw sądziłem, że zostałem adoptowany, i tak byłoby naprawdę lepiej. Żeby rodzice mnie adoptowali. A potem zacząłem podejrzewać mamę. Wyłudziłem od niej próbkę krwi. Od taty też. Nic w tych próbkach nie znalazłem. Ani w jednej, ani w drugiej. U siebie znalazłem chory chromosom.

– Nie ma pan objawów?

– Prawie – odparł Einar. – W jednym uchu niemal całkiem straciłem słuch. Mam guza obok nerwu słuchu. Niezłośliwego. I mam znamiona na skórze.

– Plamki kawowe?

– Widzę, że się pan dokształcił. Moje geny mogły ulec uszkodzeniu podczas wymiany materiału genetycznego między chromosomami. Mogły się zmutować. Ale ta druga możliwość zdawała mi się bardziej prawdopodobna. W końcu udało mi się zdobyć imiona kilku facetów, z którymi mama mogła się kontaktować. Jednym z nich był Holberg. Mama od razu powiedziała mi o wszystkim, kiedy tylko wyjawiłem jej swoje podejrzenia. O tym, jak milczała na temat gwałtu i że nigdy nie dała mi tego odczuć. Wręcz przeciwnie. Jestem najmłodszym synem – dodał. – Do tego wcześniakiem.

– Wiem – potwierdził Erlendur.

– Wspaniałe nowiny! – wykrzyczał Einar w nocną ciszę. – Nie byłem synem mojego ojca; mój prawdziwy ojciec zgwałcił moją matkę; byłem synem gwałciciela; on mi przekazał chory gen, który sprowadził śmierć na moją córkę; miałem przybraną siostrę, która zmarła na tę samą chorobę. Jeszcze tego w pełni nie zrozumiałem, jeszcze nie ogarnąłem. Kiedy mama powiedziała mi o Holbergu, nie potrafiłem opanować wściekłości. To był obrzydliwy człowiek.

– Zaczął pan od tego, że do niego zadzwonił.

– Chciałem usłyszeć jego głos. Chyba każdy, kto nie ma ojca, chce go odnaleźć? – spytał Einar i uśmiechnął się. – I zobaczyć, choćby tylko jeden raz.

44

Deszcz padał coraz słabiej, aż w końcu zupełnie ustał. Światło lampy gazowej rzucało żółtawy blask na ziemię i drobne strumienie wody spływające alejką między grobami. Stali bez ruchu po dwóch stronach trumienki i patrzyli sobie w oczy.

– Z pewnością zdziwił się, kiedy pana zobaczył – przerwał milczenie Erlendur.

Wiedział, że policja jest w drodze na cmentarz, i chciał wykorzystać tę chwilę sam na sam z Einarem, zanim zrobi się zamieszanie. Wiedział też, że mężczyzna może być uzbrojony. Nie widział sztucera, ale nie mógł wykluczyć, że Einar ma go przy sobie: trzymał rękę pod płaszczem.

– Trzeba było widzieć jego minę – powiedział Einar. – Wyglądał, jakby zobaczył ducha z przeszłości, a tym duchem był on sam.

Holberg stał w drzwiach i patrzył na młodego człowieka, który zadzwonił do drzwi. Nigdy wcześniej go nie widział, ale natychmiast poznał te rysy.

– Cześć, tato – rzucił Einar ironicznie. Nie potrafił ukryć wściekłości.

– Kim jesteś? – spytał Holberg, nie kryjąc zdziwienia.

– Jak to? Twoim synem – odparł Einar.

– Co to właściwie za... To ty do mnie dzwoniłeś? Daj mi święty spokój. W ogóle cię nie znam. Chyba masz nie po kolei w głowie.

Byli podobnego wzrostu, ale najbardziej zdziwiło Einara to, że Holberg wydawał się stary i słabowity. Głos miał ochrypły od papierosów, twarz czerwoną, grubo ciosaną, ciemne wory pod oczami. Brudne, siwe włosy klejące się do głowy. Zwiotczała skóra, zeschła na wiór. Pożółkłe palce. Bezbarwne, wyblakłe oczy. Garbił się.

Chciał zamknąć drzwi, ale Einar był silniejszy, wepchnął go do środka i zamknął za sobą. Od razu poczuł ten zapach. Jakby stajni albo czegoś gorszego.

– Co ty tu u siebie przechowujesz? – spytał.

– W tej chwili się stąd wynoś! – krzyknął Holberg piskliwym głosem, wycofując się w głąb salonu.

– Mam pełne prawo tu być – odparł Einar i rozejrzał się dokoła. Zauważył regał z książkami i komputer w kącie. – Jestem twoim synem. Odzyskanym. Mogę cię o coś zapytać, tatusiu? Zgwałciłeś więcej kobiet czy tylko mamę?

– Dzwonię na policję! – Gulgot w gardle nasilał się, kiedy Holberg się zdenerwował.

– Już dawno powinieneś był to zrobić – powiedział Einar.

Holberg zawahał się.

– Czego ode mnie chcesz? – spytał.

– Nie masz pojęcia, co się stało, i nie obchodzi cię to. Nic nie może ci być bardziej obojętne. Nie mam racji?

– Ta twarz... – powiedział Holberg i nagle urwał. Wbił bezbarwne oczy w Einara i trwał tak dłuższą chwilę, nim dotarło do niego, o czym mówił intruz. Że jest jego synem. Einar zauważył to wahanie. Widział, jak stary gorączkowo zastanawia się nad tym, co przed chwilą usłyszał.

– Nigdy w życiu nikogo nie zgwałciłem – rzucił w końcu Holberg. – To wszystko jedno wielkie kłamstwo. Mówili, że urodziła mi się córka w Keflaviku, a jej matka oskarżyła mnie o gwałt, ale nigdy tego nie udowodniła. Nie skazali mnie.

– Wiesz, co się stało z tą twoją córką?

– Zdaje się, że młodo umarła. Nigdy nie miałem kontaktu ani z nią, ani z jej matką. Chyba to rozumiesz. Ona oskarżyła mnie o gwałt!

– Wiesz coś o umieralności dzieci w twojej rodzinie? – zapytał Einar.

– O co ci chodzi?

– Czy w twojej rodzinie umierały dzieci?

– Czego chcesz?

– Ja wiem o kilku przypadkach sprzed lat. Jednym z nich była twoja siostra.

Holberg wpatrywał się w Einara.

– Co ty wiesz o mojej rodzinie? – spytał. – Jak...?

– Twój brat. Dwadzieścia lat starszy od ciebie. Umarł jakieś piętnaście lat temu. Stracił córkę w roku czterdziestym pierwszym. Ty wtedy miałeś jedenaście lat. Było was tylko dwóch braci i urodziliście się w długim odstępie czasu.

Holberg milczał, a Einar ciągnął dalej.

– A teraz to ja jestem ostatnim nosicielem.

– Co to za brednie?

– Audur odziedziczyła chorobę po tobie. Moja córka po mnie. To proste. Sprawdziłem to w bazie danych. Od czasu śmierci Audur nie pojawiły się następne przypadki w tej linii rodowej, jeśli nie liczyć mojej córeczki. My jesteśmy ostatni

Einar zbliżył się o krok; podniósł ciężką szklaną popielniczkę i ważył ją w dłoni.

– I teraz to się zakończy – powiedział.

Nie poszedłem tam, aby go zabić – odezwał się Einar. – Musiał myśleć, że jest w niebezpieczeństwie. Nie wiem, dlaczego podniosłem popielniczkę. Może chciałem nią w niego rzucić. Może chciałem go pobić. Ale on mnie uprzedził. Rzucił się na mnie i chwycił za gardło, a ja uderzyłem go w głowę. Upadł na podłogę. Zrobiłem to zupełnie nieświadomie. Byłem wściekły. Równie dobrze to ja mogłem rzucić się na niego. Zastanawiałem się, jak zakończy się to nasze spotkanie, ale takiego zakończenia nigdy nie brałem pod uwagę. Nigdy. Walnął głową w stół, potem o podłogę i zaczął krwawić. Kiedy się nad nim pochyliłem, zorientowałem się, że nie żyje. Rozejrzałem się, zauważyłem kartkę i ołówek i napisałem, że ja to on. Tylko o tym mogłem myśleć od chwili, gdy zobaczyłem go w drzwiach. Że ja to on. Że ja jestem tym człowiekiem. I że ten człowiek jest moim ojcem.

Zajrzał do otwartego grobu.

– Tam jest woda – powiedział.

– Damy sobie radę – odparł Erlendur. – Jeśli masz przy sobie strzelbę, oddaj mi ją. – Przesuwał się wolno w stronę Einara, ale temu było to chyba obojętne.

– Dzieci są filozofami – powiedział. – Moja córka spytała mnie kiedyś w szpitalu, dlaczego mamy oczy? Powiedziałem, że po to, żebyśmy mogli widzieć. – Urwał na chwilę. – Poprawiła mnie – dodał jakby do siebie i spojrzał na Erlendura. – Powiedziała, że po to, żebyśmy mogli płakać.

Nagle jakby podjął decyzję.

– Kim jesteś, jeżeli nie jesteś samym sobą? – zapytał.

– Spokojnie – powiedział Erlendur.

– Kim jesteś?

– Wszystko będzie dobrze.

– Nie chciałem, żeby to tak wyszło, ale teraz jest już za późno.

Erlendur nie zrozumiał, do czego Einar zmierza.

– To już koniec.

Erlendur obserwował go w słabym świetle lampy gazowej.

– Tu się to skończy – powiedział Einar.

Wyciągnął spod płaszcza strzelbę i najpierw wycelował w Erlendura, widząc, że ten się przybliża. Komisarz zatrzymał się. Nagle Einar odwrócił lufę i przystawił ją do serca. Zrobił to błyskawicznie. Erlendur krzyknął. Ogłuszający huk wystrzału przerwał cmentarną ciszę. Erlendur na chwilę stracił słuch. Rzucił się na Einara i obaj upadli na ziemię.

45

Przez chwilę czuł się tak, jakby to jego życie legło w gruzach, jakby ostało się tylko ciało i patrzyło w czerń pustymi oczami.

Stał na krawędzi grobu i patrzył na leżącego obok mężczyznę. Podniósł latarnię gazową, zbliżył ją do Einara i upewnił się, że ten nie żyje. Odstawił latarnię, otworzył trumnę i włożył do niej szklany słój. Opuszczenie trumny do grobu było trudnym zadaniem dla jednej osoby, ale w końcu mu się to udało. Znalazł łopatę pozostawioną przy kupie wykopanej ziemi. Zrobił znak krzyża nad trumną i zaczął ją zasypywać, odczuwając ukłucie bólu za każdym razem, kiedy ciężkie grudy spadały na trumnę, głucho dudniąc o wieko.

Potem podniósł biały płotek, który leżał połamany przy grobie, i usiłował wkopać go na miejsce; użył także całej swej siły, aby ustawić płytę.

Kończył pracę, kiedy usłyszał pierwsze radiowozy i wołanie ludzi krążących po cmentarzu. Słyszał, jak Sigurdur Oli i Elinborg nawołują go na zmianę. Słyszał inne kobiece i męskie głosy, widział sylwetki w światłach aut i ich ogromne cienie. Widział smugi światła z latarek, których szybko przybywało i które zbliżały się do niego.

Widział wśród przybyłych Katrin, a chwilę później dostrzegł też Elin. Katrin patrzyła na niego pytająco, a kiedy dotarło do niej, co się stało, z płaczem rzuciła się na ciało Einara. Erlendur nie próbował jej powstrzymać. Zauważył, że obok przycupnęła Elin.

Słyszał, jak Sigurdur Oli pyta, czy nic mu nie jest, i widział, jak Elinborg podnosi z ziemi sztucer. Widział coraz więcej policjantów i błyski lamp aparatów fotograficznych w oddali, przypominające małe błyskawice.

Podniósł wzrok. Znów zaczęło padać, ale jemu zdawało się, że deszcz dopiero zelżał.

Einara pochowano obok córki na cmentarzu w Grafarvogur. Ceremonia pogrzebowa odbyła się bez rozgłosu.

Erlendur spotkał się z Katrin. Opowiedział jej o spotkaniu Einara z Holbergiem. Opowiedział o obronie koniecznej, ale Katrin wiedziała, że po prostu stara się ulżyć jej w bólu.

Nadal padało, ale ucichły jesienne wiatry. Niebawem nadejść miała zima, mróz i ciemności. Erlendur nie obawiał się tego.

Uległ prośbom córki i w końcu poszedł do lekarza. Okazało się, że przyczyną bólu w klatce piersiowej jest ubytek chrząstki, zwanej szklistą, spowodowany spaniem na niewygodnym materacu i ogólnym brakiem ruchu.

Pewnego dnia Erlendur zapytał Evę Lind stojącą nad garnkiem z aromatycznym krupnikiem, czy będzie mógł wybrać imię, jeśli na świat przyjdzie dziewczynka. Powiedziała, że czeka na jego propozycje.

– Jak chcesz jej dać na imię? – spytała.

– Audur – odparł Erlendur. – Pomyślałem sobie, że fajnie będzie, jeśli damy jej na imię Audur.

Przekład: Jacek Godek

Redakcja: Ewa Rojewska-Olejarczuk
Korekta: Małgorzata Denys, Filip Modrzejewski
Redakcja techniczna: Izabela Gołaszewska

Projekt okładki i stron tytułowych: Magdalena Krajewska-Ferenc
Fotografia na I stronie okładki: © EPA/PAP

Wydawnictwo W.A.B.
02-386 Warszawa, ul. Usypiskowa 5
tel./fax (22) 646 01 74, 646 01 75, 646 05 10, 646 05 11
wab@wab.com.pl
www.wab.com.pl

Skład i łamanie: Komputerowe Usługi Poligraficzne
Piaseczno, Żółkiewskiego 7a
Druk i oprawa: Opolgraf S.A., ul. Niedziałkowskiego 8-12, Opole

ISBN 978-83-7414-856-6